Evita Greco

Das Geräusch der Dinge, die beginnen

D1927099

PIPER

Zu diesem Buch

Ada ist drei Jahre, als sie von ihrer Mutter verlassen wird. Das kleine Mädchen wächst bei seiner Großmutter Teresa auf, die es lehrt, auf das Geräusch der Dinge zu achten, die beginnen. Nachdem ihre Großmutter schwer erkrankt, verbringt die junge Frau ihre Tage im Krankenhaus, am Bett des einzigen Menschen, der sie jemals geliebt hat. Als Ada sich mit der Krankenschwester Giulia anfreundet und dem etwas undurchsichtigen Matteo begegnet, erkennt sie nicht, dass sich zwei Wege kreuzen und neue Türen aufgehen. Und während Teresa immer schwächer wird, muss sich Ada entscheiden, ob sie fliegen will oder fallen. Ob sie vertrauen will oder sich verstecken. Ob sie sich von der Liebe leiten lässt oder der Angst.

Evita Greco, geboren 1985 in Ancona, arbeitete als Bademeisterin, Supermarktkassiererin, Fremdenführerin und Sekretärin, bevor sie ihren ersten Roman schrieb. Nachdem bei ihr als Kind eine Legasthenie festgestellt wurde, schwor sie sich, so viele Bücher wie möglich zu lesen und wenigstens eines zu schreiben.

Evita Greco

Das Geräusch der Dinge, die beginnen

Roman

Aus dem Italienischen
von Christiane Landgrebe

PIPER

Mehr über unsere Autoren und Bücher:
www.piper.de
www.thiele-verlag.com

MIX
Papier aus verantwortungsvollen Quellen
FSC® C083411
FSC
www.fsc.org

Ungekürzte Taschenbuchausgabe
ISBN 978-3-492-31442-8
Juli 2019

Titel der italienischen Originalausgabe:
»Il rumore delle cose che iniziano«,
erschienen bei Rizzoli Libri, Mailand

Umschlaggestaltung: Christina Krutz, Biebesheim am Rhein
Umschlagabbildung: Simon Brodbeck & Lucie de Barbuat
Satz: Christine Paxmann, München
Druck und Bindung: CPI books GmbH, Leck
Printed in the EU

1

Es gibt einige Geräusche, die Ada sehr mag. Der Klang eines Orchesters vor Konzertbeginn zum Beispiel, wenn alle Musiker ihre Instrumente stimmen. Das Rascheln von Blättern, wenn der Wind durch die Bäume weht. Das Klirren von Kaffeetassen, die an einem Wintermorgen in der Bar serviert werden.

Ada mag das Geräusch der Dinge, die beginnen.

Es war ihre Großmutter Teresa, die ihr das Staunen über den Zauber, der jedem Anfang innewohnt, beibrachte. Die sie lehrte, genau hinzuhören, damit sie das Geräusch der Dinge wahrnahm, wenn diese begannen. Und das kam so:

Ada war etwa drei Jahre alt, als ihre Mutter beschloss, dass sie kein Interesse mehr am Muttersein hatte. An dem einen Abend brachte sie Ada noch zu Bett, und am nächsten Tag ließ sie sie bei ihrer Oma zurück und sagte nur, sie habe Wichtigeres zu tun. Und das war's dann auch. Mit diesen schnöden Worten verschwand sie für immer von der Bildfläche, und die beiden hörten nie mehr von ihr. Ada hätte sich gewünscht, ihre Mutter hätte eine bessere Begründung für ihr Fortgehen gehabt. Am Ende kam sie zu der schmerzlichen Überzeugung, dass sie wohl ein kleines Mädchen war, für dass es sich nicht lohnte, seine Zeit zu opfern.

Teresa bewies mit ihrer liebvollen Zuwendung zwar jeden Tag, dass die kleine Ada der einzige Mensch war, für den es sich zu leben lohnte, doch die Angst, dass auch die Großmutter sie eines Tages verlassen würde wie ihre Mutter, verlor das Mädchen nie.

Eines Abends begannen die Fragen. Mit großen Augen fragte Ada ihre Großmutter, ob diese sie heute zum letzten Mal ins Bett bringe. Teresa versicherte ihr, das sei ganz gewiss nicht der Fall. Am nächsten Morgen wollte Ada wissen, ob dies ihr letztes gemeinsames Frühstück sei. Teresa schüttelte lächelnd den Kopf und erklärte, nein, das sei ganz sicher nicht das letzte Mal. Nie wurde sie müde, das Mädchen zu beruhigen.

Schwierig wurde es, als Ada sich weigerte, in den Kindergarten zu gehen. Jeden Morgen, wenn sie an der Tür des Kindergartens ankamen, fragte Ada ängstlich, ob sie ihre Großmutter nun das letzte Mal sähe.

Am Morgen lief noch alles ganz normal. Teresa weckte ihre Enkeltochter und half ihr beim Anziehen. Sie machte Frühstück und zog Ada die Schürze über. Sie hatte sogar ihren Namen auf die Schürze gestickt und dazu eine kleine Biene. Ada mochte Bienen besonders gern, weil sie Honig brachten, und Teresa hatte ihr eine Biene mit blauen Augen gestickt. »Die sind genauso groß wie deine«, sagte sie. Teresa hatte sich wirklich Mühe gegeben, aber das Ergebnis war nicht so überzeugend, wie sie gehofft hatte.

Während sie sich zum Weggehen fertig machten, war noch alles gut. Ada weinte nicht und wehrte sich auch nicht. Doch sobald sie sich auf den Weg zum Kindergarten machten und die Straße entlanggingen, tat ihr plötzlich alles weh. Mal hatte sie Bauchweh, dann wieder »Rippenschmerzen«, denn Ada dachte, die Rippen seien irgendwo im Bauch. Dann wieder war ihr schwindlig oder ihr wurde übel und sie erklärte ihrer Oma, dass sie sich gleich übergeben müsse. Die Großmutter seufzte, aber sie insistierte nicht, und weil Ada jeden Morgen über andere Beschwerden klagte, nahm sie das Mädchen immer wieder mit nach Hause.

Natürlich konnte das nicht ewig so weitergehen. Alle Kinder müssen irgendwann in den Kindergarten, meinte die Großmutter und erklärte, dass die Leute vom Kindergarten sicher die Polizei rufen würden, wenn Ada nicht bald dort auftauchte. Nun haben kleine Kinder in der Regel keine Angst vor der Polizei, jedenfalls nicht so große Angst, wie Teresa glaubte. Ada jedenfalls schien überhaupt keine Angst vor der Polizei zu haben.

Das Einzige, wovor sie Angst hatte, war, dass ihre Oma sie an der Tür des Kindergartens abgeben würde, um dann für immer wegzugehen.

Eines Morgens nahm Teresa, nachdem sie die Schürze, das Frühstücksbrot und alles andere bereitgelegt hatte, Adas kleine Hand und sagte:

»Sieh mal, Ada, früher oder später muss alles einmal anfangen. Das ist wie mit den Straßen. Manchmal glaubt man, eine Straße ist zu Ende, aber in Wirklichkeit fängt gerade eine neue an. So wie dieser Weg hier. Du denkst, der Weg, der dich zu mir führt, geht zu Ende. Dabei beginnt hier nur der Weg, der dich zum Kindergarten führt.«

Ada hörte ihrer Großmutter aufmerksam zu. Solange sie ihre Hand hielt, wusste sie, dass Teresa nicht fortging, und war beruhigt.

»Dies ist jetzt dein Weg und er führt zum Kindergarten«, wiederholte die Großmutter.

»Aber wenn ich diesen Weg gehe, kannst du nicht mitkommen.«

»Aber ich komme doch wieder«, entgegnete Teresa, »ich komme zu dir zurück.«

»Und wo gehst du in der Zwischenzeit hin?«

Teresa lachte.

»Mein Schatz, es ist ganz egal, wohin die Menschen gehen«, sagte sie, »wichtig ist nur, dass sie zu dir zurückkommen.«

Ada dachte, dass die Oma recht hatte. Es kam nur darauf an, dass sie zu ihr zurückkam. Aber da war noch etwas, das sie nicht verstanden hatte, und deshalb fragte sie weiter. Mit drei Jahren stellte Ada eine Unmenge Fragen, vor allem ihrer Großmutter.

»Aber wie weiß ich das, Oma? Woran erkenne ich denn, dass das ein Weg ist, der für mich anfängt?«

Teresa schwieg eine Weile. Sie wusste die Antwort offenbar auch nicht. Dann aber hörten Großmutter und

Enkeltochter plötzlich jemanden eine Melodie pfeifen, vielleicht war es der Hausmeister. Es war eines dieser Lieder, die nie aufgeschrieben werden und die doch jeder kennt.

Großmutter Teresa, die es verstand, unvorhergesehene Dinge zu nutzen, und wenn es das Pfeifen eines Hausmeisters war, zog die Augenbrauen hoch und machte ein erstauntes Gesicht.

»Na, am Geräusch«, erklärte sie dann.

Sie ließ Adas kleine Hand nicht los, bis sie vor der Tür des Kindergartens standen. Als sie hineingingen, hörten sie das Pfeifen wieder.

»Hast du gehört?«, fragte Teresa. »So klingt es, wenn die Dinge beginnen.«

Ada sah ihre Großmutter zweifelnd an. Sie fragte sich, woher die Großmutter wissen konnte, dass dies wirklich das Geräusch von etwas war, das anfing. Aber die alte Dame schaute so zuversichtlich, und das Pfeifen klang so fröhlich, dass sie nicht mehr weiterfragte.

»Du musst immer gut aufpassen, damit du das Geräusch der Dinge, die beginnen, hörst«, sagte die Großmutter. »Manchmal muss man Geduld haben. Und man muss sehr achtsam sein. Komm, wir versuchen es noch mal.«

Teresa schloss die Augen, und Ada machte es ihr nach. Eine Weile lauschten sie gemeinsam in die Stille. Dann fing der Hausmeister wieder zu pfeifen an. Ada riss die Augen auf und ein begeistertes Lächeln ließ ihr Gesicht strahlen.

»Ich hab's gehört«, rief sie aufgeregt. »Ich habe es zuerst gehört!«

Teresa lächelte und küsste ihre Enkeltochter auf die Stirn. »Und vergiss nicht«, sagte sie, »es ist nicht das letzte Mal, dass ich dich zum Kindergarten bringe, sondern das erste Mal, dass du in den Kindergarten gehst. Und erste Mal sind so viel schöner als letzte Male.«

Ada ließ die Hand ihrer Großmutter los. Sie drehte sich noch ein paar Mal um, um zu sehen, ob die Großmutter immer noch da stand. Und ja, sie stand noch da, mit einem großen Lächeln und dem Versprechen, dass sie zurückkehren würde, wann immer ihr kleines Mädchen sie brauchte.

Seit dieser Zeit war Ada immer sehr geduldig, und sie hatte auch gelernt, aufmerksam zu sein, damit sie immer sagen konnte, wann etwas zu Ende ging und wann etwas anfing. Sie begriff, dass die Dinge, die zu Ende gehen, dies sehr still tun. Während die Dinge, die beginnen, einen hellen und wunderschönen Klang haben.

2

Selbst in der Cafeteria eines großen Krankenhauses kann man das Geräusch der Dinge, die beginnen, hören. Zum Beispiel am Geräusch eines Kaffeelöffels, den jemand, der dir gegenübersitzt, etwas zu eilig in seiner Tasse herumrührt.

Außerdem ist Montag, und montags, das hat Ada gelernt, fangen immer viele Dinge an.

»Na, was verkaufen wir denn heute, Boss? Irgendwelche Stahlventrikel fürs Herz?«

Ada lächelt Matteo zu. Kaum wahrnehmbar, doch sie lächelt. Sie reißt zwei Tütchen mit braunem Zucker auf und lässt ihn in den Kaffee rieseln, bevor sie Matteo die große Tasse hinüberschiebt. Er schaut zur Seite.

»Heute mach ich meine Runde bei den Neurochirurgen. Und bitte hör auf, mich ›Boss‹ zu nennen«, fügt er hinzu, bevor einen Schluck aus seiner Tasse nimmt. An diesem Morgen schafft er es nicht, Ada ins Gesicht zu sehen.

Der kleine Tisch, an dem sie sitzen, steht ein wenig abseits, in einer Ecke des großen Krankenhaus-Cafés. Von dort kann man jeden sehen, der hereinkommt, aber auch nach draußen schauen, durch die Scheibe, die den inneren Teil des Cafés von der geräumigen Terrasse mit dem Geländer aus Glas trennt.

Matteo stellt seine Kaffeetasse ab und sieht nun endlich Ada an. Sie trägt eins von seinen Sweatshirts, eins aus den achtziger Jahren mit geometrischen Mustern in grellem Blau, das ihr viel zu groß ist. Ihr Haar, das zwischen Kastanienbraun und Dunkelrot changiert, hat sie zu einem Pferdeschwanz gebunden, ohne in den Spiegel zu schauen.

Gestern Abend hat sie ihre Schminke wohl etwas zu eilig entfernt. Ihre Lider sind noch ein wenig schwarz, aber Matteo findet sie auch schön, wenn sie noch etwas verschlafen aussieht und Spuren ihrer Wimperntusche zu sehen sind.

»Deine Runde bei den Neurochirurgen ist vierhundert Kilometer lang«, sagte Ada.

»Vierhundertvierzig«, entgegnet Matteo und zuckt mit den Schultern. Er hat breite Schultern, flache Schulterblätter und den schönsten Rücken, den Ada je gesehen hat.

»Ich kann ja trotzdem auf dich warten und heute Abend etwas kochen«, sagt Ada.

In ihrer Stimme liegt Dankbarkeit und eine kindliche Aufgeregtheit. Matteo kann kaum glauben, dass Ada schon siebenundzwanzig ist. Als sie ihm vorgeschlagen hat, mit dem Abendessen auf ihn zu warten, ist sie sogar ein bisschen rot geworden und hat die Augen niedergeschlagen. Mit dem Daumen fährt sie immer wieder über ihren Finger, dessen Nagelbett eingerissen ist. Dann legt sie ihre Hand auf die von Matteo.

Matteo hat jetzt erst einmal zweihundertzwanzig Kilometer vor sich. Noch ein Krankenhaus, das er besuchen muss. Zwei Neurologen, die er treffen wird. Hände drücken, die Ware präsentieren. Einzelheiten der Operation erörtern. Dann so tun, als rede er gern über Reisen. Ärzte reden immer gern über Reisen. Watamu, Saint Martin, Koh-Phangan – das sind die Orte, über die sich Neurochirurgen auf den Krankenhausfluren unterhalten wollen. Besonders, wenn es auf Weihnachten zugeht und von den Decken ein paar spärliche Kugeln und Sterne baumeln, die an unsichtbaren Fäden aufgehängt sind.

Er nimmt sich vor, die übliche Einladung, dazubleiben und mit den Ärzten essen zu gehen, abzulehnen und gleich mit dem Firmenwagen wieder zurückzufahren. Die Arbeit ist heute Morgen das Einzige, das ihm das Gefühl gibt, er habe die Wendung, die sein Leben genommen hat, noch im Griff.

Doch wenn er Ada noch länger anschaut, könnte er auf die Idee kommen, heute Vormittag nicht zu arbeiten. Das ist schon einmal vorgekommen. Und es könnte wieder passieren. Er würde mit ihr in das kleine Haus gehen, das noch nicht eingerichtet ist. Dort gibt es nur ein Badezimmer, die Andeutung einer Küche und das Bett. Nur wenn sie da ist, wird es ein Haus. Er würde sie langsam ausziehen und ebenso langsam würde er sie lieben, als wäre Adas Körper der einzige Ort, an den er zurückkehren kann.

Aber heute Morgen geht es wirklich nicht. Er ist jetzt fast vierzig. Und selbst wenn er nicht gern Boss genannt werden will, ist er doch genau das. Ein Manager, ein Sales Manager. Er muss verkaufen. Das ist sein Beruf. Und das ist auch an diesem Morgen sein Job.

Auf dem Tischchen liegt ein Schild, das die Herren Ärzte auffordert, ihre Kittel in der Cafeteria abzulegen. Doch die Ärzte ziehen ihre Kittel so gut wie nie aus. Ada weiß das. Und sie denkt, Kittel oder nicht, es geht ihr nicht aus dem Kopf, dass einer dieser Ärzte das Leben ihrer Oma retten kann, die oben im sechsten Stockwerk liegt, in der Hämato-Onkologie Flur 2723, Zimmer 9, Bett B.

Ada und Matteo haben sich an einem Abend vor ein paar Monaten kennengelernt. Sie saß in der Cafeteria, an dem Tischchen, an dem sie jetzt auch sitzen. Draußen war das rosafarbene Leuchten des spätsommerlichen Sonnenuntergangs zu bewundern.

Ada hatte Matteo schon ein paar Mal in der Krankenhauscafeteria gesehen. Er trug keinen weißen Kittel, schien ihr aber auch niemand zu sein, der sich nach den schriftlichen Anweisungen auf Kärtchen auf dem Tisch richtet, jedenfalls hatte Ada sofort gedacht, dass er kein Arzt war. Er war ihr schon mehrmals aufgefallen, am Ende war er immer mit seinem Getränk auf die Terrasse hinausgegangen. Nachdem er getrunken hatte, betastete er jedes Mal seinen Oberkörper mit den Händen. Zuerst auf Brusthöhe, dann an den Hüften und schließlich wieder an der Brust. Erst am Schluss klopfte er die vorderen Hosentaschen ab. Ada hatte eine Weile gebraucht, bis sie begriff, was er da tat: Er suchte nach Zigaretten. Am Ende fand er sie immer in seiner Hosentasche, der linken, genauer gesagt. Er zog eine Zigarette aus der Schachtel, welche Marke, konnte Ada nicht erkennen. Er nahm zwei tiefe Züge, dann warf er die Zigarette weg.

Sie wusste nicht, was sie dazu gebracht hatte, aber eines Tages stand sie von ihrem Stuhl auf, trat auf die Terrasse und stellte sich neben ihn.

»Was trinkst du da?«, fragte sie.

Er reichte ihr wortlos sein Glas. Ada trank einen Schluck. Es war Rum. Trockener Rum. Sie hatte so etwas noch nie getrunken und hatte das Gefühl, als würde ihre Kehle von vielen kleinen heißen Messerchen durchbohrt. Spontan spuckte sie den Rum wieder aus und kippte den Rest aus dem Glas.

Matteo hörte nicht auf, sie anzuschauen. Er hörte auch nicht auf, sie anzulächeln.

Auch an diesem Morgen könnte Matteo Ada ewig so weiter anschauen und ihr zulächeln. Stattdessen stürzt er rasch den Rest seines Kaffee herunter. Dann steht er auf und zieht sich das blaue Sakko über. Er tut es sehr viel schneller, als es Ada lieb ist. Sie gehört zu den Leuten, die sich anderen gegenüber immer so verhalten, wie sie es sich selbst von ihnen wünschen. Sie steht so langsam auf, dass sie nicht einmal die Luft bewegt, und glättet Matteos Hemdkragen, als sei dies das Einzige, was im Moment zählt.

»Nicht mal ein Kuss«, sagt Ada und schafft es nicht, es wie eine Frage klingen zu lassen.

Matteo gibt ihr eilig einen Kuss auf die Wange, dann hält er ihr seine hin. Eher andeutungsweise, aber Ada hat gelernt, diese Bewegung zu erkennen. Er ändert dann den Winkel zwischen Kinn und Hals und beugt sich vor. Sie gibt ihm den Kuss. Seine Wange kratzt ein wenig.

Manchmal, denkt Ada, behandelt er sie wie eine dieser Katzen, denen man auf dem Weg zur Arbeit begegnet und die man jeden Tag begrüßt. Die man manchmal sogar streichelt. Aber die man nie mit nach Hause nehmen würde.

Sie hat kaum Zeit für ihren flüchtigen Kuss, da ist er schon unterwegs. Er dreht sich noch einmal um. Und dann geht er fort, mit dem schnellen Schritt derer, die wissen, wohin sie gehen.

Die Art, wie die Menschen weggehen. Wie sie ihre Schultern hochziehen. Ihr Blick, der schon das neue Ziel im Auge hat. Ada scheint in ihrem ganzen Leben nichts anderes getan zu haben, als zu versuchen, die Menschen aufzuhalten, die sich von ihr entfernen.

3

Jeden Montag beobachtet Ada die Leute. Sie tut das zwar jeden Tag, aber montags gefällt es ihr am besten, weil sie den Eindruck hat, dass alles neu beginnt. Jeder geht geschäftig seinen Weg, ohne sich umzuschauen. Und für einen kurzen Augenblick gibt sich Ada der Illusion hin, dass auch sie zu denen gehört, die genau wissen, wohin sie gehen.

Ada hat im Moment keine Arbeit, muss also montags nirgendwo hingehen. Seit ihre Großmutter krank ist, ist sie der Meinung, dass das bisschen, das sie bei den ihr angebotenen Jobs verdienen würde, keine der Minuten wert ist, die sie bei ihrer Großmutter verbringen kann. Sie hat etwas Geld zurückgelegt. Und da ist auch noch die Rente ihrer Großmutter. Teresa sagt ihr immer wieder, sie könne damit machen, was sie wolle, aber Ada rührt das Geld so gut wie niemals an.

Sie führt eine Liste, auf der steht, was sie später gern einmal machen würde. Eigentlich ist es gar keine richtige Liste, denn Ada ist kein großes Organisationstalent. Ihre Ideen stehen nicht auf einem Blatt, es ist eine Liste in ihrem Kopf, und sie merkt sich Dinge wie: die Leute daran hindern, im Internet nach der Bezeichnung von Krankheiten und ihren Symptomen zu suchen. Sie weiß, dass man so etwas nicht unbedingt eine Beschäftigung nennen kann, doch sie weiß auch, dass es Zeiten im Leben gibt, in denen man das, was sie aufgelistet hat, unbedingt tun sollte. Oder lassen.

Sie glaubt sogar, dass sie die Leute erkennen kann, die im Internet Namen und Symptome von Krankheiten suchen. Sie erkennt sie an der Art, wie sie die Cafeteria betreten, in der einen Hand den Befund, in der anderen das Smartphone. Seit dem Tag, an dem bei ihrer Großmutter das Lymphom festgestellt wurde, weiß Ada, dass es keine gute Idee ist, im Internet Krankheiten nachzuschauen. Sie hätte es nicht tun sollen und die anderen sollten es ebenfalls sein lassen. Was man dort über Krankheiten liest, ist nie positiv.

Mantelzell-Lymphom Grad III. Nach dieser Krankheit hatte Ada im Netz gesucht. Sie hatte sich keinen anderen Rat gewusst.

Ihre Großmutter hatte eine Lungenentzündung gehabt, aber sie hatte weder stark gehustet noch sonst irgendetwas gespürt. Nur dieses Fieber, das nicht aufhörte. Der Hausarzt hatte ihr Antibiotika gegeben, weiter aber nichts getan. Schließlich hatte Ada ihre Oma ins Krankenhaus gebracht.

Teresa wehrte sich mit Händen und Füßen. Sie hätte doch keine Schmerzen, meinte sie, und in der Ambulanz müsse man ewig warten, und sie wolle nicht Schlange stehen, schon gar nicht in einem Krankenhaus.

Da hatte Ada noch gedacht, es könne nichts Schlimmes sein. Schließlich kam es vor, dass Leute Fieber hatten, einfach so, aber ihre Oma hatte nie welches gehabt. Oder sie hatte nicht darüber geredet. Teresa verstand es, Dinge zu verbergen, wenn sie nicht wollte, dass man sie bemerkte, und vielleicht war das Fieber etwas, das sie glaubte, verheimlichen zu müssen.

Als es Ada endlich gelungen war, die Großmutter zu überreden, mit ihr ins Krankenhaus zu fahren, behielt man sie eine Weile zur Beobachtung dort, vorsichtshalber, erklärten die Ärzte. Das Fieber ließ nach, doch dann wurden alle möglichen Untersuchungen gemacht, ein CT und andere Dinge, deren Sinn Ada nicht genau verstand. Teresa bat sie immer wieder, niemanden mit Fragen zu behelligen, es seien schließlich Ärzte, und die wüssten schon, was sie täten.

Ada hätte zu gern gewusst, was all diese CTs und PETs und die ganzen Bluntuntersuchungen eigentlich sollten, vor allem, da das Fieber inzwischen gänzlich verschwunden war. Da aber ihre Großmutter darauf bestand, dass sie niemanden fragen sollte, fragte sie auch nicht.

Bei ihrer Entlassung teilte man ihr mit, man hätte im Mediastinum einen Tumor entdeckt. Ada hatte noch nie etwas vom Mediastinum gehört. Sie wusste nicht einmal, wo das lag, und die Oma wusste es sicher auch nicht, doch auch jetzt stellte sie keinerlei Fragen.

Der zuständige Arzt erklärte, man könne nicht genau sagen, seit wann die Großmutter den Tumor habe.

Vielleicht seit einem Monat, vielleicht schon seit fünf Jahren. Wenn er schon seit fünf Jahren dort sei, dann sei das besser, denn das würde bedeuten, dass er nicht so aggressiv sei. Jedenfalls würde man alles tun, was man tun könne. Ada und ihre Großmutter konnten auch nicht mehr tun, als zum Hausarzt zu gehen und den vierseitigen Bericht mitzunehmen, den der Stationsarzt ihnen mitgegeben hatte. Er hatte sich mit einem festen Händedruck verabschiedet und ihnen von Herzen alles Gute gewünscht.

Als Ada vor dem Bericht saß, versuchte sie, sich nicht zu sehr von dem Gedanken herunterziehen zu lassen, dass sich im Körper ihrer Großmutter etwas Böses entwickelte. Lieber wollte sie daran denken, dass Teresa das Krankenhaus genauso verlassen hatte, wie sie hergekommen war – in ihren Tanzschuhen, mit ihren wundervollen Haaren und dem roten Lippenstift. Ada wusste, dass sie, ganz gleich, was dieser Tumor war und wo auch immer sich das Mediastinum befand, ihre Großmutter nie daran hindern würde, sich für einen Tanz schön zu machen. »In jedem Augenblick kannst du das Geräusch der Dinge hören, die beginnen«, sagte Teresa immer. Vielleicht war das, was gerade begonnen hatte, ein Tanz, und dann musste man eben bereit sein.

4

Am Anfang war es tatsächlich so etwas wie ein Tanz. Ein Tanz mit der Krankheit, die einen so langen Namen hatte. Ada erforschte sie im Internet und wurde dabei fast wahnsinnig. Ihr Hausarzt hatte sie in die Onko-Hämatologie geschickt. In Adas Kopf hatte das Wort »Onko-Hämatologie« denselben Stellenwert wie »Mediastinum«. Es war nur ein Name, und sie wusste nicht, was er bedeutete. So suchte sie im Internet nun auch danach.

Immer wenn sie glaubte, etwas über die Krankheit und die jeweilige Krankenstation verstanden zu haben, oder über die Bedeutung, den Tumor innerhalb oder außerhalb des Mediastinums zu haben, lief sie zu ihrer Großmutter und erzählte ihr davon. Teresa jedoch reagierte nicht mal mit einem Kopfnicken. Stattdessen fragte sie, warum Ada sich nicht gekämmt habe und ob sie sich nicht ein wenig hübsch machen wolle.

»Nimm den Lippenstift, Kind«, sagte sie, und Ada holte ihn aus dem Bad, wo er zwischen Nagellack und Haarnadeln lag. Sie ließ zu, dass Teresa ihr den Lippenstift auftrug, und dann sah sie zu, wie ihre Großmutter sich die Lippen nachzog. Sie brauchte dafür nicht einmal einen Spiegel.

Die Sache mit dem Lippenstift war wichtig – vielleicht noch viel wichtiger als die komplizierten Bezeichnungen, die Ada in all den Befunden las –, um zu wissen, wie es ihrer Großmutter ging. Ada kontrollierte stets, ob die Großmutter ihren Lippenstift aufgetragen hatte. Und ob ihre Tanzschuhe in Reichweite waren.

Wenn sie beides trug, ging es ihr sehr gut. Trotz des Lymphoms, das das Mediastinum befallen hatte, trotz allem anderen. Auch wenn sie die Schuhe in der Nähe des Bettes stehen hatte und der Lippenstift auf der Kommode lag, ging es ihr recht gut. Wenn sie nicht danach fragte, ging es ihr ziemlich schlecht.

Seit ein paar Wochen hatte Teresa nach gar nichts mehr gefragt. Aber daran will Ada lieber nicht denken. Sie verlässt die Cafeteria und überquert den Weg, den die Leute unbeirrt in der geschäftigen Eile des Montagmorgens zurücklegen. Sie fragt sich, wann Matteo anrufen würde.

Die Eingangshalle des Krankenhauses wird intervallmäßig von einem kalten Luftzug durchzogen. Das liegt an den automatischen Schiebetüren. Sie öffnen und schließen sich in ihrem eigenen Rhythmus, und wenn man diesem Rhythmus nicht folgt, kann man stecken bleiben und löst auf diese Weise kleine Fehlstarts aus, die dazu führen, dass die Türen sich nur noch einen Spaltbreit öffnen und dann stillstehen.

Inzwischen erkennt Ada die Leute, die mit dem Rhythmus der Türen und dem richtigen Abstand noch nicht vertraut sind, immer gleich. »Haben Sie Geduld«, möchte sie ihnen am liebsten zurufen, »das geht jedem am Anfang so«, doch dann durchfährt sie ein Gedanke wie ein kleiner Messerstich.

Was, wenn Matteo nicht mehr anruft? Wenn er nicht mehr ans Telefon geht? Nicht so wie jetzt, wo er, auch wenn er gerade nicht sprechen kann, kurz an den Apparat geht und sagt, dass er sich später meldet. Nein, wie wäre es, wenn er nie mehr anriefe?

Diese Gedanken sind zu schrecklich, um sie zu Ende zu denken. Sie sind wie diese Bilder, die man zu träumen glaubt, wenn man einschläft, und die einen plötzlich ruckartig hochfahren lassen. Man weiß nicht mehr so richtig, was man eigentlich gesehen hat, ist aber zutiefst verstört.

Er wird schon anrufen, sagt Ada sich. Er ruft sicher an. Sie lässt ihren Blick schweifen und hält nach alten Leuten Ausschau, die in der Eingangshalle des Krankenhauses oft seltsam verloren wirken, während sie versuchen, die Ambulanz oder eine bestimmte Abteilung zu finden, in die man sie bestellt hat. Wenn man im Flur so einen alten Menschen vor sich hat, weiß man nie, wie man ihn mit Anstand überholen kann, weil es einem ein bisschen leidtut, ihm zu zeigen, dass er zu langsam geht.

Das ist es, was Ada am Altwerden fürchtet. Dass sie irgendwann, um zu gehen, jemanden als Stütze braucht und die Leute hinter ihr nicht wissen, wie sie an ihr vorbeikommen sollen. So zu werden, macht ihr Angst.

Doch an diesem Tag scheint sich in der Halle niemand zu verirren. Sonst wäre Ada auf ihn zugegangen und hätte gefragt, wo er hinmuss. »Keine Sorge, ich weiß, wie man dort hinkommt. Kommen Sie, ich helfe Ihnen, das ist mein Job, wissen Sie?«, hätte sie gesagt, und es wäre keine schlechte Lüge gewesen. Eine von denen, die sogar ihre Großmutter durchgehen lassen würde.

Sie geht zum Aufzug Nr. 6. Sie könnte auch Aufzug Nr. 2 nehmen, aber dann wäre der Weg zur Onko-Hämatologie länger.

Als Ada ihre Großmutter zum ersten Mal in diese Abteilung begleitete, kannte keiner von ihnen diese Abkürzung. Sie wussten nicht, wie sie zur Station finden sollten, weder auf dem längsten noch auf dem kürzesten Weg. Alles in diesem Krankenhaus war ihnen riesengroß erschienen. Und selbst als sie den Pfeilen auf dem Boden gefolgt waren, hatten sie sich verlaufen. Großmutters Lippenstift war damals noch perfekt aufgetragen.

Bei dieser ersten Suche nach dem Weg auf die Station hakte sich die Großmutter bei Ada unter, und die Absätze ihrer Tanzschuhe klackten auf dem Linoleumfußboden, ohne das geringste Zögern zu verraten. Dort, wo die Flure enger wurden und man überlegen musste, welche Richtung man einschlug, hielten Ada und ihre Großmutter die Leute, die hinter ihnen gingen, dann doch ein wenig auf. Da wurde Ada bewusst, dass ihre Großmutter nun auch zu denen gehörte, die immer einen Arm als Stütze brauchen würden. Dieser Job stand seitdem auf ihrer Liste: alte Leute zu führen, damit sie die, welche hinter ihnen gingen, nicht aufhielten. Darin war sie wirklich gut.

Seit sie die Onko-Hämatologie zum ersten Mal betreten haben, sind Monate vergangen, aber Teresa kennt den Weg immer noch nicht. Sie verlässt sich nur auf wenige Dinge, zweifelt aber nicht daran, dass sich immer jemand findet, den man nach dem richtigen Weg fragen kann. Die seltenen Male, die sie das Zimmer 9 verlässt, lässt sie sich von Ada führen, ohne zu fragen, wo sie sich befindet.

Oft reden sie davon, wie die Mittag- und Abendessen waren, die sie für ihre Enkelin gekocht hat. Ada sagt ihr dann, dass es immer gut geschmeckt hat. Sie sagt das auch, wenn die Oma sie gar nicht danach gefragt hat. Sie sagt es sogar über Sachen, die sie noch nie probiert hat, dann kann ihr Teresa nämlich versprechen, diese Gerichte für sie zuzubereiten, wenn sie wieder nach Hause kommt. Ada freut sich, wenn ihre Großmutter so etwas sagt, auch wenn sie genau weiß, dass Teresa diese Speisen nie mehr wird kochen können. Doch das sagt sie ihrer Großmutter natürlich nicht. Sie lügt. Sie sagt, sie freut sich sehr darauf, all diese Dinge zu essen.

Ada ist eigentlich keine Lügnerin. Um nichts auf der Welt würde sie lügen, aber für ihre Oma tut sie es. Sie will sie nicht enttäuschen, das ist alles.

5

Der Aufzug Nr. 6 öffnet sich vor der gelben Stationstür. Es ist eine dieser feuersicheren Türen, die so schwer sind, dass man sie manchmal kaum öffnen kann. Sie lassen sich auch nicht schließen, weil sie bis zu einem bestimmten Punkt sehr langsam gleiten und dann plötzlich rasch und kraftvoll ins Schloss fallen. Diese Türen machen ein Geräusch, so unüberhörbar, dass Teresa Ada einen vielsagenden Blick zuwarf, als sie zum ersten Mal die Tür passierten. Ein Blick, der sie mahnte, achtsam zu sein. Denn dies war wohl eines der Geräusche, die die Dinge machen, wenn sie beginnen.

Ada wollte aber nicht an das denken, was hier begann. Auch an diesem Montag will sie nicht daran denken. Draußen ist es kalt, unten in der Halle scheint sich niemand verlaufen zu haben, und sie weiß nicht, ob Matteo sie heute noch anrufen wird.

Sie tut so, als würde sie das Geräusch der Tür nicht hören. Wie immer, wenn sie die Station betritt, zwingt sie sich, an ein Lied zu denken, das ihre Großmutter ihr jeden Morgen vorsang, damit sie wusste, dass dies ein schöner Tag werden würde.

Teresa konnte nicht besonders gut singen, aber das hatte Ada nie gestört. Sie hatte sogar, als sie klein war, lange Zeit geglaubt, ihre Oma wäre eine begnadete Sängerin.

»Guten Morgen, neuer Tag, der uns glücklich macht«, hieß es in dem Lied. »Guten Morgen, neuer Tag, der uns Schönes bringt.«

Sie meint fast, die Stimme ihrer Großmutter zu hören und den Duft der Zimtküchlein zu riechen, die es immer zum Frühstück gab. Als kleines Mädchen hatte sie nie herausgefunden, wo Teresa die Bonbons aufbewahrte. Und selbst als sie es schließlich entdeckte, staunte sie immer noch, wenn sie die bunten Süßigkeiten auf dem Tisch entdeckte.

6

Ada hat noch das Lied ihrer Großmutter im Ohr, als sie beschließt, sich ins Wartezimmer der Tagesklinik zu setzen. Zwei der vier Wände sind aus Plexiglas, so kann man von außen sehen, wer drinnen sitzt und umgekehrt. Heute Morgen ist niemand da.

Ada ist erleichtert, dass von der Geschäftigkeit des Montags an diesem Ort nichts zu spüren ist. Das bedeutet nämlich, dass kein neuer Patient eine Chemotherapie braucht. Sie kann sich hier noch eine Weile hinsetzen und so tun, als sei dies eines der wenigen Male, als Teresa noch allein zur Chemotherapie gehen konnte und sie hier auf den Moment wartete, in dem sie auf dem Flur das Klacken der Tanzschuhe hörte. Gleich darauf ertönte die beruhigende Stimme der Großmutter. Für heute wäre es geschafft, jetzt könnten sie nach Hause gehen.

Ada denkt sich ein kleines Gespräch aus. Sie stellt sich vor, wie die Großmutter sagt, sie könnten bei dem kleinen Mann auf dem Markt Eier kaufen. Und dann antwortet sie, ja, sie könnten gehen, auch wenn sie selbst nicht allzu große Lust hat. Teresa brauchte immer furchtbar viel Zeit, um Eier auszuwählen. Nicht weil sie unschlüssig war, welche sie nehmen sollte, sie wusste immer sofort, welche Eier für die Pasta am besten waren, welche für Süßspeisen und welche zu gar nichts taugten. Sie wollte aber, dass Ada es auch lernte. Deshalb stand sie minutenlang vor dem Verkaufstisch und erklärte ihr die Färbung der Schale und alle möglichen anderen Dinge, die Ada gar nicht interessierten.

Der kleine Mann, der die Eier verkaufte, trug stets eine Sonnenbrille und sagte immer: »Guten Tag, meine Damen.« Ada fragt sich manchmal, ob er es sagte, weil er sie sah und sie wirklich begrüßen wollte, oder ob er hinter seiner Brille fast gar nichts sah und nur zufällig guten Tag sagte und hoffte, früher oder später werde jemand vorbeikommen.

Wenn jetzt jemand in den Warteraum der Tagesklinik käme, würde sie ihm die Geschichte mit den Eiern erzählen. »Ich warte auf meine Oma«, würde sie sagen, »und gleich gehen wir Eier kaufen.«

Sie gehört zu den Leuten, die viel Zeit damit verbringen, sich Gespräche auszudenken, die wahrscheinlich nie stattfinden werden. Bei dem, das sie sich gerade ausdenkt, hat sie einen Gesprächspartner, der unbedingt wissen will, wie man gute Eier, die zu allem taugen, von denen unterscheiden kann, mit denen nichts anzufangen ist. Ada antwortet ihm im Kopf, während sie denkt, dass, wenn die Chemotherapie in der Tagesklinik an dem Tumor im Mediastinum nichts geändert hat, dies nur ein Fehler sein kann. Einer von diesen Fehlern, die sie, als sie als Mädchen ihre Mathematikaufgaben machte, einfach wegradieren konnte, mit einem Radiergummi, der speziell für Tinte gemacht war. Es war ein sehr harter Radiergummi, und wenn man nicht aufpasste, beschädigte man die Seite, aber meistens konnte man das richtige Ergebnis hinschreiben.

Ada denkt, dass sie einfach hier sitzen bleibt und den Fehler ausradiert, der ihre Großmutter seit über einem Monat im Krankenhaus festhält. Sie will ihn ausradieren, auch wenn danach die Seite ein Loch hat. Selbst wenn sie das ganze Heft wegwerfen muss.

Die feuersichere Tür der Station schließt mit einem dumpfen Zischen. Ada blickt auf. Durch die Plexiglaswand sieht sie ein Paar. Die Frau scheint um die vierzig zu sein, der Mann ist vielleicht etwas älter. Sie tragen keine Ringe, aber Ada erkennt, dass sie seit langer Zeit zusammen sind und es wahrscheinlich noch lange bleiben werden, auch wenn sie kein Versprechen vor einem Priester oder sonst wem abgelegt haben.

Sie hofft, dass sie sich in der Tür geirrt haben und eine andere Abteilung suchen. Kurz vor dem Eingang in die Onko-Hämatologie hinter einer anderen feuersicheren Tür liegt die Gesichtschirurgie. Früher dachte Ada, man ginge dort nur aus ästhetischen Gründen hin, aber inzwischen weiß sie, dass auch Fehlbildungen an Kiefer oder Nasennebenhöhlen korrigiert werden, die Patienten nachts beim Atmen behindern. Es kann ernsthafte Probleme am Unterkiefer oder an der Nasennebenhöhle geben. Nicht so ernst wie ein Lymphom oder Leukämie, aber doch gravierend.

Vielleicht ist es ja wirklich nur ein Problem mit dem Unterkiefer, weswegen das Paar hier ist, und sie haben sich einfach verlaufen. Das Krankenhaus ist nämlich riesig, und oft verirren die Leute sich hier, nicht nur ältere Frauen mit Tanzschuhen.

Doch die beiden haben sich nicht verirrt. Sie gehen direkt zum Empfang. Vielleicht ist sie es, die krank ist, vielleicht er. Sie sehen beide ängstlich aus, geben sich aber Mühe, heiter zu wirken, damit der andere sich keine Sorgen macht. Sie schauen sich nicht in die Augen. Die Angst, die man in den Augen hat, wenn man eine solche Station betritt, lässt sich nicht verbergen. Das hatte Ada gleich bemerkt, als sie zum ersten Mal mit der Großmutter hierherkam.

Damals war das Wartezimmer voll. Selbst wenn Ada die Patienten nicht von ihren Begleitern unterscheiden konnte, hatte sie eine Sache begriffen, und von diesem Tag an wusste sie es für immer. Alle hier drin sahen aus wie Menschen, die nur wenige Schritte von sich entfernt eine Bombenexplosion erlebt hatten, mit der sie niemals gerechnet hätten. Plötzlich war alles dunkel und voller Rauch, und wie im schlimmsten Alptraum hatte keiner die Kraft zu schreien. Die Bombe hatte sie nicht getötet, das nicht. Doch sie wussten jetzt, was ihnen zustoßen konnte. Das Wissen darum, was einem zustoßen kann, kann man nicht aus seinem Blick verbannen, auch wenn man mit aller Kraft versucht, so auszusehen, wie man aussehen zu müssen glaubt, als sei man ganz gelassen und lasse seiner Angst keinen Raum.

Aus einem der Chemotherapie-Räume kommt Schwester Giulia. Sie beugt sich über ein Krankenblatt. Sie trägt eine Haube mit aufgedruckten Goldfischen. Jeden Tag trägt sie solche Hauben mit verschiedenen Tieren darauf. Kleine Katzen, unverschämt fröhliche Zebras, Seehunde mit Brillen. Giulia ist die Einzige, die solche Hauben trägt. Sie mögen lächerlich wirken, doch wenn Bombenangriffe wüten, sind sie es nicht. Sie geht zum Wartezimmer, ohne den Blick von dem Krankenblatt in ihrer Hand zu heben. Seit Ada sie zum ersten Mal gesehen hat, achtet sie auf die Sparsamkeit ihrer Bewegungen. Keine wird vergeudet, jedenfalls kommt es ihr so vor.

Ada mag Leute mit ausladenden Gesten nicht. Sie sieht sie oft in Bars oder Restaurants. Immer sind diese Leute in Bewegung, und oft schieben sie Gegenstände beiseite, ohne darauf zu achten. Ada würde ihnen gern sagen: »Achtet auf das, was ihr tut.«

Sie sagt aber nie etwas. Sie ermahnt nur sich selbst, auf das zu achten, was sie tut. Doch eine Minute später hat sie es schon wieder vergessen.

Giulia vergeudet keine einzige Bewegung. Wenn sie an der Tür stehen bleibt und Ada sieht, grüßt sie sie mit einem Kopfnicken. Wenn man einmal erlebt hat, was einem alles zustoßen kann, ist Begrüßen nicht mehr etwas, was man mit Worten ausdrücken kann. Innen drin ist es, als täte man nichts anderes, als zu grüßen. Nicht die Krankenpfleger oder Ärzte oder irgendwen sonst, sondern das Leben von früher, als sei es eine Grammatik, eigens für die geschaffen, die überlebt haben.

»Die Visite ist gerade vorbei«, sagt Giulia zu Ada. Sie spricht von dem Besuch, den die Ärzte jeden Morgen bei ihrer Großmutter machen. Die Visite, an der niemand sonst teilnehmen darf, auch Giulia nicht. »Wenn Sie wollen, können Sie jetzt zu ihr gehen. Haben Sie ihr das Photovon dem Ölbaum mitgebracht?«

7

Ada und Teresa haben zu Hause im Garten einen Olivenbaum. Es gibt ihn schon ewig lange, und seit es der Großmutter wieder etwas besser geht, leidet sie sehr darunter, ihn nicht zu sehen. Immer wieder erzählt sie Giulia von diesem Baum und wie sehr sie seinen Anblick vermisst. Giulia hatte die Idee, dass Ada mit dem Smartphone doch filmt, wie der Baum jetzt aussieht.

Aber für Ada sieht der Olivenbaum aus wie immer. Er hat sich überhaupt nicht verändert. Deshalb vergisst sie auch jedes Mal, diese Photos zu machen. Als Giulia jetzt wieder danach fragt, fühlt sich schuldig, weil sie es schon wieder vergessen hat. Natürlich könnte sie auch einfach ein altes Bild vom Baum hernehmen und behaupten, das sei das Photo, aber sie will nicht lügen. Ihrer Großmutter genügt es sicher zu wissen, dass es dem Olivenbaum gut geht. Wahrscheinlich fragt sie deswegen ständig danach.

Der Olivenbaum hat eine Geschichte, und die begann vor etwa zwanzig Jahren. Vielleicht sogar noch etwas eher.

Der Morgen, an dem sie den Baum holten, war ein Morgen wie jeder andere, jedenfalls so lange bis Teresa in Adas Zimmer kam, sie wortlos in den Arm nahm und sie dann ohne weitere Erklärung aufforderte, ihre Spielzeugzwerge zu lassen, wo sie waren, und mit ihr zu kommen. Ada maulte, sie ließ ihre Zwerge ungern einfach so stehen.

Der Weg zu der Baumschule dauerte ewig, Ada und ihre Großmutter mussten drei Mal den Autobus wechseln. Zuerst fuhren sie mit dem weiß-grünen, den sie immer nahmen, wenn sie etwas vorhatten. Der Bus kam jede Stunde unten an ihrer Straße vorbei, wenn die Glocke der nahegelegenen Kirche drei Viertel schlug. Anschließend stiegen sie in einen großen blauen Bus, der eine weite Strecke zurücklegte, ohne irgendwo anzuhalten. Und danach nahmen sie einen Minibus, der nur ein bisschen größer war als ein Lieferwagen. Ada erinnerte sich noch gut an diese drei Busse, aber an die Fahrt selbst hatte sie nur noch eine verschwommene Erinnerung. Sie war wohl in Gedanken immer noch bei ihren Zwergen.

Doch als sie dann endlich die Baumschule betraten, vergaß sie die Zwerge, die Busse und alles andere.

Wenn Ada in den Himmel schaute, fing immer alles an, sich zu drehen, deswegen sah sie nicht gerne nach oben. In der Baumschule aber konnte sie nicht anders – sie klammerte sich an die Hand ihrer Großmutter, legte den Kopf in den Nacken und starrte staunend in die Baumkronen.

Die Sonne brach sich schimmernd im Wipfel der Bäume, die in langen Reihen dicht beieinanderstanden, so endlos lang, dass Ada, auch wenn sie nicht nach oben, sondern nach vorn geschaut hätte, das Ende nicht hätte ausmachen können. Das Licht, das durch die Blätter fiel, erinnerte sie an Regen, und mit jedem Schritt fühlte sich Ada in diesem ungewohnten Lichterregen mehr verzaubert.

Irgendwann kam ein Mann auf sie zu, der mit ihrer Großmutter ein Gespräch begann. Ada ließ Teresas Hand los und begann zu laufen, während sie wie gebannt nach oben schaute. Sie hörte, wie Teresa nach ihr rief, aber sie konnte einfach nicht anhalten, sie breitete die Hände aus und drehte sich im Kreis, den Blick in die Wipfel der Bäume gerichtet, bis der Lichterregen, der durch die Blätter fiel, so stark wurde, dass sie hinfiel.

Und selbst als sie auf dem Boden lag, schaute sie weiter nach oben, in die goldenen Lichtspektren, die sich mit der Bewegung der Blätter veränderten. Sie blieb auf dem Rücken liegen und stand erst auf, als Teresa und der Mann von der Baumschule zu ihr kamen.

Ihre Großmutter lächelte und nahm sie schweigend in den Arm. Dann erklärte sie dem Mann von der Baumschule, dass sie »einen von denen« kaufen wollten. Sie zeigte auf eine Reihe von kleinen, ganz kleinen Bäumen, so winzig, dass Ada sich hätte hinknien müssen, um durch die Blätter nach oben zu schauen. Darunter herzulaufen war undenkbar. Am liebsten hätte sie ihrer Großmutter gesagt, dass es doch keinen Sinn machte, den weiten Weg bis hierher zu fahren und dann einen Baum zu nehmen, unter dem man nicht mal herumlaufen konnte. Aber da fing der Mann von der Baumschule an zu reden, und so wartete Ada, bis er fertig war. Teresa hatte ihr beigebracht, die anderen immer erst ausreden zu lassen, bevor man selbst etwas sagte.

Sie brauchte gar nichts zu sagen, denn als ob Teresa ihre Gedanken erraten hätte, fragte sie, was für einen Baum sie wolle. Ada zeigte auf einen Baum weiter hinten, einen, unter dem man herlaufen konnte. Da lachte Teresa und erklärte ihr, nein, dieser sei viel zu groß, sie sollten lieber einen Baum nehmen, der mit ihr zusammen wachsen könne.

Ada hatte die Sache mit dem Wachsen nicht ganz verstanden. Sie wusste nur, wenn sie eines Tages groß wäre, könnte sie eine ganze Menge Dinge tun. Sie hatte keine Ahnung, was dieses Großwerden mit den Bäumen zu tun hatte, die sie hier sah. Ob diese nun groß oder klein waren, nie würden sie das tun, was sie tun würde, wenn sie groß wäre.

So fragte sie nicht weiter – immerhin war es schön, dass sie jetzt endlich einen Baum mitnehmen konnten. Es kam nicht oft vor, dass ihre Großmutter etwas kaufte.

Und immerhin würde dieser kleine Baum wenigstens in alle Busse passen, wenn sie wieder nach Haus fahren mussten – auch in den Lieferwagen. Ada seufzte, als sie an die Rückfahrt dachte. Doch am Ende mussten sie nicht mit den drei Bussen zurückfahren.

Der Mann von der Baumschule bot an, sie nach Hause zu bringen. Er hatte ein Auto mit Sitzen vorn und einer offenen Fläche hinten, um Pflanzen zu transportieren. Es dauerte eine Weile, bis ihr Baum aufgeladen war, und während der ganzen Fahrt verrenkte sich Ada den Hals nach hinten, um sicher zu sein, dass er nicht herunterfiel.

Der kleine Olivenbaum bewegte sich glücklicherweise nicht von der Stelle, und als sie zu Hause ankamen, half der Mann von der Baumschule ihrer Großmutter, ihn in den kleinen Garten zu tragen, der zu ihrer Wohnung gehörte und den man durch das Küchenfenster sehen konnte. Um in den Garten zu gelangen, musste man aus der Wohnung und durch einen dunklen feuchten Flur gehen, der in den Keller führte. Ada hatte dort immer ein wenig Angst, deswegen schloss sie jedes Mal die Augen und rannte das letzte Stück bis zur Kellertür, die zum Garten führte. Manchmal dachte sie, dass sie lieber durch das Küchenfenster in das Gärtchen springen würde. Aber das wäre ein tiefer Sprung gewesen, und sicher gefährlich. Allerdings nicht so gefährlich wie dieser dunkle Kellerflur, weil man ja nie wissen konnte, was für Monster einem dort begegnen würden. Allerdings hatte Teresa gedroht, wenn sie Ada durchs Küchenfenster klettern sähe, würde sie was erleben. Was das genau war, wusste Ada nicht, weil Teresa immer sagte, sie würde was erleben, aber am Ende tat sie ihr nie etwas.

Der Mann von der Baumschule ging durch den düsteren Flur, ohne mit der Wimper zu zucken, und da tat Ada so, als habe auch sie keine Angst und kniff die Augen nur ein ganz kleines bisschen zusammen.

Als der kleine Baum in die Erde gepflanzt worden war, bedankte sich die Großmutter überschwänglich. Mindestens zehn Mal sagte sie zu dem Mann von der Baumschule: »Danke, tausend Dank!« Natürlich sagte ihre Großmutter immer »Danke«, aber an diesem Morgen kam es Ada so vor, als würde sie gar nicht mehr damit aufhören. Also sagte sie es auch: »Danke, tausend Dank!«, in der Hoffnung, dass der Mann endlich abfuhr und sie sich in Ruhe um ihren Baum kümmern konnten.

Sie überlegte schon, ob man darunter vielleicht die Erde freischaufeln könnte, damit sie unter dem Baum herlaufen konnte. Das schien ihr eine tolle Idee. Doch kaum war der Mann von der Baumschule weg, stellte Teresa ihr eine dieser typischen Oma-Fragen.

»Weißt du, was das für ein Baum ist, meine Kleine?«, fragte sie.

Ada glaubte, die halbe Antwort habe sie schon: Das war ihr Baum und das genügte, einen Namen brauchte er nicht. Da wiederholte Teresa ihre Frage. Ada mochte es nicht, wenn man sie zwei Mal dasselbe fragte. Am liebsten hätte sie ihrer Großmutter gesagt, sie hätte es schon beim ersten Mal genau verstanden, dass das ihr Baum sei, doch dann sagte sie nur, sie wisse nicht, wie der Baum heißen würde.

»Das ist ein Olivenbaum. *Dein* Olivenbaum«, sagte Teresa. Und sie erklärte Ada, dass dieser Baum gemeinsam mit ihr wachsen würde. Ada verstand nicht ganz, was die Großmutter damit meinte. Der Gedanke, dass ein Baum mit ihr zusammen wachsen sollte, war ihr unheimlich. Schließlich erklärte sie, sie wolle das nicht allein machen. Sie und der Baum würden nur zusammen wachsen, wenn die Oma mitmachte.

Teresa warf ihr einen erstaunten Blick zu, dann lachte sie und entgegnete, ein Olivenbaum würde zum Wachsen so viele Jahre brauchen, wie es sich Ada gar nicht vorstellen könnte. Ada sah ihre Großmutter fragend an, die jetzt sagte: »So ein Baum braucht sieben Mal so viele Jahre, wie du alt bist.«

Ada versuchte, sich vorzustellen, wie viel das war, siebenmal so alt wie sie, aber es gelang ihr nicht. Und am Ende kam sie zu dem Schluss, dass es schon in Ordnung war, solange ihre Großmutter dabei sein würde.

An dem Tag lag ein wunderbares Licht über dem kleinen Garten, das Licht eines milden Nachmittags zu Beginn des Winters. Ideal, um eine Photo zu machen.

Der Geruch nach feuchter Erde lag in der Luft. Ada hatte diesen Geruch vorher noch nie wahrgenommen, aber danach immer wiedererkannt. Noch heute riecht sie die Erde an ihren Händen, wenn sie an diesen Nachmittag dachte. Sie erinnert sich an alles: das besondere Licht, den Geruch der Erde und das, was ihr die Großmutter damals gesagt hatte.

»Wir werden gemeinsam wachsen, das verspreche ich dir.«

Als Ada am nächsten Morgen in den Garten lief, kam sie etwas enttäuscht zurück und erklärte ihrer Großmutter, der Baum wäre kein bisschen gewachsen und noch genauso klein wie am Vortag. Ada konnte sich nicht vorstellen, wie dieser Baum jemals groß werden sollte. Teresa riet ihr, geduldig und aufmerksam zu sein. Und so betrachtete Ada den Olivenbaum Tag für Tag, ohne irgendeine Veränderung festzustellen. »Oma, er will einfach nicht wachsen!«, erklärte sie kopfschüttelnd. Doch da ging Teresa mit ihr zu dem kleinen Olivenbaum und zeigte ihr ein neues Blatt oder eines, das gelber oder grüner war als vorher. Immer wieder schärfte sie ihrer Enkeltochter ein, genau hinzuschauen, denn auch wenn der Olivenbaum sich scheinbar nicht verändere, würde er doch wachsen und sich verändern, und wenn sie nicht achtsam war, käme irgendwann der Tag, an dem sie ihn nicht mehr erkennen würde, und dann sei es nicht mehr ihr Olivenbaum.

Als Giulia sie an diesem Tag wieder nach dem Photo fragte, hatte Ada einen Moment überlegt, ob sie ihr die ganze Geschichte erzählen sollte. Doch dann zuckte sie nur bedauernd die Schultern und sagte, sie habe leider nicht daran gedacht, aber es sei gut, dass Giulia sie immer wieder daran erinnere.

8

Mit Giulia beginnt etwas. Es ist der Beginn einer Freundschaft. Ada könnte nicht sagen, welches Geräusch zu ihr gehört. Vielleicht das Klopfen von Giulias Fingerknöchel an der Plexiglasscheibe, nachdem Teresa und sie sich zum ersten Mal in das Wartezimmer gesetzt hatten? Auf Giulias Schwesternhaube waren damals Giraffen mit Matrosenmützen zu sehen gewesen – oder waren es Strohhüte? Ada wusste es nicht mehr genau. Jedenfalls hatte die junge Krankenschwester den Vor- und Nachnamen ihrer Oma genannt, und Teresa hatte die Hand gehoben.

»Ich bin gleich für Sie da. Haben Sie eine Minute Zeit?«, fragte Giulia die Großmutter.

»Ich habe viele Minuten«, sagte Teresa. »So viele Sie wollen.« Dass jemand alle Minuten haben konnte, die er wollte, war nichts Geringes.

Sie wartete geduldig, während die Schwester die anderen Patienten in dem Raum begrüßte. Sie nannte sie alle beim Namen. Schwester Giulia hatte etwas sehr Beruhigendes. Sie konnte bei jemandem die Sauerstoffsättigung im Blut messen und zugleich danach fragen, wie die Tanzprobe der Tochter gewesen war. Sie beantwortete Fragen zu peripheren Lymphozyten und sprach gleich danach wieder davon, dass Tanz-Tutus für kleine Mädchen sehr wichtig waren. Sie plauderte über ganz normale Dinge und lächelte zuversichtlich, und auf diese Weise konnte sie jedem Patienten seine Medikamente verabreichen oder ihn behandeln, ohne dass dieser sich allzu beunruhigende Fragen stellte.

Während sie die Patienten versorgte, fand sie einen Augenblick, um sich der Großmutter und Ada vorzustellen: »Freut mich, Sie kennenzulernen. Ich bin Giulia. Und heute kümmere ich mich um Sie, Signora Teresa, Bitte kommen Sie mit!«

»Gerne, Frau Doktor«, entgegnete Teresa.

Giulia erklärte ihr lächelnd, sie sei keine Ärztin. Sie würde Teresa ungern widersprechen, doch wolle sie sich mit keinem Titel schmücken, der ihr nicht zustand. Für Teresa war es unwichtig, dass Giulia keine Ärztin war. Sie war diejenige, die sie behandelte, und so war sie eben ihre »Frau Doktor«.

Dann wandte sich Giulia an Ada: »Es wird ungefähr drei Stunden dauern, und wenn wir zurückkommen, erkläre ich Ihnen alles Weitere.«

Ada schaute ihrer Großmutter hinterher, wie sie sich auf den Arm der Schwester stützte und auf dem langen Krankenhausflur immer kleiner wurde.

Seither hatte Ada die beiden sehr oft zusammen durch den Flur gehen sehen, und jedes Mal, wenn sie sich trafen, sagte Giulia, sie werde sich gut um ihre Großmutter kümmern. Ada fand den Gedanken schön, dass es jemand im Krankenhaus gab, der auf ihre Oma aufpasste.

Das denkt sie auch jetzt jedes Mal, wenn die Großmutter aus Zimmer 9 geholt und zu irgendwelchen Untersuchungen in einen anderen Teil des Krankenhauses gebracht wird. Giulia richtet es immer so ein, dass sie selbst die Kranke begleiten kann. Und immer wieder sagt sie Teresa und Ada, dass sie sich gut um die Großmutter kümmert und dass sie sich keine Sorgen machen müssen.

Zu den anderen sagt sie das nicht. Jedenfalls hat Ada nie gehört, dass sie mit sonst jemandem so redet.

Schon beim allerersten Mal war es Giulia, die die Großmutter nach den Untersuchungen zurück ins Wartezimmer begleitete. Sie legte die Haube mit den Giraffen ab, setzte sich Ada gegenüber, schlug ihre Beine übereinander, so dass ein Fußknöchel den anderen verdeckte, und erklärte bis ins kleinste Detail, was man heute mit Teresa gemacht hatte und was später noch anstand.

Im Lauf der Jahre hatte sich Giulia eine Reihe von Bildern angeeignet, mit denen sie den Patienten und ihren Angehörigen die unverständlichen Dinge erklären konnte, die im Körper der Kranken vor sich gingen. Die Ärzte sagten nie etwas, und auch die anderen Schwestern redeten kaum. Nur Giulia gab sich Mühe, die Dinge zu erklären. Manche Patienten hörten ihr zu und versuchten, alles zu verstehen. Andere verstanden nichts und stellten Fragen über Fragen. Ada und Teresa hatten schon beim ersten Mal nichts gefragt.

Giulia wollte jedoch sichergehen, dass Ada wenigstens ein bisschen von der Sache verstand. Und so fand sie immer einen Weg, sich neben Ada zu setzen, ihre Haube abzulegen und ihr die Dinge zu erklären. Teresa unterbrach sie jedes Mal. Oder sie versuchte es zumindest. Ada sah Giulia an wie ein Kind, das im Supermarkt verloren gegangen ist und sich ängstlich umschaut, in der Hoffnung, dass gleich die Eltern wieder auftauchen. Giulia erklärte alles, so gut sie konnte, auch wenn Teresa dauernd sagte, ihr sei alles recht, sie würde sowieso alles tun, was man ihr sage.

In diesen Tagen hat selbst Giulia nicht mehr viel zu erklären. Ada hat von allein begriffen, dass die Behandlung ihrer Großmutter bisher erfolglos war. Giulia setzt sich aber immer noch neben Ada, nicht mehr im Warteraum, sondern im Zimmer 9, neben das Bett der Oma. Dann legt sie ihre Haube ab, schlägt die Beine übereinander und versteckt ein Fußgelenk hinter dem anderen.

Sie ist hier, um sich um die beiden zu kümmern. Das sagt sie immer wieder.

9

Den Blick der Leute neu beleben, indem man ihnen die Stellen zeigt, wo sich die Dinge widerspiegeln. Die Fensterscheiben, die Spiegel. Auch das steht auf Adas Liste. Wenn es einem nicht gelingt, einen Ort so zu betrachten, als hätte man ihn noch nie gesehen, dann muss man ihn irgendwo gespiegelt sehen. Ada macht das oft. Mit den Straßen ihres Viertels, mit ihrem Zimmer, sogar mit dem Stationsflur, der sich in den riesigen Glasscheiben spiegelt, die auf den Parkplatz hinausgehen. Sie kann auch das Zimmer 9 dort gespiegelt sehen. Dieses Zimmer ist immer dasselbe, aber wenn sie es im Spiegel der Fenster sieht, kann sie für einen Moment glauben, nie dort gewesen zu sein. Sie kann so tun, als hätte sie ihre Großmutter nie in diesem Bett liegen sehen. Und sie kann versuchen, ein paar Hinweise auf ihren Zustand zu entdecken. Etwas, das ihr vielleicht entgehen würde, wenn sie es nicht im Spiegel sähe.

Ada betritt das Zimmer 9 und schaut zum Fenster, in dem das Bett der Großmutter sich spiegelt. Teresa schläft und erscheint ihr nicht allzu blass. Auf ihren Lippen ist keine Spur von Lippenstift. Ada geht zu dem kleinen Resopalschrank in der Ecke des Zimmers. Unten in einer Schachtel stehen die roten Tanzschuhe. Ada nimmt sie so leise heraus, wie sie kann. Sie stellt sie neben das Bett. Wenn die Großmutter die Schuhe sieht, bekommt sie manchmal Lust, spazieren zu gehen, und nach dem, was Giulia sagt, kann ihr Gehen nur gut tun.

Nachdem Ada die Schuhe so platziert hat, dass Teresa sie sicher sehen wird, räumt sie das Nachtschränkchen auf, in dem der Lippenstift liegt. Dann nimmt sie das Päckchen Zwieback, das die Schwestern für das Frühstück hingelegt haben. Teresa isst den Zwieback nie, nicht wegen des Lymphoms, sondern weil sie nichts Abgepacktes isst. Sie meint, das sei ihr zu modern. Außerdem freut sie sich, wenn Ada etwas isst, wenn sie da ist. Sie legt gern etwas für sie beiseite. Ada hat keinen Hunger, möchte aber nicht, dass die Großmutter denkt, sie wisse die Geste nicht zu schätzen. Sie lässt das Päckchen in ihrer Handtasche verschwinden. Später wird sie ihr sagen, dass sie alles gegessen hat und dass es sehr gut geschmeckt hat.

Sie prüft nach, ob die Milch, die auf dem Nachttischchen steht, noch warm ist. Ja, sie ist noch warm. Die Schwestern machen sie immer so heiß, dass sie auch noch warm wäre, wenn die Oma erst abends aufwachte.

Dann beugt sich Ada über ihre Großmutter und zieht behutsam die Bettdecke hoch, um ihre entblößte Schulter zuzudecken.

Die Dinge im Spiegel zu betrachten und sie neu zu entdecken funktioniert auch bei schönen Dingen. Das hat Ada vor kurzem bemerkt.

Matteo, zum Beispiel, hat sie zum ersten Mal im Spiegel gesehen, unten in der Cafeteria. Die Chemotherapie der Großmutter dauerte oft mehr als drei Stunden, und sie konnte nicht die ganze Zeit im Wartezimmer mit den Plexiglasscheiben sitzen bleiben. Ziellos lief sie im Krankenhaus umher. Manchmal fand sie sich sogar in der Notaufnahme wieder. Die schien ihr ein geeigneter Ort, um sich abzulenken. Da war immer ein Kommen und Gehen, und es gab immer neue Gesichter.

Irgendwann kam der Moment, in dem die Krankenpfleger auf sie aufmerksam wurden und ihr misstrauische Blicke zuwarfen. Ada hatte keine Lust gefragt zu werden, was sie in der Notaufnahme zu suchen hatte, nämlich gar nichts. So zog sie weiter, und dann erst entdeckte sie das Krankenhauscafé. Wie dumm von ihr, nicht eher daran gedacht zu haben, dass es in einem so großen Krankenhaus natürlich einen Ort geben musste, an dem die Leute einen Kaffee trinken konnten. Vielleicht war sie nicht darauf gekommen, weil sie keinen Kaffee trank. Aber es gefiel ihr, den anderen dabei zuzusehen und sich darüber Gedanken zu machen, welche Geschichte sie wohl hergeführt hatte.

Ihr gefiel auch das muntere Geklapper der Tassen, die auf den Tresen gestellt und wieder eingeräumt wurden. Ada fragte sich hin und wieder, woraus die Tassen wohl bestanden – die Kellner an der Kaffeebar gingen nicht gerade sanft mit ihnen um, dennoch schien nie eine kaputtzugehen.

Sie setzte sich an ein Tischchen, das etwas abseits stand. Es erschien ihr kleiner und abgenutzter als die anderen – so als wäre es bei einer zu eilig vorgenommenen Renovierung übersehen worden –, aber sie konnte von dort aus alles sehen, auch den Spiegel an der Wand hinter der Kaffeebar.

Ada weiß nicht mehr, an wie vielen Morgen sie im Spiegel beobachtet hat, wie Matteo das Café betrat. Sie erinnert sich, dass er keinen Arztkittel trug und keinen Befund in der Hand hielt. Er hatte nicht die geschäftige Miene eines Arztes, aber er wirkte auch nicht verloren wie einer der Besucher. Er fiel ihr auf. Und als er nicht mehr im Spiegel zu sehen war, stellte sie zu ihrer Überraschung fest, dass sie ihn gern länger angeschaut hätte, auch ohne Spiegelbild.

Als sie es dann schließlich tat, als sie sich umdrehte und ihn außerhalb des Spiegels suchte, bemerkte sie, dass auch er sie ansah. Sie fühlte sich ertappt und wurde feuerrot.

Fieberhaft suchte sie nach etwas, das sie mit den Händen tun konnte, und verfluchte sich, dass sie keinen Kaffee trank. Sie hätte sonst was darum gegeben, ein Papiertütchen zum Öffnen zu haben und den Zucker in die Tasse zu streuen, mit einen Gesichtsausdruck, als gäbe es mindestens ein Dutzend Dinge, über die sie nachzudenken hatte, bevor sie darauf achtete, ob jemand sie ansah.

So saß sie da, tat nichts Sinnvolles und dachte, in den wenigen Sekunden hätte dieser Mann, von dem sie noch nichts wusste, etwas über ihre Art, in den Spiegel zu schauen, entdecken können. Entgegen jede Vernunft fürchtete sie sogar, dass er etwas von ihrer geheimen Liste wusste oder davon, dass sie beinahe in der Notaufnahme erwischt worden wäre. Vor allem fürchtete sie, dass er bemerkte, dass sie die Einzige hier drinnen war, die nicht wusste, wohin sie gehen sollte. Nicht nur an diesem Tag, sondern immer, und zwar seit ihre Großmutter krank geworden war.

Ada gehörte zu den Menschen, die dazu neigen, von der Welt einen Schritt zurückzutreten. Die anderen waren stets so beschäftigt, und Ada sah sie unsicher an, weil sie selbst offenbar untätig auf einer wichtigen Spur einer vielbenutzten Strecke herumstand, von der sie nichts wusste. Sie glaubte, allen im Weg zu sein. Deshalb versuchte sie immer, so wenig Raum einzunehmen wie möglich.

Doch bei Matteo war das anders. Zum ersten Mal im Leben konnte sie jemanden ansehen, ohne zu fürchten, ein Hindernis zu sein. Auch er betrachtete sie, und sein Blick war so intensiv, dass sie sich beunruhigt fragte, ob er wirklich sie meinte.

Während Ada neben dem Bett ihrer schlafenden Großmutter sitzt, wird ihr bewusst, dass anderthalb Stunden vergangen sind, seit sie sich von Matteo verabschiedet hat. Vielleicht hat er die zweihundertzwanzig Kilometer von heute Morgen schon hinter sich. Er fährt gerne schnell und sorgloser, als es Ada lieb ist. Sie hat deswegen oft Angst. So sehr, dass sie ihm nachts das Versprechen abnimmt, dass wenigstens sein Kopf unversehrt bleibt.

Ada hat Matteo schon alle möglichen Versprechen abgenommen. Es war ihr gleichgültig, ob er ihr Geschenke kaufte oder ihr schwor, er würde ihr immer sagen, wie schön sie sei. Das alles interessierte sie nicht. Nur, dass sein Kopf unversehrt blieb. Manchmal weckte sie Matteo mitten in der Nacht auf, damit er ihr solche Dinge versprach.

Es kam vor, dass Ada nicht einschlafen konnte, dann machte sie den Fernseher an. Dabei stellte sie den Ton sehr leise. In einer solchen Nacht, als sie wieder einmal keinen Schlaf fand, wurde im Fernsehen ein Motorradrennen gezeigt. Nicht eines dieser Grand-Prix-Rennen, sondern eines, bei dem so gut wie niemand die Namen der Fahrer kannte. Irgendwann wurde ein Fahrer gezeigt, der gestürzt war. Er lag reglos da mit seinem Helm. Dann schwenkte die Kamera auf eine junge Frau auf der Tribüne. Offenbar die Verlobte des Verunglückten, oder vielleicht die Ehefrau. Ada wusste es nicht, weil der Ton so leise war und sie den Kommentar nicht hörte. Kaum hatte Ada die Frau gesehen, überlegte sie, ob sich diese nicht fragte, was mit dem Kopf des Motoradfahrers passiert war. Alles andere schien unversehrt, aber man konnte nicht sehen, was mit dem Kopf des Fahrers los war, der noch in dem Helm steckte.

In diesem Moment bewegte der Fahrer sich und hob eine Hand, dann stand er auf und zog den Helm ab.

Seine Freundin lächelte, dann brach sie in Tränen aus und umarmte die Leute des Teams.

Da ging Ada zu Matteo, der im Zimmer nebenan schlief. Sie rüttelte nicht an seiner Schulter, und sie flüsterte ihm auch nicht etwas ins Ohr. Es war nicht ihre Art, Leute aus dem Schlaf zu reißen.

Sie legte ihr Gesicht einen halben Zentimeter neben das seine und sah ihn einfach an. Bei solchen Dingen war sie geduldig. Bei anderen überhaupt nicht. Aber Matteo anzusehen, während er schlief, und zu warten, bis er aufwachte, das konnte sie stundenlang. Tagelang. Für solche Dinge hatte sie alle Zeit der Welt. Schließlich öffnete er schläfrig für einen Moment die Augen, und sie sagte leise: »Versprich mir eins.« Matteo achtete nicht auf ihre Worte und war schon wieder halb eingeschlafen.

»Bitte, versprich mir eins«, sagte Ada da wieder. Er streichelte schlaftrunken ihre Hand, um ihr zu bedeuten, dass sie versuchen solle, wieder zu schlafen.

»Versprich mir, dass wenigstens dein Kopf heil bleibt, hörst du?«

Sie atmete tief durch und streichelte ihm sanft übers Haar, aber doch in einer Weise, dass er nicht wieder einschlief, ohne ihre Worte zu hören.

»Es ist ja in Ordnung, dass du überall hinfährst, um deine Sachen zu verkaufen, und es ist auch okay, dass du schnell fährst, wenn du spät dran bist. Aber versprich mir, dass wenigstens dein Kopf heil bleibt.«

Matteo öffnete die Augen. Und murmelte, ja, ja, das verspreche er ihr.

»Sag es mir, sag mir, dass dein Kopf heil bleibt.«

»Mein Kopf bleibt heil, versprochen«, sagte er. Dann hielt er ihr seine Wange hin, wie nur er es tat, und ließ sich einen Kuss geben.

»Jetzt schlafen wir aber.«

Ada sieht auf ihr Mobiltelefon. Matteo hat nicht angerufen und auch nichts geschrieben.

Sie fängt an, eine Nachricht zu tippen. »Ist dein Kopf noch heil?« Dann sucht sie nach einem freundlichen Smiley. Aber kein Lächeln scheint ihr passend. Sie will gerade auf die Sende-Taste drücken, als sie aus dem Augenwinkel eine Bewegung sieht. Ihre Großmutter ist aufgewacht.

»Meine Süße, bist du da? Bist du hier, meine Kleine?«, murmelt sie mit noch geschlossenen Augen.

Da sagt Ada, ja, sie sei da.

Am liebsten würde sie sagen, ich bin immer da.

Sie vergisst die Nachricht an Matteo, sie vergisst alles.

Sie legt das Telefon auf den Nachttisch und nimmt die Hände ihrer Großmutter.

10

»Hast du etwas gegessen?«, fragt Teresa, die ihre Augen noch nicht ganz geöffnet und sich noch nicht im Bett aufgesetzt hat. Ganz gleich, wie krank Großmütter sind, zuallererst wollen sie wissen, ob ihre Enkelkinder etwas gegessen haben.

»Ich hab die Dinger da für dich aufgehoben.«

Sie meint das Päckchen mit dem Zwieback. Industriell hergestellte Nahrungsmittel sind für Teresa nicht nur zu modern, sie kann sie nicht mal beim Namen nennen.

»Neulich morgens hast du sie nicht gegessen.«

»Wann habe ich sie nicht gegessen?« Es ist schon richtig, einmal hat sie den Zwieback liegen lassen und vergessen, das Päckchen an sich zu nehmen. Aber das ist Wochen her. Ada hat den Eindruck, dass Teresa leicht verwirrt ist. Vor kurzem hat sie zwei Tage miteinander verwechselt. Wochen mit anderen Wochen. Teresa sagt, daran sei der Winter schuld. Wenn es so früh dunkel wird, kann sie sich schlechter erinnern.

»Du musst essen, meine Kleine. Du musst immer frühstücken. Das ist wichtig.«

Nachdem sie sich aufgesetzt hat, sieht Teresa ihrer Enkelin ins Gesicht. Es fällt ihr nicht leicht, sich aufzurichten, aber Ada weiß, dass sie ihr nicht helfen darf. Sie bleibt sitzen und hört das unterdrückte Stöhnen ihrer Großmutter. Sie muss sie in Ruhe lassen. Wenn sie versuchen würde, ihr zu helfen, würde Teresa sie unwillig wegschubsen und sagen, sie sei schließlich noch nicht tot.

»Hast du nachgesehen, was der Olivenbaum macht?«

»Ja, Oma, alles in Ordnung mit dem Olivenbaum.«

»Hast du dein Haar gebürstet?« Teresa weiß, dass sich Ada nicht ihr Haar bürstet, fragt es aber trotzdem und winkt sie mit einer Hand zu sich. Heute Morgen will sie das Haar ihrer Enkelin bürsten, wie jeden Morgen.

»Und was macht der gute Penna?«, fragt sie dann. Sie meint Matteo. Wenn sie sieht, dass Ada glücklich ist, nennt sie ihn den guten Penna. Wenn sie das Mädchen traurig oder gleichgültig sieht, dann ist er nur der junge Mann aus der Cafeteria.

Eines Tages hatte Ada ihrer Großmutter erzählt, wie gern sie Matteo durch das Haar streicht. Es war eine dumme Kleinigkeit, eigentlich nicht wert, erwähnt zu werden, aber sie hatte das Bedürfnis, jemandem zu erzählen, dass sie immer noch nicht wisse, welche Farbe Matteos Haare eigentlich hätten, und dass sie das wunderschön fände.

»Manchmal wirken sie fast schwarz«, erklärte sie versonnen, »und dann wieder haben sie einen rötlichen Schimmer.«

Teresa hörte zu, nickte und sah aus, als wüsste sie alles, vielleicht sogar die Farbe von Haaren, die sie nie gesehen hatte.

»Und da ist noch etwas«, fuhr Ada fort, »hinter dem linken Ohr. Wenn ich ihm da über das Haar streiche, sind da auch ein paar weiße Haare. Ein ganz zartes Büschel.«

»Eine weiße Feder, eine *penna*«, sagte Teresa mehr zu sich selbst. Ada verstand sie nicht und bat sie, zu wiederholen, was sie gesagt hatte.

»Eine Feder, eine *piuma*«, sagte Giulia, die in diesem Moment ins Zimmer getreten war. Manchmal war Ada so sehr in ihre Geschichten über Matteo vertieft, dass sie nicht einmal hörte, wenn Giulia klopfte.

»Wir sagen nicht *piuma*, wir sagen *penna*«, erklärte Teresa. Seither hieß Matteo im Zimmer 9 nur noch Penna.

Erstaunlicherweise hatte die Großmutter schon etwas bemerkt, bevor Ada es selbst wusste. Zwischen Matteo und ihr war noch nichts passiert, da ahnte Teresa bereits etwas. Sie merkte einfach alles. Als Ada Matteo zum ersten Mal im Spiegel der Cafeteria gesehen hatte und danach auf die Station kam, sah die Großmutter sie an, mit diesem wissenden Blick. Schwester Giulia war gerade im Zimmer, und Ada war gar nicht begeistert darüber, dass ihre Oma sie so ansah.

»Was ist passiert?«, fragte sie.

»Oh, gar nichts«, bemühte sich Ada zu sagen, aber da begann Teresa zu lächeln, in der festen Überzeugung, dass sie etwas entdeckt hatte.

»Hast du einen jungen Mann kennengelernt?«

Immer wenn Ada von einer Feier oder einem Spaziergang zurückkam, fragte die Großmutter sie, ob sie jemanden kennengelernt habe, einen jungen Mann, dem sie die Hand geben und mit dem sie einen Blues tanzen könne. Offenbar fand Teresa diese Dinge wichtig: sich die Hand zu reichen und zu langsamer Musik zu tanzen. Und vermutlich täuschte sie sich nicht.

»Nein, Oma, ich habe keinen jungen Mann kennengelernt.« Ada errötete, und Teresa hatte das Gefühl, ins Schwarze getroffen zu haben.

»Du siehst aus wie ein Kätzchen, das in einen Rahmtopf gefallen ist. Was ist passiert?«

»Nichts ist passiert«, entgegnete Ada rasch und hoffte, dass das Gespräch damit beendet war. Die Großmutter aber dachte gar nicht daran und redete weiter.

»Aber es *wird* passieren«, sagte sie bedeutungsvoll. »Manche Dinge lassen sich nicht aufhalten.«

Und sie hatte recht. Das erkannte Ada noch am selben Abend, als sie beim Schlafengehen hoffte, von ihm zu träumen, von dem Mann im Spiegel, der er damals noch für sie war, und das, obwohl sie ungern träumte.

Schon als Kind hatte sie Alpträume gehabt. Darin wurde sie von Zwergen verfolgt und Türen schlossen sich, wenn sie hindurchgehen wollte. Und als sie im Fernsehen einmal Kriegsszenen gesehen hatte, begann sie auch davon zu träumen.

Das Schlimme an all diesen Träumen war, dass Ada, selbst wenn sie etwas Schönes träumte, fürchtete, es würden gleich Bomben explodieren und schreckliche Dinge passieren, und so hatte sie vor Träumen immer ein wenig Angst, auch wenn sie eigentlich schön waren.

Vor dem Einschlafen, wenn sie die Zähne geputzt und den Pyjama angezogen hatte, deckte Teresa sie zu und sagte: »Träum etwas Schönes!« Ada versuchte ihr dann immer zu erklären, schöne Träume gäbe es für sie nicht. Und sie begann von den bösen Träumen mit den Zwergen zu erzählen. Von den Bomben sagte sie nie etwas. Gegen diese Träume konnte die Großmutter ohnehin nichts tun. Deshalb dachte Ada, das einzige Mittel, um nicht schlecht zu träumen, sei, nicht zu schlafen. Ein paar Tage lang hatte es funktioniert. Es war einfach, wach zu bleiben, solange die Großmutter auch noch wach war. Wenn diese dann den Fernseher ausschaltete, war es nicht mehr so einfach. Ada hatte den Eindruck, die Einzige auf der Welt zu sein, die wach blieb und fürchtete, das Dunkel unter ihrem Bett würde sie verschlingen. Dann setzte sie sich auf, um weiter oben zu sein, so hätte das Dunkel in die Höhe springen müssen, um sie zu erreichen. Und wenn ihr das Sitzen nicht mehr genügte, stand sie auf.

Manchmal, wenn sie so richtig Angst bekam, stellte sie sich im Bett auf die Zehenspitzen. Auf diese Weise war sie viel größer als sonst, und sie hoffte inständig, das Böse könne sie nicht auffressen. Nur eins gab der kleinen Ada damals ein Gefühl der Sicherheit: der Gedanke, dass irgendwo jemand auch wach war. Die Lehrerin hatte ihnen erzählt, dass es nicht überall dunkel war. Wenn es bei Ada Nacht war, dann war es anderswo auf der

Welt Tag, und wo Tag war, da mussten auch Menschen wach sein.

Der Wunsch, von Matteo zu träumen, als er noch der Mann im Spiegel war, hatte auch die letzten Reste ihrer früheren Ängste vertrieben.

Als Teresa jetzt anfängt, ihr das Haar zu bürsten, fragt sich Ada, wann sie das letzte Mal von Matteo geträumt hat. Es gefällt ihr immer noch, von ihm zu träumen, denn in ihren Träumen hat er es nie eilig, er hält sie die ganze Zeit im Arm und redet immer ganz offen mit ihr. Nicht so wie in der Wirklichkeit, wo er manchen Fragen ausweicht und immer andere Dinge zu tun hat, nachdem er sie in den Armen gehalten hat.

»Gib mir mal den Lippenstift«, sagt die Großmutter.

11

Giulia ist an der Türschwelle zu Zimmer 9 stehengeblieben und schaut fasziniert zu, wie Teresa Adas Haar kämmt. Die beiden sehen aus wie zwei Mädchen, die »sich schön machen« spielen. So etwas hat Giulia als Mädchen nie gespielt. Ihre Mutter hat sie nie gekämmt. Das war Aufgabe der Kinderfrau. Diese kümmerte sich noch um viele andere Dinge, eigentlich um alles. Nur die Frisuren suchte Giulias Mutter aus und schimpfte dann, wenn der Pferdeschwanz zu hoch oder zu niedrig saß. Doch das war nicht dasselbe.

Giulia hält einen Moment in ihrer Bewegung inne. Sie möchte die beiden in ihrem Spiel nicht stören. Heute Morgen wird sie Teresa zu einer ganz gezielten Strahlentherapie bringen. Sie ist so präzise, dass sich das Bestrahlungsgerät im Atemrhythmus der alten Frau bewegt. Für Patienten in guter körperlicher Verfassung ist dies ein großer Fortschritt. Nur kranke Zellen werden angegriffen und die Nebenwirkungen stark vermindert. Bei Patienten wie Teresa mit angegriffener Gesundheit ist die Verwendung dieser Maschine noch umstritten. Allerdings hat man nach dieser Behandlung mehr Informationen darüber, wie der Blutkrebs von Teresa reagiert. Es ist wie bei einem dieser Computerspiele: Man kommt an das Ende eines Levels, tötet das Monster, doch einen Moment später ist man schon wieder unterwegs und begegnet einem noch größeren Monster, und so geht es immer weiter. Ziel dieser Strahlenbehandlung ist die Verlängerung des Lebens der Patienten, auch wenn es vielleicht nur um eine Woche geht. Manche sind der Meinung, das sei Wahnsinn. Giulia nicht. Sie glaubt, dass manche Monster tatsächlich so bekämpft werden müssen. Level um Level, Woche um Woche.

»Frau Doktor, Sie sollten auch etwas Lippenstift nehmen.« Teresa weiß, dass Giulia keine Ärztin ist, nennt sie aber weiterhin so. Giulia sagt ihr jetzt auch nicht mehr, dass sie nur Krankenschwester ist. Sie neigt nur leicht den Kopf, als wolle sie sich bei Teresa bedanken.

»Kein Rot. Sie brauchen etwas Zarteres. Rosa«, sagt Teresa und flechtet ihre Enkelin das Haar. »Ein ganz zartes Rosa.«

Giulia hat sie schon früher von ihrem Lippenstift reden hören und weiß, was für eine wichtige Rolle er im Leben der alten Dame spielt. Dass sie sich nun direkt an sie wendet, gibt Giulia das Gefühl, an einem Übergaberitual teilzuhaben.

»Ich brauche immer Lippenstift. Als ich ein junges Mädchen war, hat meine Mutter meinen Lippenstift in die Toilette geworfen und einfach abgezogen. Sie sagte, es sei eine Sünde, Lippenstift zu benutzen, eine Sünde und Schande.«

An dieser Stelle der Geschichte muss Teresa immer etwas Luft holen, um weitererzählen zu können. Und sie braucht etwas Zeit. Sie spricht sehr langsam, damit Giulia begreift, wie sehr es sie getroffen hat, als ihr Lippenstift im Abflussrohr verschwand.

»Eine Sünde und Schande«, Teresa schüttelt den Kopf, als sie die Worte wiederholt – »was sagen Sie dazu, Frau Doktor?«

Giulia kennt sich mit Sünden nicht gut aus und mit Schande auch nicht. Sie ist sich aber ziemlich sicher, dass einen Lippenstift zu haben keine Sünde ist. Sie lächelt.

»Nein«, erklärt sie dann, »das kann ich mir nicht vorstellen.« Während sie das sagt, wendet sie sich Teresa zu, um ihr beim Aufstehen zu helfen. Ada rückt zur Seite, um Giulia Platz zu machen.

»Sie wollte sich nie kämmen lassen als Kind«, sagt Teresa. »Stellen Sie sich vor, als sie klein war, musste ich sie immer auf den Küchentisch setzen. Da konnte sie mir nicht entwischen.«

Ada befürchtet, dass Giulia all diese Geschichten ihrer Großmutter allmählich leid ist. Die mit dem Lippenstift zum Beispiel hat sie selbst schon tausendmal gehört. Sie kann nicht glauben, dass sich irgendjemand dafür interessiert. Aber Giulia hört zu und nickt und zeigt immer Anteilnahme. Sie strahlt eine Sicherheit aus, die Ada nicht kennt. Sie bewundert Giulias geschickte Art, mit der Großmutter umzugehen. Giulia hat alles notwendige Wissen, um Teresa zu versorgen.

Ada würde Teresa am liebsten sagen, sie solle jetzt schweigen. Sie möchte von Giulia lieber etwas über die Therapie erfahren, die Teresa heute machen soll. Aber ihre Großmutter ist strikt dagegen, dass Ada irgendjemanden etwas fragt. Sie sagt, die Ärzte wissen schon, was sie tun, und man solle sie nicht mit dummen Fragen belästigen. Und damit Ada erst gar nicht dazu kommt, erzählt sie jetzt irgendeine Geschichte, wie sie einen Apfel auf einem Feld gestohlen hat und der Bauer hinter ihr herkam und sie einsperren wollte.

Ada versteht ihre Großmutter nicht. Warum darf man einen Arzt oder eine Krankenschwester, die über alles Bescheid wissen, nicht fragen, wie die Dinge stehen, aber über Lippenstifte und gestohlene Äpfel alles erzählen?

Sie hört ihrer Großmutter trotzdem zu, wie sie es immer getan hat, und hat die Hoffnung aufgegeben, zu verstehen, warum diese von nichts etwas wissen will. Sie sieht Giulia mit dem Blick eines kleinen Mädchens an, das im Supermarkt verlorengegangen ist. Sie hat sich im Supermarkt nie verlaufen, weil ihre Oma sie immer an der Hand hielt. Doch während sie jetzt Giulia ansieht, schaut sie wie ein Kind, das an einem Ort verlorenging, an dem keiner nach ihm suchen wird.

Giulia kennt diese Blicke. Seit sie auf der onkologischen Station arbeitet, haben Leute sie schon oft so angesehen. Menschen jeglichen Alters, die sie anstarren, als sei sie die Einzige auf der Welt, die einen Weg für sie finden kann. Zu Anfang hatte sie das Gefühl, damit nicht umgehen zu können. Sie ging durch den Flur und schaute irgendwohin, in eine unbestimmte Ferne. Doch sie bemerkte trotzdem, wie die Patienten sie ansahen.

Irgendwann verstand sie, was die Blicke bedeuteten. Nur wenige würden den Mut haben, sie danach zu fragen, aber jeder von ihnen wollte wissen, ob er durch die Behandlung gerettet werden konnte oder nicht. Für die Menschen, die hier waren, gab es keine anderen Fragen.

Giulia weiß, dass diese Antwort niemand geben kann. Weder die Ärzte noch die Schwestern. Obwohl sie nicht zu denen gehört, die Antworten bei Gott suchen, würde sie ihn manchmal gern fragen, ob er vielleicht eine Antwort hat.

Sie hat von Anfang an gewusst, dass es keine Sicherheiten gibt und auch nie geben wird, trotzdem hat sie nie am Sinn ihrer Arbeit gezweifelt: Sie kümmert sich um die Menschen. Alles andere zählt nicht. Sie hat schnell gelernt, dass es am ehrlichsten ist, ihnen die Wahrheit zu sagen.

»Ich kann Ihnen nicht sagen, wie es weitergeht«, sagt sie den Leuten, »ich kann Ihnen nur erklären, was wir gerade machen.«

Teresa würde sie jetzt gern erklären, wie das Strahlentherapiegerät, das man für ihre Behandlung einsetzt, funktioniert. Sie würde ihr gern sagen, welch großen Erfolg man damit in Amerika hatte und alles Weitere, aber Teresa scheint sich für solche Erklärungen nicht zu interessieren. Ihr scheint alles recht, was man für sie tut.

Teresa gehört zu den Frauen, die bereit sind, Dinge zu akzeptieren. Ganz gleich, was geschieht, sie wird es hinnehmen.

Als sie noch nicht im Krankenhaus war, kam sie immer pünktlich zur Therapie, und wenn Giulia sie fragte, wie es ihr ginge, sagte sie stets, es ginge ihr gut, und dankte ihr.

Giulia war so eine Haltung nicht gewöhnt, allerdings auch nicht die Geschichten, die Teresa immer erzählte – über ihre Motorradfahrten als junges Mädchen und wie sie sonntags als Kind auf die Rückkehr eines ihrer Brüder wartete, da es nur drei Paar Kinderschuhe gab und sie vier Kinder waren. So musste sie immer, wenn sie zur Messe wollte, darauf warten, dass mindestens einer der drei Brüder wieder da war, um ihr seine Schuhe zu überlassen.

»Teresa, heute probieren wir ein neues Gerät aus. Es kommt aus Amerika. Wollen Sie wissen, wie es heißt?«

Teresa macht eine abwehrende Handbewegung, auf solche Erklärungen verzichtet sie lieber.

»Ich weiß, Sie tun Ihr Bestes, Frau Doktor. Wir gehen einen Schritt nach dem anderen. Ich habe immer nur so große Schritte gemacht, wie meine Beine lang sind.« Sie streckt ihre Beine nach vorn. »Sehen Sie?«

Auch Giulia bemerkt, dass Teresa ihre roten Tanzschuhe heute nicht anhat.

»Sie sind kurz.« Teresa nickt. »Aber bis heute noch nie müde gewesen.«

Während Teresa Giulias Erklärungen abwehrt, sieht Adas Blick ganz verloren aus. Und als Teresa jetzt aus dem Bett aufsteht, geht Giulia zu Ada hinüber.

»Alles in Ordnung?«, fragt sie.

Ada schweigt.

»Nachher erkläre ich dir alles, was wir heute bei deiner Oma machen«, sagt Giulia.

Da bedankt Ada sich. Sie bedankt sich für alle möglichen Dinge. Giulia ist es fast schon unangenehm, dass sie so oft danke sagt.

»Hast du ihn gesehen?«, fragt sie Ada. Sie meint Penna, ihren Freund. Wenn es um Penna geht, wird Ada manchmal blass und kann nichts tun, um es zu verbergen.

»Er entfernt sich, er entfernt sich von mir«, sagt sie unglücklich.

»Wie kannst du das nur sagen?«, entgegnet Giulia leise, während sie Teresas Arm stützt.

»Ich weiß es eben. Ich weiß, wann die Menschen von mir weggehen.«

»Wir reden nachher drüber, ja?«

»Ja.«

Giulia lässt die Geschichte von Ada und ihrem Penna nicht gleichgültig. Es ist so, als hätte sie Personen aus einem Film ins Herz geschlossen, der nur ihr gezeigt wird.

12

Große Geschenke haben Teresa nie gefallen. Sie liebt die kleinen Dinge. Sie hat es nie gesagt, aber Ada hat es durch das Zusammenleben mit der Großmutter ganz von selbst begriffen. Es muss etwas mit ihrer Kindheit zu tun haben. Ada glaubt zwar nicht zu sehr daran, dass, wenn man groß wird, alles von der Kindheit abhängt, aber gemessen an dem, was ihrer Großmutter gefällt, kann etwas Wahres dran sein.

Zum Beispiel hatte Teresa, als sie klein war, nie Buntstifte. Sie ist nur wenige Jahre zur Schule gegangen und erzählt oft, sie habe in der Schule nie gute Noten gehabt. Sie kann schreiben, lesen und auch das Einmaleins. Woran sie sich aber aus der Schulzeit am meisten erinnert, sind die Buntstifte, die ihre Mitschüler hatten und sie nicht. Immer wenn sie irgendwo eine Blechschachtel sieht, in der angespitzte Buntstifte liegen, bleibt sie stehen und schaut sie an.

Nach der ersten Chemotherapiesitzung, als Teresa noch zu Hause war, schenkte Ada ihr so eine Schachtel mit Buntstiften. Sie war ziemlich teuer, sah aber dafür auch aus, als sei sie für Profis. Als sie ihrer Großmutter das Geschenk gab, war diese tief bewegt. Wenn Teresa die

Tränen kommen, sieht sie sich immer um, als suche sie etwas, und wechselt rasch das Thema. Als sie klein war, verstand Ada nicht, warum die Großmutter so plötzlich von etwas anderem sprach, etwa vom Spitzenrand der Gardine oder irgendetwas in der Art. Mit den Jahren verstand sie es dann.

Als sie nach der ersten ambulanten Chemotherapie nach Hause kam und die Buntstifte in der edlen Schachtel auf dem Küchentisch liegen sah, blickte Teresa rasch auf die Kacheln hinter der Spüle und erklärte, es sei wirklich schwer, alles sauber zu halten, der Schmutz lauere wirklich überall – Schmutz, den nur sie selbst sah, denn es war in ihrer Wohnung immer blitzsauber. Zweifelsohne war sie gerührt wegen der Stifte, und dies war ihre Art, ihre Rührung zu zeigen. Als Teresa später ins Krankenhaus musste, nahm sie die Stifte sogar mit. Sie packte die Schachtel in Zeitungspapier ein, damit das Blech keine Kratzer bekam. Dann steckte sie alles in eine Tüte. Immer wieder holte sie die Schachtel aus der Tüte und packte sie aus. Glücklich betrachtete sie die bunten Stifte und fuhr behutsam mit den Fingern über das Holz. Sie malte nie etwas, nicht einmal. Sie sagte, sie wolle die Stifte nicht verbrauchen. Und immer wenn sie es sagte, brach es Ada fast das Herz.

Ada ist der Ansicht, dass ihre Großmutter nach der neuen Therapie wieder ein Geschenk verdient hat. Etwas kleines, über das sie sich freut. Etwas, was sie aufheben kann. Auch wenn es jetzt nicht mehr so ist wie nach der ersten

Chemotherapie, als man noch hoffen konnte, dass der Tumor im Mediastinum haltmacht. Inzwischen hat er sich fast überall ausgebreitet. Auch wenn es Ada niemand gesagt hat, weiß sie es: Mit oder ohne Therapie wird ihre Großmutter nicht mehr lange leben.

Ada schaut aus dem Fenster. Dort liegt einer der riesigen Krankenhausparkplätze. Inzwischen kennt sie den Parkplatz zu jeder Tageszeit. Am besten gefällt ihr der Parkplatz bei Nacht, wenn dort nur wenige Autos stehen. Auch am frühen Morgen, wenn die ersten Leute kommen und die Nacht vor dem Tag zurückweicht.

Zwischen den Parkplätzen liegen Beete. Jetzt ist Winter, aber sie sind grün und wirken irgendwie unecht. Inmitten des Grüns bemerkt Ada auf einem Beet ein paar weiße Punkte. Es sind Margeriten. Aus dieser Höhe kann man sie nicht gut erkennen, aber Ada würde sich nie irren, wenn es um Margeriten geht. Vor allem nicht, seit Matteo eine Margerite auf den Tisch in der Cafeteria für sie hingelegt hat. Es war nicht wirklich ein Geschenk, sie hatte ihn darum gebeten, an jenem Abend, als sie sich kennenlernten.

Nachdem sie den Rum des jungen Mannes, der auf der Terrasse stand, probiert und ausgespuckt hatte, konnte dieser gar nicht mehr aufhören, sie anzulächeln.

»Und was machst du so?«, fragte er. Sie sagte nichts. Arbeit war ihr nie wichtig gewesen. Dabei hatte sie schon einige Tätigkeiten ausgeübt. Sie hatte schon als Sekretärin, Kassiererin, Animateurin und Lagerhalterin gearbeitet. Und immer hatte sie dabei das Gefühl gehabt, ihre Lebenszeit für einen zu niedrigen Preis zu verkaufen.

»Arbeitest du hier?«, fragte er noch einmal, während er seine Zigaretten suchte und erst die Jackentaschen und dann die Hosentaschen abklopfte. Sie schüttelte den Kopf, auch er schüttelte den Kopf, und einen Augenblick erschien es ihr, als spräche er mit einer Fremden, als wolle er sich vergewissern, ob diese ihn verstanden hatte, als warte er auf eine Antwort, um sie wiederholen zu können. Da lächelte sie, denn es war nicht das erste Mal, dass jemand ihr das Gefühl gab, eine Fremde zu sein. Er schien sich jedoch auch ein wenig fremd zu fühlen, und das machte es leichter.

»Was machst du denn dann hier im Krankenhaus?«, fragte er. Inzwischen hatte er sein Zigarettenpäckchen gefunden. Ada sah, dass es rote Marlboro waren. Das Päckchen war weich. Auf irgendeine seltsame Weise freute es sie, dass sie entdeckt hatte, was er rauchte.

Ada zeigte mit der Hand nach oben und sagte, ihre Großmutter liege hier. Sie sagte nicht, auf welcher Station, sondern nur, dass sie hier sei und dass sie versuche, sich um sie zu kümmern.

Dann gab sie dem Mann im Spiegel, der er damals noch für sie war, die Hand. Es war seltsam, dass sie sich als Erste vorstellte, denn sie fand es eigentlich nicht so wichtig, jemandes Namen zu kennen. Doch jetzt lag ihr plötzlich ganz viel daran, dass er ihren Namen wusste, und sie wollte auch gern seinen erfahren. Dann wäre er nicht mehr nur ein Spiegelbild, das sich wieder entfernte.

»Ich heiße Ada.«

Er blieb eine Weile schweigend stehen und sah sich dann um. Sie fand, dass er zu lange zögerte, fast so, als wollc er der Mann im Spiegel bleiben und kein anderer sein. Sie fühlte sich unwohl, bemühte sich aber, ihre Enttäuschung nicht zu zeigen.

»Matteo«, sagte er endlich, ohne sie anzusehen.

»Und was machst du hier?«, fragte Ada, und erst nachdem sie es gefragt hatte, dachte sie, dass es völlig unerheblich war, zu wissen, was er hier machte und welchen Beruf er ausübte. Es genügte, dass er da war. Einen Moment lang wollte sie es ihm sagen, so glücklich war sie darüber, dass er mit ihr sprach. Bestimmt begann hier etwas, auch wenn es für einen Anfang erst wenig Geräusche gegeben hatte.

Sie sagte aber nichts. Sie stand nur da und wartete auf die Antwort des Mannes im Spiegel, der von nun an Matteo war und nichts sonst.

»Ich treffe andere Leute, die hier arbeiten«, sagte er, »vor allem Ärzte.«

Ada nickte.

»Ich gehe zu ihnen und frage sie, wohin sie in den Ferien verreisen. Ich höre ich mir ihre Antworten an und gebe mir Mühe, etwas Nettes über die Orte zu sagen, an die sie fahren. Wenn sie an die Ferien denken, bekommen sie gute Laune, und dann wird es einfacher, sie von den Produkten, die ich verkaufe, zu überzeugen.«

»Weißt du denn immer etwas über ihre Ferienorte?«

»Ich gebe mir Mühe«, erklärte Matteo. »Abends suche ich im Internet ein paar Orte aus. Dann lese ich etwas darüber. Es genügen zwei oder drei«, fügte er lächelnd hinzu.

Als er aufhörte zu lächeln, sagte er, Ärzte führen eigentlich immer an dieselben Orte. Auch die Geräte, die er ihnen verkaufe, seien immer dieselben. Da fragte Ada, was für welche das denn seien, und ließ offen, ob sie nun die Orte oder die Geräte meinte.

»Herzen aus Plastik«, sagte Matteo, und dabei wirkte er recht ernst.

»Das ist doch großartig«, sagte Ada und meinte es ehrlich. Matteo zuckte mit den Schultern und sagte, so großartig fände er das nun nicht.

»Wird dadurch das Leben der Menschen denn nicht besser?«, fragte Ada.

Matteo, der der Meinung war, dass künstliche Herzen vielen Menschen ein besseres Leben ermöglichten, nickte verblüfft und sagte, ja sicher.

»Wenn es also das Leben von jemandem verbessert, dann ist das doch eine großartige Sache«, entschied Ada.

Matteo dachte, dass es gut war, die Plastikherzen und medizinisch-elektronischen Geräte aus dieser Perspektive zu betrachten. So positiv hatte er seinen Job seit langer Zeit nicht gesehen. Am liebsten hätte er sich bei dieser Ada bedankt. Stattdessen nickte er nur und fragte:

»Und was machen Sie?«

»Ich warte, dass mir jemand den Weg ebnet«, entgegnete sie, ohne daran zu denken, dass dieser Punkt noch gar nicht auf ihrer Liste stand. »Oder dass er ihn ändert«, fügte sie hinzu und überlegte, ob es wichtiger sei, dass einem jemand im Leben den Weg ebnete oder ihn veränderte. Oder ob es im Grunde dasselbe sei. Noch während sie das dachte, wurde ihr bewusst, dass sie gerade etwas sehr Dummes gesagt hatte, und sie befürchtete, dass dies Matteo auch aufgefallen war.

Doch dieser schien entweder nicht darauf geachtet zu haben, oder er hatte es ihr schon verziehen. Damals wusste Ada noch nicht, wie wichtig es ist, jemanden zu kennen, der einem verzeiht und nachsichtig ist und nicht bei jedem kleinen Fauxpas, den man begeht, gleich aus der Fassung gerät.

»Und was machst du heute Abend?«, fragte Matteo.

Ada wusste nicht, wie die Frage gemeint war, und schwieg. Dann wies sie wieder nach oben.

»Ich bleibe wohl noch bei meiner Oma«, meinte sie, ohne zu erklären, was es mit dem Blut ihrer Großmutter auf sich hatte und in welch rasantem Tempo es immer schlechter wurde, ohne dass es irgendein Geräusch gab.

Matteo spürte, dass sie ihm etwas verschwieg, fragte aber nicht nach. Einen Moment lang überlegte er, ihr noch etwas Rum anzubieten. Schließlich tat er es tatsächlich.

»Möchtest du vielleicht noch einen Schluck?«, sagte er. Ada lächelte.

»Ich nehme von Unbekannten keine Getränke an«, erklärte sie.

»Da hast du völlig recht«, sagte Matteo, »aber ich bin ja kein Unbekannter.«

Ada sah ihn lange an.

»Man kennt sich nicht, solange man sich keine Blume geschenkt hat«, sagte sie und wusste selbst nicht so genau, worauf sie hinauswollte.

Nachdem sie es gesagt hatte, winkte sie ihm zum Abschied und ging. Die ersten paar Schritte ging sie noch rückwärts, während sie Matteo ansah. Dann wandte sie sich um und beschleunigte ihre Schritte.

So machte Ada es immer, wenn sie spürte, dass etwas, worauf sie sehr gehofft hatte, in erreichbare Nähe rückte. Sie ging einen Schritt rückwärts, um es zu bewahren, und legte einen kleinen Vorrat an, einen kleinen Vorrat dessen, was sie bis zu diesem Augenblick empfunden hatte.

Teresa hat ihr beigebracht, wie wichtig es ist, sich von allem etwas zu bewahren – auch das Gefühl der Erwartung auf etwas Schönes, auf das man gehofft hat, und eben den Moment, in dem es eintrifft, soll man festhalten.

Als Ada am nächsten Morgen auf dem Tisch, an dem sie gewöhnlich in der Cafeteria des Krankenhauses saß, die kleine Margerite fand, dachte sie an gar nichts mehr. Weder an das, was ihr der junge Hämatologe über den Zustand ihrer Großmutter erklärt hatte, nämlich dass die Krankheit nicht zu heilen sei und Teresa wahrscheinlich im Krankenhaus bleiben müsse. Noch daran, dass sie wahrscheinlich auch daran sterben würde. Ada wusste, ohne es zu verstehen, dass es schlimme Dinge gab, gegen die man nichts tun konnte. Etwa das, was ihrer Großmutter gerade passierte, aber auch ihr selbst, weil sie sie verlieren würde. Ada wusste aber auch, dass es schöne Dinge gab, gegen die man nichts tun konnte. Wie seltsam, dass ihr beides auf einmal widerfuhr. Vielleicht musste es genau so sein. Dass Dinge, die nicht wiedergutzumachen sind, und Dinge, durch die alles eine zuvor unvorstellbare und unvergessliche Wendung nimmt, im Grunde ein- und dasselbe sind, weder schön noch schlimm, nur sehr mächtig und überraschend zerbrechlich.

Ein Lymphom. Oder eine Margerite, die auf einem Tisch liegt. Man sieht sie an und traut sich nicht, sie zu nehmen, weil man sich fragt, ob sie wirklich für einen bestimmt ist.

Dann aber blickte Ada in den Spiegel und sah ihn. Sie bemerkte, dass Matteo sie anschaute, aber nicht im Spiegel. Er sah sie direkt an. Ada wandte ihre Augen vom Spiegel ab und blickte wieder auf die Margerite. Einen Moment später stand Matteo neben ihr.

13

Blumen für jemanden hinlegen, damit er denkt, sie lägen dort für ihn. Auch das nimmt Ada in ihre Liste auf. Es gehört zu den kleinen Dingen, die Großmutter Teresa glücklich machen würden. Sie beschließt, nach draußen zu gehen und Margeriten zu pflücken, alle, die dort unten auf den Beeten zwischen den Parkplätzen wachsen. Ein paar wird sie auf den Stationsflur streuen und eine, die schönste, auf Großmutters Nachttisch legen.

Als sie die Margeriten pflückt, kommt sie sich vor wie eine Diebin, obwohl da sonst niemand ist. Und selbst wenn jemand dort gewesen wäre, hätte er sicher nichts dagegen gehabt, dass eine junge Frau an einem Parkplatz ein paar wildwachsende Blumen pflückte.

Es war komisch: Wenn Ada etwas tat, was man nicht tun sollte, hatte sie immer das Gefühl, alle könnten es sehen. Wenn sie aber etwas Gutes tat, hatte sie dieses Gefühl nie, und so dachte sie am Ende, dass sie niemals etwas Gutes getan hatte.

Sie hat sechs Margeriten für ihre Oma gefunden. Sie hält sie vorsichtig in der Hand – wie an jenem Morgen die von Matteo –, als seien sie aus zerbrechlichem Kristall.

»Du hast nicht gesagt, dass es eine Rose sein muss«, hatte Matteo gesagt, und sie wusste nicht, was sie antworten sollte, weil sie Margeriten wunderschön fand und sich keine andere Blume gewünscht hätte.

»Jetzt sind wir keine Unbekannten mehr«, sagte Matteo.

»Aber ich habe dir noch keine Blume geschenkt«, sagte Ada.

»Ich vertraue auch dem Unbekannten«, sagte er. »Weißt du was? Hier in der Nähe ist ein Ort, auf dem Land, aber nicht weit weg. Sie machen dort Essen, einfach, aber gut. Es gibt karierte Tischdecken, und das Brot ist immer frisch.« Er lächelte bei dem Gedanken an diese Dinge, die er so sehr mochte, aber ob sie auch ihr gefielen? Dann suchte er auf seine übliche umständliche Art nach dem Päckchen mit den Zigaretten.

»Sollen wir zusammen hingehen?«

Ada nahm die Margerite vorsichtig am Stiel. Matteo dachte, dass sie nicht vorsichtiger danach hätte greifen können, wenn es eine kleine Pyramide aus Diamanten gewesen wäre.

»Wenn du mit mir zum Essen kommst, schenk ich dir noch eine«, sagte er und sah so aus, als müsse er dringend ein paar Züge aus seiner roten Marlboro nehmen.

»Ich möchte keine andere, ich möchte nur diese«, sagte Ada. Sie schüttelte leicht den Kopf und zeigte nach oben.

»Die Oma«, sagte Matteo. »Ich bringe dich anschließend wieder zu deiner Oma zurück. Versprochen. Hör zu«, meinte er dann, »ich muss jetzt los. Ein Arzt wartet auf mich, und wenn ich nur eine Minute zu spät komme, ist er weg. Aber du überlegst es dir, ja? Mir reicht es schon, wenn du es dir überlegst.«

Dann nahm er Adas Hand. Die Hand, nicht das Handgelenk. Er drehte den Handrücken nach oben und zog einen Stift aus der Tasche. Er schrieb eine Nummer darauf und seinen Namen, aber nur den Anfangsbuchstaben, so als wisse er seinen Namen nicht mehr. Er sah, wie Ada rot wurde, und freute sich, dass es noch jemanden gab, der errötete. Ada zog ihre Hand weg und sagte, sie wisse, wie er heiße. Das würde sie doch nicht vergessen. Sie sagte auch, dass sie ihm eine SMS schreiben würde. Oder ihn anrufen. Und dass sie hoffe, mit dem Arzt würde alles gut laufen. Sie dankte ihm für die Margerite, und Matteo dachte, dass Ada zu den Leuten gehörte, die sich für alles bedanken. Solche Mädchen sind selten, dachte er.

Die gelbe Stationstür schließt sich mit dem üblichen schnappenden Geräusch hinter ihr. Sie hört sich an wie eine Guillotine, und in gewisser Weise ist sie das ja auch. Die sechs Margeriten sind schon leicht zerknittert. Im Flur lässt Ada sie alle auf einmal fallen. Sie lauscht auf das Geräusch der Blumen, die auf dem Boden landen. Doch sie hört nichts.

Niemand auf dem Flur scheint die Margeriten zu bemerken. Ihrer Großmutter würden sie bestimmt auffallen. Sie merkt noch alles. Jedenfalls hofft Ada das.

Als sie mit Matteos Margerite in der Hand ins Zimmer 9 kam, hatte Teresa es jedenfalls sofort bemerkt.

»Was ist denn das?«, hatte sie gefragt. »Hat dir das dieser junge Mann geschenkt?«

Ada nickte.

»Er hat mich zum Mittagessen eingeladen.«

»Meinst du, er ist ein ordentlicher junger Mann?«

Ada lächelte, weil die Großmutter ihr diese Frage schon öfter gestellt hatte und sie nie wusste, was sie antworten sollte. Die Großmutter hatte ganz eigene Maßstäbe für das, was einen jungen Mann ordentlich sein ließ. Sie würde es ihr aber sicher nicht erklären. Man müsse von sich aus erkennen, ob ein Mann anständig sei oder nicht, sagte Teresa. Wenn man es nicht von selbst erkenne, könne man sich auch später nicht beklagen, wenn er einem wer weiß was eingebrockt hätte.

»Was hatte er an?«

Ada erzählte es ihr. Teresa hörte aufmerksam zu, und erst am Ende fragte sie, ob seine Kleidung gebügelt war und welche Knöpfe geschlossen waren und welche nicht. Ada fragte sich, was dies damit zu tun haben sollte, ob ein junger Mann anständig sei oder nicht. Aber sie fragte nicht weiter.

Nachher sagte Teresa selbst, solche Dinge seien eigentlich nicht so wichtig.

»Was für einen Beruf hat er?«

»Er verkauft den Ärzten Sachen.«

»Ist er Arzt?«

»Nein, Oma, er ist kein Arzt.«

»Warum geht er dann in die Krankenhäuser?«

»Hab ich doch gerade gesagt. Er arbeitet mit Ärzten zusammen. Er ist viel unterwegs, vielleicht geht er nicht nur in Krankenhäuser.«

»Du hast dich nicht genug erkundigt, meine Kleine.«

»Du hast recht, ich habe nicht viel gefragt, aber ich habe gut zugehört.«

Teresa nickte.

»Er bietet Leuten Geräte an, und Versicherungen. Solche Sachen.«

»Wie ein Angestellter?«

Ada wusste, dass ihre Oma unter Angestellten Leute verstand, die weder in einer Firma noch in der Fabrik arbeiteten. Es war zwar nicht falsch, ihn einen Angestellten zu nennen, aber sie sagte, nein, das sei er nicht.

»Er ist eher ein … Handlungsreisender.«

Ada hätte nie daran gedacht, solch ein Wort zu verwenden, aber auf diese Weise würde es die Oma vielleicht leichter verstehen. Teresa schien zufrieden, jedenfalls hörte sie auf, Fragen zu stellen. Sie streichelte Ada über die Wange. »Du bist schöner geworden, seit du ihn kennst.«

Ada spürte, dass sie rot wurde, und versuchte das Thema zu wechseln, doch ihr fiel nichts ein, und so wartete sie, bis die Röte vorbeiging.

»Geh mit ihm aus«, sagte die Großmutter schließlich.

Als kurze Zeit später Giulia ins Zimmer kam, erzählte Teresa ihr gleich die Neuigkeiten. »Frau Doktor«, sagte sie, »stellen Sie sich vor, Ada hat eine Einladung. Wissen

Sie noch, ich hatte Ihnen doch erzählt, dass sie einen jungen Mann kennengelernt hat. Sie hat ihn unten in der Cafeteria getroffen, er hat ihr eine Blume geschenkt und sie heute Abend zum Essen eingeladen.« Sie sprach sehr schnell und lächelte. »Ich hab ihr gesagt, sie soll hingehen.«

»Oma, es kommt überhaupt nicht in Frage, dass ich dich heute Abend allein lasse«, protestierte Ada schwach.

»Aber ich brauche niemanden! Ich muss nirgendwohin gehen. Außerdem ist ja die Frau Doktor da, die weiß schon, was gemacht werden muss.«

Giulia neigte lächelnd den Kopf, wie immer wenn Teresa sie »Frau Doktor« nannte. Dann sagte sie zu Ada, es gebe keinen Grund zur Sorge. Sie sei ja da und werde sich um die Großmutter kümmern. Sie sagte ihr nicht, dass sie ganz auf der Seite von Ada und dem netten jungen Mann im Spiegel war, der ihr die Margerite geschenkt hatte.

»Kämm dich, Kind«, befahl die Oma, »und nimm etwas Lippenstift.«

Ada legt die letzte Margerite, die schönste, auf den Nachttisch ihrer Großmutter.

Dann bleibt sie in der Tür stehen. Sie erwartet das Geräusch ihrer Schritte auf dem Flur. Sie stellt sich schon vor, in welche Zimmerecke ihre Oma diesmal blicken würde, um ihre Rührung zu verbergen. Ada hofft, dass die Großmutter noch alles mitbekommt, was mit ihr zu tun hat. Sogar, wenn sie merken würde, dass Matteo im Begriff ist, sich von ihr zu entfernen, wäre das in Ordnung. Ada wäre mit allem einverstanden. Denn sie weiß, solange die Großmutter noch alles, was mit ihr zu tun hat, bemerkt, geht es ihr noch gut, Lymphom hin oder her.

Als sie schließlich auf den Flur tritt, hört sie weder das Geräusch ihrer Schritte noch sonst etwas. Teresa liegt auf einer Liege, und Giulia ist nicht bei ihr. Ada fühlt sich, wie wenn man mit dem Auto zu schnell in einen Tunnel fährt. Sie hat ein seltsames Gefühl im Magen. Wenn sie so ein Gefühl im Auto überkommen würde, könnte sie sich einfach vorstellen, sie wäre auf einer Achterbahn irgendwo auf dem Jahrmarkt, wo die Menschen vor Vergnügen kreischen. Aber hier im Flur deutet nichts auf ein Vergnügen hin. Was ist das für eine Therapie, zu der man zuerst zu Fuß hingeht und nachher nicht mehr zurücklaufen kann?, denkt Ada.

Immer wenn die Großmutter sonst von der Therapie zurückkommt, bemüht sich Ada, nicht besorgt auszusehen. Sie verbringt die Wartezeit damit zu überlegen, worüber sie mit ihr sprechen kann, irgendetwas, worüber ihre Oma früher gern geredet hat.

Doch jetzt muss Ada gar nichts verbergen. Sie sieht, wie die Pfleger die Liege mit ihrer Großmutter lautlos den Gang entlangschieben. Die Falten um ihren Mund haben einen leidenden Ausdruck angenommen. Ada fragt sich, ob sie schläft oder bewusstlos ist. Sie sucht nach den Margeriten, die sie verstreut hat.

Als Giulia ins Zimmer 9 kommt, blickt sie konzentriert auf einen Stapel Blätter in ihrer Hand. Sie erinnert Ada an die Kinder, die vor einem Billardspiel nachzählen, ob auch alle zehn Kugeln da sind. Ada hat die Kugeln nie gezählt. Sie fühlte sich dieser Aufgabe nicht gewachsen und ließ sich immer vertrauensvoll auf die Spiele ein. Sie weiß aber, wie wichtig es ist, dass es Menschen gibt wie Giulia, deren Finger schon bereit ist, um zu zählen.

Einen Moment bleibt Giulia stehen, gleich hinter der Zimmertür. Dann bewegt sie leicht den Kopf, als würde sie gern etwas weit von sich wegschieben, und geht rasch zu Teresas Bett, ohne auch nur einen Moment den Blick von den Unterlagen zu heben. Giulia hat als Kind die Billardkugeln bestimmt immer zweimal gezählt. Ada beobachtete solche Kinder immer und hörte vor Ehrfurcht auf zu atmen. Sie fürchtete, ein Kind wie sie, das die Kugeln nicht zählte, könnte die anderen beim Zählen stören. Sie hat nicht den Mut, Giulia etwas zu fragen. Sie hält die Hand ihrer Großmutter, die noch schläft. Die Margerite auf dem Nachttisch scheint jetzt endgültig verwelkt. Giulia setzt sich, legt die Haube ab, schlägt die Beine übereinander und schiebt ein Fußgelenk hinter das andere. Auf der Haube sind Kaninchen mit Boxerhandschuhen zu sehen. Ada bemerkt sie erst jetzt. Kaninchen, die zum Kampf bereit sind.

»Teresas Abwehrsystem funktioniert schlecht. Es ist wie bei einem Heer, das die Bösen nicht mehr bekämpft und die Guten angreift.«

Ein Teil von Ada weiß es zu schätzen, dass Giulia sich noch immer verpflichtet fühlt, die richtigen Bilder zu finden, um alles zu erklären. Der andere Teil erinnert sich daran, dass sie früher um diese Uhrzeit immer von der Schule nach Hause kam. Ada muss plötzlich daran denken, wie oft sie sich in der Schule über alle möglichen Dinge aufgeregt hat. Wenn die Lehrerin herumschrie und die Kinder aufforderte, nicht zu schreien. Wenn ein Klassenkamerad ihr den Spitzer wegnahm, ohne zu fragen. Wenn solche Dinge passiert waren, schleuderte Ada, wenn sie nach Hause kam, ihre Schultasche aufgebracht in eine Ecke. Sie warf den Tornister mit solcher Wucht hin, dass Teresa nur staunen konnte. Irgendwann hatte Teresa von dieser schlechten Angewohnheit genug. Sie nahm Ada die Schultasche ab, bevor sie sie werfen konnte. Daraufhin warf sich Ada, die etwas zum Werfen brauchte, selbst aufs Sofa. Dort blieb sie dann liegen, schwieg wütend und setzte sich irgendwann auf. Teresa ging in die Küche und legte letzte Hand ans Mittagessen. Dann ging sie zu ihrer Enkelin, kniete sich vor das Sofa und versuchte sie anzulächeln. Während sie Ada fragte, was geschehen war, bemühte sich die Großmutter, so ernst zu bleiben wie nur möglich. Sie wusste nie, wie sie Ada auffangen konnte. Diese konnte nie etwas zu Ende erzählen, ohne in Tränen auszubrechen. Wenn sie sich über etwas wirklich Ernstes ärgerte, schloss sie sich in ihr Zimmer ein. Dann starrte die Großmutter auf das leere Sofa. Das Essen war inzwischen kalt geworden, und Teresa wärmte es noch einmal auf, wenn Ada dann doch irgendwann in der Küche erschien. Um den Bogen nicht zu sehr zu überspannen, aß sie, was auf dem Tisch stand. Sie aß allerdings nie genug.

Am frühen Nachmittag machte Ada ihre Hausaufgaben, und Teresa half ihr dabei, während sie die Wohnung aufräumte. Ada erinnert sich, wie ihre Oma mit dem Zeigefinger über die Seiten des Aufgabenheftes fuhr. Sie weiß noch, wie sie sie vorlesen hörte:

Ital.: Lesen und S. 34 und 35 wiederholen
Mathe: Übung 1 und 4 auf S. 29. Rechnungen ins Heft schreiben.
Merke: Sei lieb und iss, was es zu essen gibt.

Wenn sie die Oma die Aufgaben vorlesen hörte, fragte sich Ada beunruhigt, ob sie auch wirklich genau diese Übungen machen sollte. Vielleicht gab es ja gar keine Übung auf Seite 29. Sie war sich plötzlich nicht mehr sicher, ob das, was sie da aufgeschrieben hatte, wirklich stimmte. Die anderen Kinder öffneten ihr Hausaufgabenheft, hörten auf die Lehrerin und schrieben, was sie sagte. Dabei machten sie keine Fehler oder so gut wie nie. Aber Ada vertat sich fast immer.

»Merke: Sei ein gutes Mädchen und iss, was auf den Tisch kommt«, las die Oma weiter, auch wenn das nirgendwo stand, während sie im Buch nach den Aufgaben suchte.

»Das stimmt nicht, Oma, da steht nicht, dass ich ein gutes Mädchen sein soll.«

»Du sollst aber trotzdem daran denken, mein Schatz«, sagte Teresa, nachdem sie ihr einen Kuss gegeben hatte.

Wie aus weiter Ferne hört Ada Giulia, die weiterhin versucht, die Dinge zu erklären.

»Es ist, als ob man durch Aufhalten einer Lawine eine andere lostritt«, sagt sie gerade.

Ada hat den Faden verloren. »Wann wird sie aufwachen?«, fragt sie.

»Sie wird wahrscheinlich lange schlafen. Wir haben ihr ein Beruhigungsmittel gegeben, wie nach einer Operation.«

»Hat das Ganze denn überhaupt noch einen Sinn?«, fragt Ada.

Giulia hat sich an solche Fragen noch nicht gewöhnt. »Man kann damit Zeit gewinnen«, sagt sie schließlich.

Zeit, denkt Ada. Im Grunde wünscht sie sich für ihre Oma nichts anderes. Etwas Zeit, ihre Hand zu halten, ihr kleine Geschenke zu machen wie Buntstifte und Margeriten.

»Wann triffst du ihn?«, fragt Giulia. Wenn sie sich für diese unpassende Frage vor jemandem rechtfertigen müsste, würde sie sagen, sie tut es, um Ada abzulenken. Aber wenn sie Ada von ihrem Penna und von Liebe reden hört, erinnert es sie daran, dass es außerhalb dieser Krankenstation noch ein Leben gibt.

»Ich hab ihm gesagt, dass ich heute Abend auf ihn warte. Aber so, wie es meiner Oma geht, glaube ich nicht, dass wir uns sehen werden.«

»Heute habe ich Nachtdienst. Ich kümmere mich um Teresa.«

Ada schweigt.

»Ich bin sicher, dass sie heute Nacht gut schlafen wird. Das Mittel, das wir ihr gegeben haben, dient auch dazu. Sie spürt keinen Schmerz und auch sonst nichts.«

»Wann kommst du denn heute Abend?«, fragt Ada.

»Um halb neun bin ich da.«

»Treffen wir uns vor deinem Dienst auf der Feuertreppe?«

»Klar.«

14

Wäre das Krankenhaus ein Theater, dann entspräche die Feuertreppe den Kulissen. Ada und Giulia haben sich dort zum ersten Mal getroffen, als Teresa nach der Therapie noch nach Hause konnte. Giulia hatte Ada gefragt, ob sie vielleicht über alles reden wolle, auch außerhalb der Station. Sie hatte ihr ein paar Cafés vorgeschlagen, in die sie hätten gehen können, um etwas zu trinken. Ada kannte nicht mal die Hälfte dieser Cafés. Sie wollte Giulias nette Einladung nicht abschlagen. Sie war es nicht gewohnt, nein zu sagen. Aber sie wollte sich auch nicht zu weit von ihrer Großmutter entfernen, da diese ja ohne sie nirgendwohin gehen konnte.

Da hatte Giulia ihr vorgeschlagen, sich auf der Feuertreppe zu treffen, hinter dem Stationsflur. Das Krankenhaus sei ja nicht gerade der schönste Ort, aber von dort habe man wenigstens einen schönen Blick, hatte sie gemeint.

Doch jetzt wurde es immer früher dunkel, es war nebelig, es gab keine schöne Aussicht mehr und auch sonst nichts. Beim ersten Mal, als Ada hinging, dachte sie, sie hätte sich verirrt. Ada verirrte sich andauernd. Und manchmal vergaß sie sogar, wohin sie ging.

Als Ada Giulia an der Glastür zur Feuertreppe sah, brauchte sie einen Moment, um zu begreifen, dass sie es wirklich war. Sie hatte sie immer nur in ihrer Schwesternuniform gesehen und mit den Häubchen mit den Giraffen, Pinguinen und all den anderen unverschämt fröhlichen Tieren.

Die Feuertür hatte sich mit einem satten Geräusch geschlossen, und da dachte Ada, dass es wieder geschehen war. Sie hatte wieder das Geräusch der Dinge, die beginnen, gehört.

Giulia hielt eine Zigarette in der Hand.

»Rauchst du?«, fragte Ada.

»Nur nach dem Dienst. Und auch nicht jedes Mal«, sagte Giulia.

Das Geräusch, das Ada zu erkennen glaubte, als sich die Feuertür hinter Giulia schloss, war ein Geräusch, das zu einer Gewohnheit werden sollte. Man merkt ja immer erst später, wenn etwas zur Gewohnheit geworden ist. Aber Ada hatte gleich bemerkt, dass hier etwas begann. Und dass sie all die Dinge, die begannen, bemerkte, verdankte sie ihrer Großmutter.

Nach diesem ersten Mal trafen sich Ada und Giulia fast immer, wenn Giulia Dienstschluss hatte. Ada fiel es immer noch schwer, Giulia zu erkennen, wenn sie hinter der Feuertür erschien.

Wenn sich die Tür dann schloss und Giulia sich eine Zigarette ansteckte, wusste Ada, dass sie es war. Jedes Mal schien sie ihr anmutiger in ihren Gesten, während sie selbst es auf der Feuertreppe immer ungemütlicher fand.

Diese Unbequemlichkeit hinderte die beiden jedoch nicht daran, miteinander zu reden. Sie saßen auf den Stufen der Feuertreppe und redeten über alles. Zum Beispiel darüber, was Ada später einmal machen wollte.

Giulia hatte Ada schon oft gefragt, was sie eigentlich täte, wenn sie nicht bei ihrer Großmutter im Krankenhaus sei. Ada hatte sich nicht getraut, ihr zu sagen, dass es in ihrem Leben sonst nur wenig gab.

Als sie schwieg, sagte Giulia, es müsste doch etwas geben, was sie tun wolle. Ada dachte bei sich: Menschen wie Giulia, die immer wissen, wohin sie gehen, bewegen sich schnell und denken, alle anderen seien genau wie sie, das heißt immer im Aufbruch. Wenn man ihnen dann sagt, man gehe nirgendwo hin, wird ihnen sicher ganz schwindlig. Das sieht man ihrem Gesicht an. Doch der Schwindel geht schnell vorüber, und dann denken sie wieder, alle Menschen wüssten genau, wohin sie gehen, und manchmal haken sie so lange nach, bis man gezwungen ist, irgendetwas, was man tut, zu erfinden. In anderen Fällen reden sie weiter von dem, was sie selbst tun, und manchmal ist Ada das fast lieber.

Während einer ihrer Plaudereien hatte Ada Giulia von der Liste mit den Überlegungen, was sie später machen wollte, erzählt. Sie wisse, dass das alles nur Hirngespinste seien, aber durch sie fände sie die Kraft, weiterzumachen.

Als Giulia sie bat, ihr wenigstens eine der Ideen von der Liste zu nennen, sagte Ada, sie habe einmal einen Dokumentarfilm über Lastwagenfahrer im Himalaya gesehen. Eigentlich sei es ein Wettkampf unter Lastwagenfahrern im Himalaya, aber das sei nicht von Bedeutung. Jedenfalls gehörten diese Straßen zu den gefährlichsten der Welt, und am gefährlichsten Punkt stehe eine bunt angemalte Hütte. In dieser Hütte sei ein Mann. Immer wenn die Lastwagenfahrer dort vorbeikämen, müssten sie anhalten, weil der Mann ihnen als Segen Bonbons gab. Ada hatte die Sache mit den Bonbons als Segen für die Leute, die in tausende Meter tiefe Schluchten zu stürzen drohten, besonders gefallen. Und so nahm sie es in ihre Liste auf: Segen in Form von Bonbons an Menschen zu verteilen, die in tausende Meter tiefe Schluchten zu stürzen drohten.

Giulia lachte. Sie hatte eine sehr zurückhaltende Art zu lachen. Es klang wie ein Lachen, aber ihr Mund verzog sich dabei nur wenig, und sie entblößte kaum ihre Zähne, die allerdings makellos waren. Der übrige Teil des Gesichts und ihr Körper blieben reglos, und doch merkte man, dass sie lachte.

Ada hat immer gedacht, dass es Momente gibt, in denen es hilfreich sei, lauthals zu lachen. Man merkt nicht, wie wichtig dies ist, bis man an ein unbändiges Lachen denkt, bei dem einem der Unterleib schmerzte und das einem das Leben gerettet hat. An solche Dinge denkt man in der Regel, wenn man alt ist. Ada aber hat es schon oft gedacht, denn sie glaubt, solch ein Lachen hätte ihr das Leben schon öfter gerettet, als ihr lieb ist.

Vielleicht haben Menschen wie Giulia, die wissen, wohin sie gehen, andere Arten, sich das Leben zu retten. Oder vielleicht ist ihr Leben nie in derselben Weise bedroht wie das von Ada. Sie können sich nicht vorstellen, dass es Schluchten von vielen tausend Metern Tiefe gibt, auch wenn man sie nicht sieht. Sie begreifen nicht, wie wichtig es sein kann, Segen in Form von Bonbons zu verteilen. Sie lachen darüber, aber das ist Ada egal. Die Leute haben über Dinge, die mit ihr zu tun haben, oft sehr gelacht, und hätte sie sich immer davon beeindrucken lassen, bliebe ihr nichts mehr. Und sie hat ja auch tatsächlich nichts.

Giulia hält die Feuerschutztür fest, um keinen Lärm zu machen. Sie hat ihre Schwesterntracht noch nicht angezogen, und ihr Haar trägt sie offen. In der Hand hat sie schon eine Zigarette. Als sie sie anzündet, sieht Ada auf den Ring an ihrem linken Ringfinger.

»Du solltest ihn immer tragen. Er ist besonders schön.«

Den Verlobungsring, den Giulias künftiger Ehemann ihr geschenkt hatte, trug sie erst seit ein paar Wochen. Giulia war ins Zimmer 9 gekommen, um sich nach ihrem Dienst zu verabschieden, und die Großmutter hatte plötzlich wieder diesen weisen Gesichtsausdruck. Ada überlegte gerade, wie sie sie daran hindern konnte, ihre endlosen Geschichten über Lippenstifte und Tanzschuhe zu erzählen, als Teresa sich direkt an Giulia wandte.

»Sie sehen müde aus, Frau Doktor. Man sollte es immer so einrichten, dass man nicht zu müde nach Hause kommt, wenn man das Glück hat, dass jemand auf einen wartet.« Sie sagte es und blickte dabei um sich, als suche sie nach Anerkennung dafür, etwas bemerkt zu haben, das niemandem sonst aufgefallen war. »Was für ein Glück, dass Sie eine Arbeit machen, die Ihnen so liegt. Aber es ist genauso wichtig, dass man sich dabei nicht zu sehr abrackert.«

Giulia sah die alte Dame verblüfft an. Sie konnte sich nicht erinnern, jemals gesagt zu haben, dass jemand zu Hause auf sie wartete. Auch sie wartete auf niemanden. Vermutlich hatte sie mal erwähnt, dass sie einen Freund hatte, aber sie hatte bestimmt nie gesagt, dass es jemand war, der zu Hause auf sie wartete. Das tat sie selbst auch nicht. Sie kamen beide spät nach Hause, und schon lange rechneten sie nicht mehr damit, dass der andere zu Hause auf sie wartete.

»Keine Sorge, Teresa, auf mich wartet keiner«, entgegnete Giulia.

»Dann hat er Ihnen *den* geschenkt, ohne auf Sie zu warten?«, fragte Teresa und zeigte auf Giulias Hand.

Giulia lächelte. »Nicht heute Abend. Heute wartet niemand auf mich.«

Da erst sah Ada den Ring. Sie hatte eine Weile gebraucht, um zu begreifen, dass es ein Verlobungsring war. Sie hatte immer gedacht, solche Ringe trügen manche Frauen in Werbespots, damit sie elegant aussähen und eine besondere Ausstrahlung hätten. Das ist so ein Ring, den Frauen bekommen, die ihn gar nicht brauchen, hatte sie gedacht. Bei Giulia zum Beispiel war nicht zu erkennen, ob sie im Glanz des Rings erstrahlte oder ob der Ring durch Giulias Licht leuchtete.

Ada dachte, dass Matteo nie einen solchen Ring aussuchen würde.

»Die Patienten sollen ihn nicht sehen«, erklärt Giulia jetzt. Ihr Dienst fängt gleich an, und sie hat sich eine Zigarette angezündet und raucht sie in der zu ihr passenden eleganten Art. »Hast du etwas von ihm gehört?«, fragt sie dann und meint Penna.

»Er hat mir eine Nachricht geschickt, als er wegfuhr. Er hat gesagt, es werde spät. Er sagt immer, dass es spät wird.«

»Er hat dir aber noch nie gesagt, dass du nicht auf ihn warten sollst, oder?«

Ada beneidet Leute wie Giulia um ihren unverbesserlichen Optimismus.

»Ich glaube, er weiß, dass ich sowieso auf ihn warte. Immer muss er noch irgendwohin. Am Anfang war das nicht so.«

Giulia würde Ada gern sagen, dass sie mit Penna ja noch ganz am Anfang steht. Ihre Geschichte dauert doch erst wenige Monate. Aber als Zuschauerin, die zu sehr von dem Film begeistert ist, den sie sieht, sagt sie diesmal nichts.

Trotz des Optimismus, den Giulia zu haben scheint, hat sie Ada dazu gebracht, sich zu fragen, ob Penna es wirklich ernst mit ihr meint. Sie hat Ada darauf aufmerksam gemacht, dass er ihr am Anfang ihrer Beziehung nie seine Wohnung gezeigt hat. Sie trafen sich immer unter einer Autobahnbrücke.

Dort gab es einen Parkplatz. Wenn Ada davon erzählte, hörte sich das sehr romantisch an. Sie sagte Giulia, in der Zeitung habe sie gelesen, dass jede Stunde fünftausend Autos über diese Brücke führen. Sie stellte sich vor, dass der Reporter der Lokalzeitung an der Brücke stand und die vorüberfahrenden Autos zählte, während ein paar Meter weiter unten sie beide sich alle möglichen Dinge versprachen und am Ende miteinander schliefen.

Nach einiger Zeit hat ihr Freund Ada manchmal mit nach Hause genommen, aber Giulia ist auch darüber erstaunt.

Dennoch ist sie von den beiden begeistert, auch als sie hört, dass sie sich von Zeit zu Zeit wieder unter der Brücke treffen.

»Warum fragst du ihn nicht einfach?«, sagt Giulia.

»Was soll ich ihn fragen?«

»Ob er eine andere hat.«

»Er kann unmöglich eine andere haben. Ich glaube nicht an solche Sachen, ich will so etwas nicht glauben.«

»Woran willst du nicht glauben? Daran, dass Menschen andere verraten?«

Ada schweigt eine Weile. Sie weiß natürlich, dass Menschen andere verraten. Doch sie fühlt sich verpflichtet zu glauben, dass sie es oft auch nicht tun. Vor einiger Zeit hat sie das auf ihre Liste gesetzt: daran zu glauben, dass die Menschen auf der Welt auch ohne Verrat auskommen.

Giulia sieht sie an, als hätte man sie aus weiter Ferne in dieses Jahrhundert geschickt. Als käme sie aus einem Land, in dem die Menschen Haare von unbestimmter Farbe haben und so viele schlimme Dinge erleben, dass sie so tun, als sei es ihre Pflicht, alles wie im Märchen erscheinen zu lassen.

Giulia würde Ada gern sagen, wenn Gefühle im Spiel seien, täten die Leute oft das Falsche, Dinge, die man besser nicht täte. Dass sie nicht mehr an Heilige oder Märtyrer glaubt, wenn es um Gefühle geht. Dass sich nicht alle aufopfern und es sogar so ist, dass jemand, der etwas unbedingt will, es am Ende durchsetzt, selbst wenn es falsch ist.

Schließlich sagt sie nur: »Die Menschen machen Fehler, Ada, sie verraten sich selbst, verraten diejenigen, die ihnen nahestehen. Die meisten Beziehungen zerbrechen genau daran. Aber dafür fangen dann wieder neue Beziehungen an.«

»Wie bei der Plattentektonik«, sagt Ada. »Damit ein Berg entsteht, muss erst etwas anderes in den Abgrund fallen.«

»Ja«, sagt Giulia lachend, »wie bei der Plattentektonik. Nur in kleinerem Umfang. Sehr viel kleiner.«

»Ich möchte aber nicht, dass irgend etwas in den Abgrund stürzt«, sagt Ada ernst. »Wenn jemand untergeht, kann daraus nichts Gutes entstehen.«

»Ich will auch nicht, dass Dinge untergehen. Ich weiß nicht, wie wir es machen, aber irgendwer stößt immer jemanden in die Tiefe.«

Ada sieht sie an, als sei sie bereit, ihr weiter zuzuhören, als sei sie in der Lage, sich einen Schritt von den Märchen zu entfernen, an die sie offenbar glaubt.

»Es ist nicht einfach, weißt du?«, meint Giulia. »Es ist nicht so einfach, Beziehungen am Leben zu erhalten. Es ist immer gut, wenn einer bereit ist, dem anderen genügend Raum zu lassen. Es ist wie bei den Igeln. Nicht zu nah, um sich wehzutun, nicht zu weit weg, um sich nicht zu verlieren.«

»Lässt du deinem Freund denn diesen Raum?«

»Na sicher«, sagt Giulia wie aus der Pistole geschossen. Es scheint immer, als brauche sie keine Zeit zum Überlegen, bevor sie redet. »Das können wir beide gut. Wir lassen uns unsere Freiräume.«

Ihre Antworten scheinen trotzdem immer wohl überlegt.

»Und was heißt das, was machst du genau?«

»Ich lasse ihm freie Zeit. Zeit, die er nur für sich hat, und über die ich nichts wissen will.«

Ada schweigt.

»Ich vertraue ihm«, erklärt Giulia. »Ich traue dem, was er tut. Ich weiß, was er macht. Mittwochs zum Beispiel …« Ada hört nun aufmerksam zu. Sie mag es, wenn Giulia Beispiele verwendet. Sie selbst redet selten in Bildern und kommt oft zu dem Punkt, an dem sie jemanden braucht, der sie für sie findet. »… mittwochs geht er immer zum Basketball. Schon seit ewigen Zeiten spielt er mit seinen Freunden. Sie nennen es ›Wochenmitte‹. Sie haben sogar Trikots und das alles.

Anschließend gehen sie immer noch ein Bier trinken. Oder zwei.«

Ada nickt. Sie ist sich aber nicht sicher, ob dies wirklich bedeutet, genügend Abstand zum anderen zu haben. Für sie gibt es so etwas wie richtigen Abstand nicht. Allein die Idee von Abstand ist ihr unbehaglich. Doch Giulia scheint davon überzeugt, hat einen wunderschönen Verlobungsring und wird bald heiraten. Deshalb muss sie wohl recht haben.

Giulia weiß nicht, seit wann die Sporttasche für den Mittwoch zu Hause aufgetaucht ist, so als hätte sie noch nie jemand geöffnet. Vielleicht spielt ihr Freund gar nicht mehr Basketball. Vielleicht geht er nur noch mit den Freunden Bier trinken. Giulia fragt ihn nicht danach. Sie hat Vertrauen in ihren Freund, kontrolliert nicht seine Telefonate und wühlt nicht in seiner Sporttasche. Wenn er dann nach dem Spiel oder nach dem Biertrinken nach Hause kommt und sich ins Bett legt, in der Gewissheit, dass Giulia schon schläft, legt sie eine Hand auf seinen Rücken und beglückwünscht sich und ihren Freund für die Freiräume, die sie sich gegenseitig noch lassen können. Wie zwei wackere Igel. Nicht zu weit weg und nicht zu nah.

»Was nicht funktioniert, ist zu große Nähe und zu großer Abstand«, sagte sie zu Ada.

»Werden die Leute deshalb zu Verrätern?«

»In gewisser Weise ja. Wenn man zu den Menschen nicht den richtigen Abstand hält, ist es wahrscheinlich, dass sie weggehen. Stell dir vor, dein Penna hat eine

Freundin. Vielleicht lässt er sie nirgendwohin gehen. Vielleicht hat er sie zu weit weggehen lassen. Das kannst du nicht wissen.«

Ada rutscht unbehaglich auf der metallenen Treppenstufe hin und her. Es ist ungemütlich und kalt hier draußen, und der plötzliche Zweifel steigt ihr in die Kehle. Sie kann dieses Gespräch unmöglich weiterführen.

»Habt ihr schon einen Termin ausgesucht?«

Sie meint Giulias Hochzeit. Daran zu denken hilft ihr, in ihre Märchenwelt zurückzukehren.

»Ja. Mein Freund hat die Idee, für die Trauung auf eine Insel zu fahren. Nur wir zwei. Höchstens noch die Trauzeugen.« Giulia steckt sich mit einer raschen Bewegung ihr Haar hoch.

»Die Sache mit der Insel macht alle ganz verrückt. Meine Mutter ist schon richtig nervös. Wir haben doch schon die Blumen ausgesucht.«

»Ihr habt Blumen für die Feier auf der Insel ausgesucht?«

»Nein, für das Fest. Meine Mutter mussten wir wenigstens das organisieren lassen, damit sie nicht allzu enttäuscht ist. Sie hat eine große Party auf die Beine gestellt, am Abend vor der eigentlichen Hochzeit. Sie sagt, in Amerika mache man das so, ein großes Essen vor der Feier. Sie sagt, das heiße ›Erprobungsessen‹. Das feiern wir mit allen. So eine Art Ball. Am nächsten Morgen sollen wir dann in der Kirche heiraten. Sie will eine richtige Hochzeit mit anschließendem Empfang. Wir hingegen wollen nur auf dem Standesamt heiraten und dann auf die Insel verschwinden.«

Ada weiß, dass Giulia aus einer bedeutenden Familie kommt, hat aber nie genauer nachgefragt. Bei dem Gedanken, dass es so wichtig sein soll, zwei Feste zu feiern und dann auch noch bis zum Schluss eine Kirche in Reserve zu halten, weil man sich dort vielleicht trauen lassen will, wird ihr ganz komisch.

»Für das Erprobungsessen haben wir Hortensien ausgesucht, außerdem Pfingstrosen.«

»Mag dein Freund denn Hortensien?«

»Ja, ich glaube schon. Er hat jedenfalls die ganze Zeit genickt und gelächelt. Ich glaube, er weiß gar nicht genau, was mit den Hortensien, den Pfingstrosen und all dem anderen gemacht wird. Aber er findet die Atmosphäre gut. Die gefällt ihm.«

Wenn man seit zehn Jahren zusammen ist, und die Atmosphäre ist immer noch gut, dann ist das sehr viel, denkt Giulia.

»Ich muss los«, sagte sie dann, umarmt Ada, fasst sie an beiden Armen und schüttelt sie ein wenig. »Rede mit ihm, Ada! Frag ihn klar und deutlich, ob er eine andere Frau hat oder nicht.«

Ada nickt nicht und reagiert auch sonst nicht auf diesen Rat. Sie sagt nur: »Ich lass das Handy eingeschaltet. Wenn meine Oma aufwacht und nach mir fragt, ruf mich bitte sofort an.«

»Natürlich.« Giulia weiß, dass Teresa nicht aufwachen wird. Die Strahlentherapie ist zu stark für sie gewesen, und was sie ihr verordnet haben, damit sie weniger Schmerzen hat, ist eher ein Narkotikum als ein Beruhigungsmittel. Man gibt es, wenn man kaum noch andere Möglichkeiten hat. Aber das sagt sie Ada nicht.

»Mach dir keine Sorgen, Ada. Ich kümmere mich um sie.«

15

Ada hasst es, in Matteos Wohnung zu sein, wenn er nicht da ist. Dann gibt es keinerlei Geräusche. Wenn er weg ist, kann nichts beginnen.

Alles hier erinnert an ihn. Die schief eingehängte Kühlschranktür. Der Spiegel im Badezimmer mit dem kleinen Sprung oben links. Der abgenutzte Schaukelstuhl, auf den man sich nicht setzen kann und der nur als Kleiderablage dient. Das alte Radio. All diese Dinge haben sie bei verschiedenen Trödlern gekauft und gemeinsam in die Wohnung geschafft. An eine wirkliche Einrichtung haben sie noch nicht gedacht.

Ada erinnert sich, wie Matteo mit seinen Händen über all diese Möbel strich. Jetzt ist sie hier allein, und er ist nicht da. Sie schlingt die Arme um sich, weil sie plötzlich fröstelt. Sie kann nichts anderes tun, als auf die Tür zu starren, bis sie sich öffnet, Matteo hereinkommt und das Atmen wieder leichter wird.

Es gab eine Zeit, in der Matteo sie auf dem Nachhauseweg anrief vom Auto aus. Ada wartete auf ihn, und er stellte sich gern vor, wie sie mit übergeschlagenen Beinen in seinem dicken blauen Segelpullover auf dem Bett saß.

Wenn sie so telefonierten, redeten sie nicht viel, aber beide horchten gern auf das Schweigen des anderen, in diesen langen liebesdurchtränkten Pausen. In dieser Zeit dachte sich Ada das Radiospiel aus.

Sie fragte Matteo, welchen Sender er gerade im Autoradio eingestellt hatte, das üblicherweise sehr leise lief. Matteo sagte es ihr, dann stellte sie die Freisprechanlage ein und bat ihn, kurz zu warten. Sie wiederholte im Stillen die Nummer der Frequenz, um sie nicht zu vergessen. Sie vergaß sie trotzdem, bevor sie bei dem alten Radio auf dem Überseekoffer neben dem Eingang ankam. Matteo wiederholte geduldig die richtige Nummer. Er stellte sich vor, wie Ada auf Strümpfen und mit schnellen Schritten durch die Wohnung lief, damit ihr nicht zu kalt wurde. Er war immer etwas überrascht, dass das alte Radio sich auf alle Sender einstellen ließ. Es war riesengroß, fast so groß wie der Koffer, auf dem es stand. Und es funktionierte einfach großartig. Dank Ada hatten sie alle Dinge für die Wohnung sorgsam ausgesucht.

»Ist das nicht ein wunderbares Radio?«, sagte Matteo oft, und Ada meinte, ja, das sei es tatsächlich, und sie würden es nie im Leben gegen ein anderes tauschen.

Es ist schon eine ganze Weile her, dass Ada und Matteo das Radiospiel gespielt haben. Jetzt wartet sie auf ihn, indem sie auf die Tür starrt, ohne auf die alten Lieder des Wunschkonzerts zu achten, die im Radio laufen. Sie hört auch nicht auf die guten Wünsche der Zuhörer, die hoffen, der Sprecher werde sie vorlesen, bevor er das

Lied abspielt. Sätze wie »Ich wäre gern der Pfeil, den dein Bogen abschießt.« Solche Sachen.

Als Matteo sie zum ersten Mal mit in seine Wohnung nahm, stellte Ada fest, dass es dort so gut wie gar nichts gab. Sie machte sich nichts daraus und bewunderte das Bett, das auf alten Paletten stand. Matteo behauptete, sie seien neu. Dann sah sie das große, in den Boden eingelassene Becken. Zuerst hatte sie gar nicht begriffen, dass es eine Art Wanne war. Es kam ihr vor wie eine riesige Muschel im Boden. Sie fragte Matteo, was das sei. Es schien ihr fast so groß wie ein Schwimmbecken.

Er hatte ihr erzählt, er fülle das Becken mit Wasser und tauche gern darin ein, und dann stelle er sich vor, in einem größeren Gewässer zu sein. »Nicht so groß wie das Meer«, sagte er, »aber wenigstens ein bisschen.«

Sie hatte verwundert genickt. »Tauchst du denn auch wirklich manchmal, mit Sauerstoffflaschen und all dem ganzen Zeug?«

Er nickte, ging aber nicht weiter auf ihre Frage ein. Ada sah, wie er nach dem üblichen Päckchen Zigaretten tastete. Inzwischen war ihr klar geworden, dass er eigentlich wusste, wo sie waren, dennoch tastete er gewohnheitsmäßig nach dem Päckchen.

Dann bemerkte sie das Bild über dem Bett. Es war ganz blau. Links unten war ein Mann zu sehen, er schien im Wasser zu treiben.

»Ich lege mich auch gern ins Wasser, wie der da«, erklärte Matteo. Er hielt immer noch das Päckchen Marlboro in der Hand, ohne sich eine Zigarette herauszuholen. Er grinste, um es lustig klingen zu lassen, aber Ada wusste gleich, dass er es ernst meinte. »Es ist, als ob man schwebt«, setzte er hinzu. »Und ich mag das Geräusch des Wassers von unten.«

Ada fragte sich, was das wohl für ein Geräusch war. Ob es eins von denen war, mit denen die Dinge anfangen.

Nachdem ihr Giulia gesagt hatte, es sei nicht zu verstehen, dass sie sich unter einer Brücke träfen, gab sie auch noch ihren Kommentar zu der Wohnung ab, von der Ada ihr erzählt hatte. »Das kann doch nicht der Ort sein, an dem er wirklich lebt. Wo, glaubst du, hat er seine Kleider und alles andere?«

»Du müsstest die Decken sehen«, entgegnete Ada träumerisch. »Sie sind unglaublich hoch. Ein Kreuzgewölbe. Man kann die Backsteine sehen, und die Fenster haben riesige Scheiben. Die Decke ist besonders schön.«

»Ada, jetzt hör mir doch mal zu! Es müsste doch ein Schrank da sein, in dem er seine Kleider aufbewahrt. Und auch ein Tisch zum Essen.«

Für einen Moment dachte Ada, dass ihre Freundin vielleicht recht hatte und dass der Ort, wo sie sich trafen, vielleicht gar nicht seine richtige Wohnung war. Dann fiel ihr der Überseekoffer ein, der neben der Eingangstür stand. Der mit dem Radio darauf.

»Er hat einen riesigen Überseekoffer. Vielleicht sind seine Anziehsachen dort. Und im Badezimmer gibt es alles. Alles, was man braucht. Und wer hat schon alles im Badezimmer einer Wohnung, in der er nicht lebt?«

Seit sich Ada öfter bei Matteo aufhält, ist einiges dazugekommen. Ein Gasherd mit Backofen, ein paar Töpfe und Pfannen, Geschirr. Und ein großes Spülbecken auf einem Sockel, den Matteo von einem befreundeten Maurer hat machen lassen.

Es sind noch viele Dinge unterzubringen. Die Anzüge, die Matteo für die Arbeit braucht, die blauen, die Ada so gern mag, haben noch keinen Platz. Die verwaschenen Sweatshirts mit den Superhelden, die er in seiner Freizeit trägt, liegen alle über dem Schaukelstuhl oder im Überseekoffer. Die blauen Anzüge nicht. Wenn Matteo nach Hause kommt, zieht er seine Anzugjacke und die Hose aus und legt beides ordentlich über den Schaukelstuhl. Am nächsten Morgen zieht er sie wieder an, und dann ist keine Spur mehr von dem Anzug zu sehen. Ada ist das im Grunde egal. Wenn sie Matteo am Abend sieht, ohne dass sie sich tagsüber getroffen haben, freut sie sich immer, wenn sie ein Jackett an ihm entdeckt, das sie noch nie gesehen hat. Seine Jacketts riechen immer so, als habe jemand vor kurzem eine Orange ausgepresst, und alles ist so frisch und sauber, dass Ada immer denkt, solche schönen, frischen und sauberen Anziehsachen habe sie noch nie gesehen.

Vielleicht bringt Matteo seine Anzüge und Hemden ja sofort immer in die Reinigung. So muss es sein. Einen Moment hat Ada daran gedacht, in die Reinigungen der Umgebung zu gehen und nach dem Orangenduft zu fahnden, der sich in Matteos Anzügen findet. Sie würde sicher die richtige Reinigung finden und der Frau dort ihren Namen sagen. Sie würde sagen, sie sei die Freundin von Matteo, dem Mann, der all die schönen blauen Anzüge und Hemden zu ihr bringt. Sie würde ihr sagen, dass sie diesen Mann liebt und auch den Geruch seiner Kleider. Wenn sie dann die Frau von der Reinigung fragen würde, wie sie diesen Geruch in die Kleider bringt, könnte es sein, dass diese ihr Geheimnis nicht preisgibt. Denn dieser Duft muss ein Geheimnis sein.

Sie könnte sich mit der Reinigungsfrau anfreunden und sie um Rat fragen, wenn sie nicht weiterweiß. Bald wäre sie dann so geschickt mit der Wäsche, dass sie die Reinigung nicht mehr brauchen würden. Dann würden Matteo und sie wieder zusammen eine Einkaufsrunde machen und einen passenden Kleiderschrank finden. Die Hemden und Anzüge wären dann bei ihnen zu Hause, und Ada müsste sich nie mehr fragen, ob da irgendwo eine andere Frau ist, die das Glück hat, all diese Anzüge und Hemden sauber zu halten und zu waschen und in den Schrank zu räumen, in dem dieser wunderbare Geruch ist, der nur aus Liebe und Zuneigung erwachsen kann. Wenn es also keine Frau mit einer Reinigung gab, dann musste es eine andere Frau geben, die ihn liebte.

Ich muss diese Reinigung finden, denkt Ada. Wenn es jetzt nicht so furchtbar spät wäre, würde sie gleich mit der Suche beginnen. Doch zu dieser späten Stunde haben alle Reinigungen bereits geschlossen. Und es ist ja vielleicht auch so, dass die Idee mit der Reinigung ihr nur jetzt richtig erscheint, wo es draußen dunkel und kalt und sie allein ist. Wenn sie morgen in Matteos Armen aufwacht, wird sie sich als das entpuppen, was sie wirklich ist: eine dumme Idee, die sich außerdem gar nicht verwirklichen lässt.

Doch die unterschwellige Angst, dass es einen Ort gibt, an dem Matteo seine Anzüge aufbewahrt, die Angst, dass da eine andere Frau ist, die ihn liebt, diese Angst wird sie morgen früh auch noch haben. Ada ist sich dessen so sicher, dass sie gar nicht mehr auf die Tür schauen kann.

Wenn sie könnte, würde sie jetzt Matteo anrufen. Eigentlich hindert sie nichts daran. Er antwortet ihr meistens und immer sehr freundlich.

Teresa sagt immer, dass man Männer nicht anrufen und lieber warten solle, bis sie sich melden. Ada hat versucht, ihrer Großmutter zu erklären, dass sie wissen muss, wohin Matteo fährt, und dass sie während der Stunden, die er im Auto verbringt, Angst um ihn hat. Aber eigentlich fürchtet sie etwas anderes. Es stimmt schon, sie mochte Autobahnen noch nie, und manchmal stellt sie sich vor, dass Matteo riskante Überholmanöver macht oder viel zu oft die Spur wechselt. Aber wovor sie in Wirklichkeit Angst hat, ist, dass er eine andere Wohnung und eine andere Frau hat, zu der er immer wieder zurückfährt. Sie gibt sich alle Mühe zu glauben, dass das nicht sein kann, aber es hilft nichts.

Ihrer Großmutter kann sie das nicht sagen. Ein Mann mit zwei Frauen und zwei Wohnungen ist für Teresa unvorstellbar. Jedenfalls denkt Ada das. Deshalb redet sie nur von den Gefahren der Straße, um ihrer Großmutter zu erklären, warum sie so unbedingt wissen will, wo Matteo ist und wohin er fährt. Doch Teresa antwortet ihr immer dasselbe:

»Sieh mal, meine Kleine, es ist ganz unwichtig, wohin Matteo fährt. Wichtig ist, wohin er zurückkehrt. Und wenn er zu dir zurückkommt, ist es unwichtig, wo er vorher war.«

Teresa sagt solche Dinge stets in einem feierlichen und prophetischen Ton, der keinen Widerspruch duldet. Deshalb sagt Ada nie etwas darauf.

Immer noch starrt Ada auf die Wohnungstür, aber Matteo kommt nicht, und der Großmutter geht es so schlecht, dass sie, wenn Ada sie anspräche, nicht antworten würde. Wahrscheinlich würde sie sich nicht einmal daran erinnern können, was sie sonst über die Wichtigkeit des »Wohin man geht« und »Wohin man zurückkehrt« gesagt hat.

Alles um Ada herum scheint langsam, aber unaufhaltsam einzubrechen. Ihr ist kalt und über ihre Brust legt sich ein schwarzer Rabenflügel.

Manchmal hat sie es durchgehalten, Matteo nicht anzurufen. Sie hat es geschafft, weil sie zu Hause kleine Arbeiten erledigte. Aber in dieser Wohnung gibt es so wenige Dinge, dass es schwer ist, eine Beschäftigung zu finden. Es gab aber Abende, an denen Ada etwas zu tun fand. Manchmal kaufte sie Blumen und rief Matteo nicht an, weil sie die Blumen in der Vase ordnete. Manchmal hatte sie etwas gekocht. Oder sie hatte seine verwaschenen Sweatshirts mit den Superhelden ordentlich zusammengelegt.

Ada starrt immer noch auf die Tür und überlegt, dass sie auch jetzt zum Schaukelstuhl gehen und die Sweatshirts von Matteo nehmen und falten könnte. So würde ein bisschen Zeit vergehen, ohne dass sie ihn anrufen müsste. Vielleicht würde er sich inzwischen auch melden und sagen, dass er gleich da ist. Teresa würde es sicher gut finden, dass sie etwas Freundliches und Höfliches für ihn tut. Hemden zusammenlegen ist etwas, was Teresa freundlich und höflich findet. Ada sieht sich das graue Sweatshirt mit den roten Rändern an, das von *Captain America*. Da wird ihr noch kälter.

»Wo bist du?«, fragt Ada am Telefon. Sie spricht sehr leise.

»Ich weiß es nicht.«

»Wieso weißt du es nicht? Du weißt doch immer, wo du bist.«

Matteo scheint im Dunkeln zu lächeln.

»Diesmal weiß ich es aber nicht.« Er sucht nach dem Päckchen mit den Zigaretten. Ada kann es nicht sehen, aber sie stellt es sich vor.

Matteo lügt. Er weiß sehr genau, wo er ist. Auf dem Parkplatz der letzten Raststätte vor der Ausfahrt, die nach Hause führt. Auf dem Beifahrersitz liegt eine Schachtel mit zwei Panini, die noch warm sind.

»Hast du das Radio an?«

Einen Moment sagt niemand etwas, und Ada glaubt, sie hätte etwas sehr Dummes gesagt. Sie will nicht noch etwas Dummes sagen, etwas, das die Situation nur noch schlimmer macht. Also schweigt sie lieber.

»Hör zu, ich rufe dich gleich wieder an, ja? In einer Minute. Hier ist eine riesige Baustelle, ich musste eine andere Ausfahrt nehmen und weiß nicht, wo ich bin.«

Wo zum Teufel hat er gelernt, so spontan zu lügen?, fragt Matteo sich selbst und hat das Gefühl, auch Ada könne sich das fragen. Er weiß aber, dass sie nie etwas sagen würde. Ihr genügt es, dass er sie früher oder später wieder anruft. Und er wird sie immer wieder anrufen.

»Gut. Hauptsache, du kommst. Komm einfach her.«

Ada steht auf und geht zum Schaukelstuhl. Sie faltet das Sweatshirt von *Captain America* und nimmt es wieder auseinander. Es scheint ihr nicht gut genug gefaltet, dabei ist Wäsche zusammenlegen etwas, was sie wirklich kann. Bei diesem Gedanken muss sie lächeln. Kleidung kann sie in Ordnung bringen. Alles andere offenbar nicht. Sie breitet das Sweatshirt wieder aus und faltet es erneut. Jetzt ist es perfekt. Auch die anderen Sweatshirts werden sorgfältig gefaltet. Erst das mit Hulk, dann das mit Spiderman und dann all die anderen.

Als sie fertig ist, schaut sie wieder zur Tür. Sie muss daran denken, dass Matteo ihr den Schlüssel für die Wohnung gegeben hat. Sie hat ihn an ihrem Schlüsselbund, und jedes Mal, wenn sie vor der Wohnungstür steht, ärgert sie sich, dass er aussieht wie die anderen Schlüssel.

Eine Heftklammer, denkt sie. Eine Heftklammer wäre das Richtige. Wenn sie eine fände, könnte sie sie zu einem Herzen verbiegen und an dem Schlüssel befestigen. Das wäre zwar kein angemessener Schlüsselring, aber besser als nichts. Hier in der Wohnung ist aber kein Schrank, und die Hoffnung, eine Heftklammer zu finden, ist vergebens, sogar für Ada, die immer auf das Unmögliche hofft.

Dann fällt ihr ein, dass sie Kekse backen könnte. Irgendwo hat sie gelesen, dass Frauen, um nicht nachdenken zu müssen, Kekse backen, irgendwann am Tag oder nachts. Manche von ihnen haben eine ganze Blechdosensammlung und benutzen für jede Sorte Kekse eine andere. Ob das wirklich genügt, um nicht mehr nachzudenken?, fragt sich Ada, während sie zur Kochstelle geht.

Sie öffnet die Kühlschranktür und sucht nach Eiern. Sie hätte für ihre Kekse gern frische Eier. In dieser Wohnung ist kein Schrank, keine Heftklammer, und es gibt auch keine frischen Eier. Ob die Kekse, die Frauen backen, um nicht mehr nachdenken zu müssen, auch gegessen werden?, überlegt Ada weiter. Oder werden sie in den Blechdosen steinhart?

Da hört sie, wie sich die Wohnungstür öffnet. Matteo kommt herein, sie hört, wie er leise die Tür schließt. Sie steht gerade an der schiefen Kühlschranktür und sagt das Erste, was ihr einfällt.

»Morgen kaufe ich die Eier«, sagt Ada. Jetzt ist ihr weniger kalt, aber sie hat noch immer dieses seltsame Gefühl, das auf ihrem Brustkorb lastet. »Morgen kaufe ich frische Eier und Blechdosen. Dann mache ich Kekse«, wiederholt sie. »Versprochen.«

Matteo hört ihre Worte und denkt, was für eine idiotische Idee es war, am Abend nicht gleich zu ihr zu gehen. Wie er sie jetzt so sieht, im Licht des offenen Kühlschranks, kommt es ihm dumm vor, sie belogen zu haben.

»Blechdosen. Die brauchen wir unbedingt.«

Ada schließt die Kühlschranktür. In Gedanken sind sie sich schon entgegengegangen, halten sich aber noch zurück, unsicher, was zu tun ist.

Schließlich läuft Ada ihm entgegen. Der viel zu weite Pullover schlackert um ihre dünnen Beine, als sie sich in seine Arme wirft. Für Matteo ist es wie ein Segen.

Er umarmt sie, schnuppert an ihrem Hals. Dann macht er die Bewegung, die ihr zeigt, dass er auf die Wange geküsst werden möchte. Ada gibt ihm den erwarteten Kuss und riecht den Orangenduft. Frisch und sauber. Wer immer die Frau in der Reinigung sein mag, sie ist ihr dankbar.

Matteo hält sie fest im Arm. Vielleicht für einen Augenblick, vielleicht für ein paar Minuten. Dann lösen sie sich voneinander. Ada tritt einen Schritt zurück und ordnet ihr Haar, als sei sie vorher gerannt, als wolle sie sich hübsch machen, dabei war sie es die ganze Zeit.

»Deine blauen Anzüge.« Sie holt etwas tiefer Luft.

»Wo bewahrst du sie eigentlich auf, die blauen Anzüge?«

16

Als Ada am nächsten Morgen wieder ins Krankenhaus geht, ist es noch nicht Tag. Matteo ist zu einem Kundengespräch gefahren.

Sie achtet auf nichts. Nicht auf die Dämmerung, nicht auf die Stille im Flur. Nicht darauf, dass sie niemandem begegnet. Ada ist wie ihre Großmutter, im Winter, wenn es fast immer dunkel ist, hat sie Mühe, die vergehenden Stunden voneinander zu unterscheiden.

Sie kommt an der gelben Stationstür an, auf der handgeschrieben neben der Klingel steht: »Nur im Notfall klingeln.« In der ersten Zeit im Krankenhaus hat sie nie geklingelt, sondern gewartet, bis jemand herauskam. Sie musste immer an Giulia denken, die sich stets so fürsorglich um Teresa kümmerte. Der Gedanke, dass Giulia einen Patienten allein lassen müsste, um an die Tür zu kommen und diese zu öffnen, hielt sie immer zurück.

Irgendwann klingelte sie dann doch, wenn auch voller Schuldgefühle, und stellte überrascht fest, dass es einen automatischen Türöffner gab. Kein Alarm, kein Gerenne, keine Schwester, die bei ihrer Arbeit gestört wurde. Dennoch fühlt sich Ada jedes Mal, als verstieße sie gegen eine Regel, wenn sie das »Nur im Notfall klingeln«-Schild sieht.

Am Zimmer 9 bleibt sie stehen. Im Spiegel eines der Flurfenster sieht sie den oberen Teil des Bettes, sie sieht ihre Großmutter. Sie schläft noch.

Wahrscheinlich schläft auch Giulia. Es ist kurz vor Schichtwechsel. Ada beschließt, auf der Feuertreppe auf sie zu warten.

Die Treppe ist mindestens zwei Meter breit und man hat von dort aus eine gute Aussicht auf das Viertel, das um das Krankenhaus herum liegt. Das Krankenhaus wurde vor zehn Jahren gebaut, damals war der Ort noch klein, und es wohnten einfache Leute hier. Es gab nur ein paar kleine Häuser mit einer oder zwei Etagen. Mit dem Bau des Krankenhauses entstanden dann hier auch große Gebäude mit fünf oder sechs Etagen.

Wenn man genau hinschaut, kann man noch die niedrigen alten Häuser sehen. Ada sucht oben von der Feuertreppe aus nach den kleinen Häuschen, die rote Dächer und Blumen an den Fenstern haben.

Von hier oben kann man sogar das Meer sehen, das sich hinter den Häusern erstreckt. Und vor dem Meer die Eisenbahnstrecke, die am Ufer entlangführt. Jetzt im Dezember ist die Luft feucht, und man kann das Meer im Nebel des feinen Regens, der alles einhüllt, nur erahnen. Manchmal glaubt Ada, sie selbst sei aus diesem Regen gemacht, aus dieser Kälte, die bis zu ihren Knochen vordringt. Sie nimmt den Geruch des Meeres überall wahr, auch wenn es am Horizont nicht zu sehen ist. Manchmal hat sie eine unbändige Lust, das Meer hinter dem Regen zu suchen, dorthin zu rennen, so schnell sie ihre Beine tragen, auch wenn sie sich oft so kraftlos fühlt.

Als sich die Feuertür hinter ihr schließt, trägt Giulia unter ihrem Mantel noch die Schwesterntracht.

»Ist die Nacht gut verlaufen?«, fragt Ada und rückt zur Seite, um Giulia Platz zu machen.

»Ja, Teresa hat sich ausgeruht. Sie schläft immer noch.«

»Und sie spürt wirklich nichts?«

»Nein. Dazu sind die Mittel, die wir ihr geben, schließlich da. Dass die Therapie erträglich wird.«

»Die Therapie oder die Krankheit?«, fragt Ada, und Giulia wird klar, dass es ab einem bestimmten Punkt unmöglich ist zu unterscheiden, wo das eine aufhört und das andere beginnt.

»Beides«, sagt sie. Sie zieht eine Zigarette aus der Schachtel und zündet sie an. »Und? Hast du mit ihm gesprochen?«

Ada schweigt.

»Du hast dich wieder nicht getraut, oder?«

»Doch. Ich habe ihn zumindest eins gefragt. Ich habe gefragt, wo er eigentlich alle seine blauen Anzüge hat.«

Giulia lächelt und stößt den Rauch aus.

»Und was hat er geantwortet?«

»Na ja, er sagte, dass er sie in der Reinigung lässt. Er meint, das sei bequemer für ihn. Und dann sagte er noch, hintereinander aufgereihte Anzüge machten ihn irgendwie traurig.«

Giulia schüttelt den Kopf. »Glaubst du das?«

»Was hab ich davon, wenn ich es nicht glaube?«

»Du hast davon, dass es vielleicht noch früh genug ist, dich zurückzuziehen. Es ist nicht schön, nur die Geliebte zu sein. Das hast du nicht verdient.«

Dies ist einer der Augenblicke, in denen Ada bewusst wird, dass sie sich auf der Feuertreppe schon immer unwohl gefühlt hat. Vielleicht wegen dieser Rillen auf den Stufen, die die Leute daran hindern sollen, auf der Treppe auszurutschen.

»Ich habe heute Nacht darüber nachgedacht«, fährt Giulia fort. »Es gibt Menschen, die bleiben für Jahre in solchen Beziehungen stecken. Hast du je von diesen Beziehungen gehört, die man ›Nicht mit dir und nicht ohne dich‹ nennt?«

»Ja. Meine Oma hat schon mal darüber geredet. Aber ich verstehe es nicht. Ich meine, wie geht das? Wenn du mit jemandem zusammen bist, kann es doch nicht sein, dass du hin- und herschwankst zwischen Dich-trennen-wollen und Für-immer-zusammen-bleiben-wollen. Du heiratest doch selbst bald. Und wenn du nicht heiraten würdest, dann würdest du dich doch nicht trennen, oder? Ich glaube das nicht. Ich kann es nicht glauben. Das ist was für Spinner.«

»Ich heirate und bin nie auf die Idee gekommen, mich von meinem Freund zu trennen«, erklärt Giulia und nimmt noch einen Zug. »Aber es gibt Menschen, die in Beziehungen hängen bleiben und am Ende gar nicht mehr wissen, woran sie sind. Am Ende heiraten sie vielleicht. Aber zwischendrin, wenn alles auf der Stelle tritt, kann es sein, dass sich der eine, damit wieder Schwung in die Sache kommt, jemand anderen sucht, um sich zu amüsieren.«

Giulia nimmt wieder einen tiefen Zug. Wenn man sie so rauchen sieht, könnte man denken, sie tue den ganzen Tag nichts anderes.

Offenbar versucht Giulia ihr gerade zu sagen, dass sie für Matteo vielleicht nur eine Abwechslung ist, ein amüsanter Zeitvertreib. Doch solche Gedanken bekämpft Ada, seit sie klein ist, seit ihre Mutter sie verlassen hat und ihr damit gezeigt hat, dass sie es nicht wert ist, dass man bei ihr bleibt. Für ihre Mutter war sie jedenfalls eine Last, etwas, das man aus seinem Leben entfernen muss.

Ada starrt auf die Feuertreppe, und ihr wird schwindlig von den Rillen auf den Stufen. Am liebsten würde sie sofort aufstehen. Sie bleibt aber sitzen.

»Weißt du, das Leben, das du mit deinem Penna führst, spielt sich ein wenig außerhalb der Wirklichkeit ab«, sagt Giulia jetzt. Ihre Zigarette ist noch immer nicht zu Ende geraucht. Offenbar besitzt sie die Fähigkeit, Dinge zu gebrauchen, ohne sie zu verbrauchen. »Vielleicht ist er auch so jemand. Vielleicht steht er ein bisschen außerhalb der Realität. Bitte missversteh mich nicht, Ada, mir gefällt es, dass er ein Träumer ist. Ich meine, wem würde das nicht gefallen? Aber er macht genau die Dinge, die diese Leute tun, die sich amüsieren wollen. Erst gewöhnen sie sich an eine Beziehung, dann wissen sie nicht mehr, ob sie das wirklich noch wollen, dann suchen sie sich jemanden, um sich abzulenken, und durch ihn finden sie die Kraft, die Beziehung, in der sie schon stecken, weiterzuführen.«

Ada denkt, mit ihrer Großmutter und deren Zustand sei ihr Leben ohnehin schon außerhalb jeder Realität. Und sie denkt auch, dass sie im Grunde nie in der Realität gewesen ist und es auch nie sein wollte. Die Realität hat es mit ihr nicht besonders gut gemeint. Aber das können Menschen wie Giulia nicht verstehen.

»Wir sind nicht so weit fernab jeder Realität, wie du vielleicht denkst. Ich meine, er hat seine Arbeit, und ich mache nichts anderes, als ihn andauernd mit der Geschichte meiner Oma zu nerven. Ich wünschte in der Tat, diese Geschichte wäre nicht wahr, aber sie ist es ja leider. Ich glaube, ich bin nicht gerade eine Person, mit der man sich so wahnsinnig amüsieren kann.«

»Ihr redet über deine Oma?«

»Natürlich reden wir über meine Oma. Ich rede mit ihm auch über dich. Über alles, was du für uns tust.«

Jetzt fühlt sich Giulia schuldig für das, was sie gesagt hat. Zu wissen, dass sie in den Gesprächen von Ada und Penna vorkommt, erinnert sie wieder daran, dass ihre anfängliche Begeisterung für die beiden dem Wunsch entsprungen ist, Ada zu helfen. Sie hat von Anfang an das Bedürfnis gehabt, sich um diese junge Frau zu kümmern. Und sich um Ada kümmern bedeutet, für Teresa da zu sein.

»Ich habe überlegt, ihm zu Weihnachten einen Taucherhelm zu schenken. Einen wie früher, so einen runden.« Während Ada dies sagt, streckt sie die Beine aus wie nach einer größeren Anstrengung.

»Wunderbar«, sagt Giulia. »Und warum gerade ein Taucherhelm?«

»Weil er immer sagt, er sei so gern unter Wasser, er sagt, da gäbe es keine Schwerkraft und nichts. Und man müsse nicht reden. Er mag auch die Geräusche, die man unter Wasser hört.«

»Taucht er denn richtig? Ich meine, im Meer? Hat er einen Tauchschein?«

Ada macht es immer traurig, wenn die Leute alles auf die praktische Ebene verlagern. Immer wenn sie eine gute Idee hat, fällt den Leuten nichts anderes ein, als die ganze Sache unter praktischen Gesichtspunkten zu betrachten.

»Ich weiß es nicht. Das ist aber auch unwichtig. Ich kaufe ihm den Helm nicht unbedingt, um unter Wasser zu tauchen.«

»Warum denn dann?«

»Weil ich möchte, dass er weiß, dass er abtauchen kann, wenn er das Bedürfnis hat. Dass ich ihn gehen lasse. Dass mir gefällt, was er tut, alles, was er tut. Sogar schweigend unter Wasser zu bleiben.«

Sie hat das alles in einem Atemzug gesagt, wie damals in der Schule, wenn man sie etwas fragte, was sie nicht wusste. Andere Schüler taten so, als hätten sie die Frage des Lehrers nicht verstanden, und sagten dann irgendetwas, woran sie sich erinnerten. Ada nicht. Sie gab sofort zu, wenn sie etwas nicht wusste, und wenn sie das sagte, überschlugen sich ihre Worte.

Giulia lacht in ihrer zurückhaltenden Art. Es muss Orte geben, denkt Ada, an denen Leute von klein auf lernen, beim Lachen nicht aus der Fassung zu geraten.

»Wie dic Stachelschweine«, erklärt Ada.

»Igel«, verbessert Giulia.

»Stachelschweine und Igel. Er soll einfach wissen, dass wir den richtigen Abstand wahren können.«

Eine Weile schweigen beide.

»Ich habe mir auch schon die Verpackung überlegt. Die ist bei Geschenken besonders wichtig, finde ich. Ich nehme einen großen Karton, dann schneide ich aus Comics alle Superhelden aus. Habe ich dir schon erzählt, dass er Comic-Helden mag? Ich werde auch Photos von anderen Sachen machen, die ihm gefallen. Einmal hat er eine Motorradmarke erwähnt. Ich mache Photos von allen Dingen, die ihm gefallen und die ich ihm gern schenken würde, und klebe sie auf die Schachtel.«

Giulia sagt, Ada sei wirklich unwiderstehlich, aber mit dem richtigen Leben habe das alles nichts zu tun.

»Was schenkst du denn deinem Verlobten?«

»Das weiß ich noch nicht.«

»Das ist doch nicht möglich!« Ada hat es in einem vorwurfsvolleren Ton gesagt, als ihr lieb war. Es ist ihr einfach so rausgerutscht. Mag sein, dass sie sich bei vielen Dingen nicht sicher ist, aber hier weiß sie es hundertprozentig: Wenn man jemanden liebt, weiß man immer, was man ihm schenken kann. Man muss ihm nur zuhören.

Um ihren strengen Ton wiedergutzumachen, kommt sie auf die Liste mit den Dingen zu sprechen, die sie später einmal tun will. »Auf meiner Liste steht übrigens auch: Beraterin für Weihnachtsgeschenke. Ich muss nur ganz wenig über einen Menschen wissen, um herauszufinden, was man ihm schenken kann. Wenn du willst, kann ich deine Beraterin sein.« Sie lächelt versöhnlich.

Giulia steht auf. Sie glättet die Falten in ihrem Mantel. »Vielleicht komme ich darauf zurück«, sagt sie.

»Wann kommst du wieder?«

»Morgen früh um sechs. Wenn du mich brauchst, ruf mich an. Ich lasse mein Telefon eingeschaltet.«

»Gut. Danke, vielen Dank!«

»Ich mache nur meine Arbeit.«

Als sich die Feuerschutztür hinter Giulia schließt, atmet Ada tief durch und denkt an den letzten Abend.

Nachdem sie Matteo gefragt hatte, wo er seine blauen Anzüge aufbewahrt, hat sie ihm eine weitere Frage gestellt. Es war schwierig, aber sie hat es geschafft. Sie hat es so gemacht, wie Giulia es ihr geraten hatte, aber sie hatte nicht den Mut, es ihr zu erzählen.

»Hast du eine andere?«

Sie hatte sich bemüht, in ruhigem, sicherem Ton zu sprechen.

Er setzte sich auf den Sessel. Ada dachte, jetzt würde er nach den Zigaretten suchen, aber er suchte nach gar nichts. Er saß reglos und schweigend da, und auch sie verhielt sich ganz still.

Dann begann Matteo zu sprechen.

Er sagte ihr, er sei in einer schwierigen Lage. Er habe tatsächlich eine andere, und das schon viel zu lange. Er sei in einer Beziehung, die er beenden wolle, und schon seit einiger Zeit frage er sich, ob es nicht falsch gewesen sei, sie überhaupt zu beginnen. Jetzt sei die Sache aber so gut wie erledigt. Dann hatte er sie gebeten, keine weiteren Fragen zu stellen, weil das alles nur schwieriger machen würde. Sie solle ihm einfach vertrauen, denn wenn alles vorbei wäre, käme er zu ihr.

Während Matteo sprach, fühlte sich Ada wie bei den ersten Gesprächen mit den Ärzten. Sie verstand nicht ganz, was sie sagten, doch sie wusste, dass es nichts Gutes war, und so hörte sie lieber nicht richtig hin, tat, was Teresa sagte, und fragte nichts weiter.

Sie sah Matteo an und hörte nur auf das eine: Mit der anderen Frau ging es zu Ende, vielleicht war es schon fast so weit. Sie wollte ihm vertrauen und ihn nichts weiter fragen.

Ada steht jetzt auch auf und denkt, wie sehr sie diese Rillen auf der Treppe hasst. Wer würde schon ans Ausrutschen denken, wenn das ganze Krankenhaus in Flammen aufging? Niemand, denkt Ada. Man könnte auch gar nicht sicher sein, dass diese dummen Rillen einen wirklich vor dem Hinfallen schützen, wenn man vor einem Feuer flieht. Wenn man nicht fallen soll, dann fällt man auch nicht. Ist man aber jemand, der leicht hinfällt, dann geschieht es sowieso, mit oder ohne Rillen. Ada hofft, dass sie diesmal nicht fällt.

»Es ist unwichtig, zu wem man geht«, hat Teresa gesagt, »entscheidend ist, zu wem man zurückkommt.« Matteo hat gesagt, er würde wieder zu ihr kommen. Und was bleibt Ada mit ihrer sterbenden Oma und allem anderen auch übrig, als ihm zu glauben? Sie muss jetzt auf die Menschen setzen, die wiederkommen, und nicht auf die, die bald weggehen werden.

17

In Zimmer 9 ist Teresa inzwischen aufgewacht. Als Ada hereinkommt, sagt sie zu ihr: »Ich habe etwas für dich, Kind.«

Ada schaut auf den Nachttisch und sieht auf einem Teller die ausgepackten Zwiebacke liegen. Sie küsst ihre Großmutter auf die Stirn, setzt sich ans Bett und beginnt zu essen.

»Es ist spät für ein Frühstück, aber es ist immer besser, etwas zu essen.«

»Oma, es ist nicht spät. Es ist halb sieben. Genau die richtige Zeit.«

Teresa blickt hinaus. »Und ich dachte, es wäre Nachmittag. Das muss an dem Licht draußen liegen. Das Licht im Dezember bringt mich immer ganz durcheinander.«

Ada denkt, dass ihre Großmutter durcheinander ist, weil sie länger als zwölf Stunden unter Beruhigungsmitteln gestanden hat.

»Wie lange hab ich geschlafen, meine Kleine? Etwa zu lang?« Teresa hat ihr ganzes Leben nie länger als sieben, acht Stunden geschlafen. Zu viel Schlaf ist ihrer Meinung nach der Grund allen Übels. Auch zu wenig zu schlafen tut nicht gut, ist aber weniger schlimm.

»Genau richtig, Oma.«

»Seit wann weißt du, was genau richtig ist?« Während sie das sagt, stiehlt sich ein Lächeln in ihr Gesicht. »Findest du nicht auch, dass es kalt im Zimmer ist?«

»Nein, Oma, es ist nicht kalt.«

»Mir ist aber kalt.«

Ada nimmt Teresas Hände. Sie sind eiskalt. Sie fragt sich, ob das auch von den Beruhigungsmitteln kommt.

»Warte, ich hole dir eine Decke.« Als Ada den Schrank öffnet, sieht sie, dass man der Großmutter schon alle Decken gegeben hat.

»Ich bitte die Schwestern, mir noch eine zu geben.«

»Ist die Frau Doktor nicht da?«

»Nein, Giulia ist nicht da.«

»Dann frag die Schwestern nicht. Geh lieber nach Hause, hol den dicken Morgenrock und bring ihn mir. Und wenn du schon da bist, mach ein Photovom Olivenbaum und bring mir auch den Rosenkranz mit.«

Nie hat Teresa bisher den Rosenkranz benutzt. Sicher hat sie ab und zu mal gebetet, aber nie mit einem Rosenkranz. Ada kann sich gar nicht erinnern, ihn je gesehen zu haben.

»Weißt du, wo er ist?«

Ada schüttelt den Kopf.

»Er ist im Schrank. In dem Etui neben den Haarnadeln.«

Dort bewahrt die Oma ihre Wertsachen auf, auch die Schachtel mit den Lippenstiften, von denen man immer einen bei sich haben muss. Dort sind auch die Kärtchen mit den Sätzen, die sie sich an die Wand hängte. Teresa hatte sie auswendig gelernt und dann wieder auf das Regalbrett zwischen die Bücher gesteckt. Obwohl sie sich nicht besonders für Geschriebenes interessiert, kommt es manchmal vor, dass sie etwas hört, was ihr gefällt. Dann schreibt sie es sich auf. Vor Jahren hatte sie zum Beispiel jemanden sagen hören: »Je größer die Intelligenz, desto mehr leidet sie an ihren Grenzen.« Sie lief schnell nach Hause und schrieb den Satz auf ein Kärtchen – eins von denen, die sie aus Pastaschachteln ausschnitt, weil normales Papier dafür zu verwenden für sie Verschwendung war. Im Schrank gab es viele solcher Sätze. Die Kärtchen waren mit Wäscheklammern zusammengesteckt, und nur Teresa durfte sie herausnehmen.

Zwischen den Kärtchen stecken auch ein paar Photos von der Enkelin: das von der Aufführung im Kindergarten, das einzige Mal, als Ada nicht den Engel spielte. Dann ein Bild von ihr mit der Hand im Gips und die Erstkommunion mit der zu kurzen Tunika. Ada hat die Photos nie gemocht: Manche sind unscharf, andere schief, und sie ist nie gut getroffen.

»Gern, Oma. Ich warte, bis sie dich zur Therapie abholen, dann gehe ich.«

»Was für eine Therapie denn?«

»Dieselbe wie gestern, Oma.«

»Patienten müssen Geduld haben.«

Zwei junge Pfleger kommen und holen Teresa ab. Vielleicht sind es auch keine Pfleger. Ihre Uniform hat eine

Farbe, die Ada noch nie gesehen hat. Als sie fragen will, wie lange es dauert, fällt ihr der eine gleich ins Wort und sagt: »Das wissen wir nicht, Signorina.«

So etwas kann Ada nicht vertragen. Sie verlangt ja nicht, dass alle so freundlich sind wie Giulia. Aber sie muss doch wenigstens fragen dürfen.

Als Teresa aus dem Zimmer gefahren wird, sagt sie zu Ada, sie solle sich keine Sorgen machen.

Nachdem die Großmutter weg ist, räumt Ada ein wenig auf. Eigentlich ist alles an seinem Platz, aber ihr gefällt der Gedanke, dass die Oma, wenn sie zurückkommt, ein schön gemachtes Bett vorfindet. Ada ist nicht sehr geschickt im Bettenmachen, weil die Oma immer ihr Bett für sie gemacht hat. Die Krankenhausdecken sind außerdem dick und steif und Teresa hat sich so viele geben lassen, dass man sie unmöglich glattziehen kann, ohne dass eine herunterfällt.

Als das Telefon läutet, braucht Ada einen Moment, so konzentriert ist sie. Auf dem Display leuchtet Matteos Name auf.

»Essen wir zusammen Mittag?«, fragt er.

Er kommt immer gleich zur Sache.

18

Als sie zum ersten Mal in die Trattoria gingen, wussten sie noch nicht, dass es zu einer lieben Gewohnheit würde, immer wieder hierherzukommen. Ada könnte es in ihre Liste aufnehmen: Sich der kleinen Rituale bewusst werden, die zwei Verliebte beginnen, ohne große Worte zu machen, und sich später an diese Rituale erinnern. Wenn alles den Bach heruntergeht, könnte man dort von vorne beginnen.

Die Trattoria ist nicht weit vom Krankenhaus entfernt. Es gibt nicht einmal ein Hinweisschild. Das Restaurant ist nach seinem Besitzer benannt, der Paolo heißt. »Gehen wir zu Paolo«, sagten alle, die dort essen, denn sie wissen, dass er selbst kocht, auch wenn sie ihn nur einmal gesehen haben und sich gar nicht sicher sind, dass er es tatsächlich war. Man braucht nur ein paar Minuten, um dort hinzukommen, dennoch liegt es außerhalb der Stadt. Die karierten Tischtücher sind aus Stoff und die Servietten aus Papier. Weder Ada noch Matteo haben damals besonders darauf geachtet.

Als sie zum ersten Mal dort aßen, war es Spätsommer und ein paar Tische standen draußen unter der Pergola. Matteo ließ Ada aussuchen, wo sie sitzen wollte. Sie ließ sich Zeit und suchte den Tisch mit dem schönsten Licht und dem besten Blick aus. Von dort konnte man die zu dieser Jahreszeit wunderschöne Landschaft gut sehen. Es war ein seltsamer Sommer gewesen. Es war nie richtig heiß gewesen, und die Blätter fielen vorzeitig herunter. Aber abends roch es weiterhin nach Sommer.

Ein junger Kellner brachte ihnen die Speisekarte. Plastikbezogene Blätter, auf denen per Hand ein paar Korrekturen vorgenommen waren, mit unsicherer Schrift, die Ada an die ihrer Oma erinnerte, eine brave Kinderschrift wie auf den Kärtchen, die neben den Haarklammern, den Lippenstiften und den Photos lagen. Auch die Buchstaben auf der Speisekarte waren sorgfältig geschrieben und Ada fragte sich, von wem sie wohl stammten.

Matteo fragte den Kellner, ob man auch etwas anderes als das Menu essen könne.

Ada war erleichtert, dass es keine Meeresfrüchte gab, die man nur mit Mühe aus der Schale bekam, und auch keine Suppe, bei der man mit dem Löffel merkwürdige Geräusche machen musste. Paolos Gerichte mochte sie sofort, denn sie erinnerten sie an die ihrer Großmutter. Die Oma war immer beleidigt, wenn Ada etwas aß, was nicht sie selbst gekocht hatte, aber wenn da jemand war, der wie die Oma kochte und auch noch einer, der schrieb wie sie, war alles in Ordnung.

Nachdem Ada ihren Nachtisch gegessen hatte, legte sie ihren Löffel ein wenig unentschieden auf den Tellerrand. Matteo sah auf die Uhr. Eigentlich brauchte er das nicht, ein Blick in den Himmel genügte ihm, um zu wissen, wie spät es war.

Ada saß da und wusste nicht, was sie mit ihren Händen anfangen sollte, jetzt, wo sie mit dem Essen fertig war, und sie konnte nicht aufhören, Matteo verstohlen anzusehen. Vielleicht merkte er es, vielleicht auch nicht. Auch wenn es spät war, hatte er doch große Lust, mit ihr zu reden. Er hätte gern etwas Aufregendes zu erzählen gehabt, von Wettkämpfen oder Fischfang, wie sie bei manchen amerikanischen Schriftstellern vorkommen, dann aber sagte er ihr, wie sehr es ihn immer ärgerte, zu Autobahnraststätten zu kommen und festzustellen, dass sie wegen Bauarbeiten geschlossen seien. Einmal sei er an einer Schule vorbeigekommen und habe keine Kinderstimmen gehört; da sei ihm klar geworden, dass es mit der Schule vorbei sei, und er habe daran gedacht, wie sehr er sich, als er klein war, immer freute, wenn die Schule zu Ende war. Jetzt sei er wegen gar nichts mehr froh.

Ada hörte ihm zu, als gebe es nichts Wichtigeres auf der Welt. Sie tat es, weil das, was er ihr zu sagen hatte, sie interessierte. Sie schien ihm auch dann zuzuhören, wenn er nicht redete.

So spät im Dezember stehen keine Tische mehr draußen. Die drinnen haben dieselben karierten Decken, aber mit dem Licht stimmt etwas nicht. Matteo bestellt ein Risotto mit Radicchio und Safran und Ada auch. Mit dem

Besteck und der Serviette geht sie nicht mehr unbeholfen um, aber beim Bestellen ist sie immer noch ein wenig scheu. Matteo kümmert sich auch um das Hauptgericht. Nicht seinetwegen, er hat keinen Hunger, sondern wegen Ada. In letzter Zeit isst sie immer weniger. Sie ist mit dem Hauptgericht einverstanden, aber vom Nachtisch lässt sie sich nicht überzeugen. Matteo trinkt nach dem Essen immer einen Kaffee. Als sie hinausgehen, beginnt er, nach dem Päckchen Zigaretten zu suchen.

»Gehen wir eine Runde?«, fragt Ada. Er sagt ja.

Der Spaziergang hat bei ihnen auch Tradition. Hinter Paolos Parkplatz geht die Straße weiter. Irgendwann hört der asphaltierte Weg auf und führt in einen Wald.

Als sie zum ersten Mal hier gegessen haben, haben sie gar nicht gemerkt, dass sie in den falschen Weg einbogen, als sie den Parkplatz verließen. Und als sie es merkten, konnten sie nicht mehr umdrehen. Bald standen die Bäume weniger dicht, und vor ihnen öffnete sich eine Lichtung. Sie mussten nach oben gefahren sein, viel höher, als sie dachten, denn von dort konnten sie das Krankenhaus und das viel zu schnell hochgezogene Viertel sehen. Und das Meer.

Hier gaben sie sich den ersten Kuss. Sie stiegen aus dem Auto, ohne etwas zu sagen, und Ada setzte sich auf die Motorhaube. Matteo setzte sich neben sie, und irgendwann küsste er sie. Er legte seine Lippen auf die von Ada und verweilte dort, ohne seinen Mund zu öffnen. Ada war klar, dass man das keinen richtigen Kuss nennen konnte. Aber dann küsste sie ihn. Sie gab ihm zuerst viele kleine Küsse auf den Hals, und dann küsste sie ihn an der Stelle, wo der Hals kein Hals mehr ist, sondern ins Gesicht übergeht. Dies war die Stelle, so lernte Ada später, an der er gern geküsst wurde, wenn er den Kopf in einer bestimmten Weise neigte.

Bei diesem ersten Küssen hob sich Ada den Mund bis zum Schluss auf. Dann erreichte sie doch irgendwann seine Lippen, vielleicht war es auch Matteo, der die ihren fand, und dann ließen sie einander eine ganze Weile nicht mehr los.

Am nächsten Tag lud er sie wieder zum Essen bei Paolo ein, doch sie kamen gar nicht bis ins Restaurant, sondern fuhren gleich zu der Lichtung. Dort liebten sie sich.

Ada hatte das Gefühl, dass ihre Haut, ihr Herz und ihr Atem dafür nicht ausreichten. Matteo bewegte sich sehr vorsichtig, so als sei es das erste Mal oder als mache er es immer so. Als wollte er sie nie wieder loslassen.

Heute ist es an der Lichtung bitter kalt, und der Nebel ist so dicht gefallen, dass man nichts sieht. Sie sind nicht aus dem Auto gestiegen, und wie damals hat Ada sich auf Matteos Beine gesetzt. Er hat die Rückenlehne heruntergeklappt und streichelt ihr den Kopf. Er hält ihr sein Gesicht hin und bedeutet ihr, dass er einen Kuss haben möchte. Sie gibt ihm den Kuss und spielt das Spiel, das auch zu ihren Ritualen gehört.

Auch dieses Ritual begann in der Lichtung, nachdem sie sich geliebt hatten. Ada fuhr mit dem Zeigefinger über Matteos Profil, als sei dort ein bestimmtes Maß, um herauszufinden, wie sehr er sie liebte. Ada wusste, dass dies nicht der Augenblick war, um solche Fragen zu stellen. Sie tat es aber dennoch.

»Wie sehr magst du mich?«, fragte sie, und ihr Finger machte auf Matteos Kinn halt. »So viel?«

Er schüttelte den Kopf. Sie rutschte mit dem Finger bis zu seiner Lippe. »Sag stopp.«

»Stopp«, sagte Matteo, als sie mit dem Finger bis zur Mitte der Nase gekommen war.

Seither ließ er sie immer ein bisschen höher kommen.

Jetzt hat Ada schon sein ganzes Profil nachgezeichnet, und Matteo hat noch nicht stopp gesagt. Da fängt sie erneut an. Zuerst der Hals, dann das Kinn, dann die Nase. Danach die Stirn. So weit hat Matteo sie noch nie kommen lassen.

»Stopp!«, sagt er, als sie mitten auf der Stirn angekommen ist.

»Also liebst du mich?«, fragt sie und lacht. Sie ist ernst, auch wenn es nicht so scheint. Vielleicht ist sie es auch nicht und lässt ihren Gefühlen freien Lauf.

Matteo antwortet nicht. Er weiß, Ada könnte sein Schweigen als ja deuten. Er tut nichts, um dies zu verhindern. Es ist ja auch gar nicht gesagt, dass er falsch liegt.

Auf der Fahrt ins Krankenhaus hält sie seine freie Hand in beiden Händen. Sie lässt sie auch nicht los, als er den Gang wechseln muss. Matteo parkt in einiger Entfernung zum Eingang, und Ada gibt ihm drei Küsse. Einen auf die Stirn, einen auf die Nase und einen aufs Kinn. Das ist die Regel der drei Küsschen. Wenn er auf Reisen geht, gibt sie ihm sechsmal Küsschen, drei für die Hin- und drei für die Rückfahrt. Sie sagt, die seien zu seinem Schutz, und um ihn zu erinnern, dass er langsam fahren soll.

Sie gibt ihm den Segen, und Matteo lässt es geschehen.

19

Nach dem Nachtdienst im Krankenhaus ist Giulia nach Hause gegangen. Und jetzt versucht sie zu schlafen, doch sie muss dauernd an Adas Worte denken. »Man muss nicht viel tun, um zu wissen, was man den Leuten schenken soll, man muss ihnen nur zuhören.« Hört sie vielleicht nicht mehr zu? Sie glaubt nicht, dass das so ist.

Am Nachmittag geht sie los und sucht nach einem Geschenk. Sie braucht keine Schaufenster, um auf Ideen zu kommen, das hat ihre Mutter ihr beigebracht. Sie sehen sich nie die Schaufenster an, sondern gehen gleich in ausgewählte Läden und müssen nie lange suchen. Die Verkäufer wissen, was zu ihnen passt, und bringen es ihnen. Dennoch, und obwohl sie es vorher nie getan hat, schaut Giulia heute ein bisschen in die Schaufenster. In der Buchhandlung überlegt sie, welche Bücher ihrem Freund wohl gefallen könnten. Vielleicht solche wie dem Freund von Ada, ein großer Bildband von irgendeinem Photographen oder Illustrator … Ihr fällt nichts ein. Sie geht schon lange in keine Buchhandlung mehr und weiß auch nicht, was ihr künftiger Mann gerne trägt.

Sie betritt einen dieser Läden, wo die Verkäufer auf die Kunden zukommen. Ein junger Mann begrüßt sie und lädt sie ein, in der Damenabteilung Platz zu nehmen. Giulia erklärt ihm, sie suche etwas für ihren zukünftigen Ehemann. Der Verkäufer fragt sie, was sie sich vorgestellt hat, und sie schweigt. So geht es jedes Jahr.

»Wenn Sie eine Minute haben, ich komme gleich in die Herren-Abteilung«, sagt sie zu dem Verkäufer.

Dann bleibt sie vor dem Regal mit den Kaschmir-Pullovern stehen. Sie würde sie gern genau so in den Schrank in ihrer Wohnung einräumen können, aber so gut gelingt ihr das nie. Sie hat ihrem Freund im Lauf der Zeit viele Pullover geschenkt, alle in dunklen Farben. Viele in verschiedenen Grautönen. Er merkt nicht einmal, dass die grauen, blauen und braunen unterschiedlich sind. Deshalb räumt Giulia den begehbaren Schrank so auf, dass er die verschiedenen Grautöne erkennen kann. Giulia sieht sich die Strickwaren im Laden an und fragt sich, was mit denen, die sie fast jeden Tag zusammenlegt, nicht stimmt.

Die alten Pullover ihres Verlobten – vielleicht passen sie nicht ins Bild. Da sind drei oder vier, die seine Mutter vor fünfzehn oder zwanzig Jahren gestrickt hat. Sie sind aus dicker Wolle, an den Ellbogen ausgebeult, und man sieht aus tausend Metern Entfernung, dass sie selbstgestrickt sind.

Bei einem der ersten Male, als er sie abholte, trug er so einen dicken Pulli und kratzte sich immer wieder verstohlen an der Stelle, an der ein Wollfaden eines Knäuels mit dem des nächsten zusammengeknotet war. Giulia merkte, dass er sich den Juckreiz nicht anmerken lassen wollte, aber es fiel ihr dennoch auf. Wenige Tage später schenkte sie ihm seinen ersten Kaschmirpullover in Schiefergrau, und dann noch einen aschgrauen und noch einen in Perlgrau. Auf diese Weise musste er diese dicken Pullover nicht mehr tragen und kratzte und schämte sich auch nicht mehr. Er warf sie aber nie weg, und sie lagen neben den feinen Kaschmirpullovern.

Während Giulia an den Regalen auf und ab geht, begreift sie zum ersten Mal, dass seine alten Pullover sie stören. Sie passen einfach nicht in den Schrank.

Der Verkäufer lässt sie in Ruhe schauen, bleibt aber in der Nähe, falls sie eine Frage hat oder vielleicht auch nur fragend schaut. Bei Kundinnen wie Giulia sind die Verkäufer unermüdlich, auch wenn sie sich stundenlang Strickwaren ansehen, sich nie umdrehen und auch nicht um Hilfe bitten. Bisher ist das Giulia nie aufgefallen. Jetzt würde sie den Verkäufer gern bitten, wegzugehen und sie mit den Stricksachen allein zu lassen.

»Möchten Sie vielleicht ein paar Hemden sehen?«, fragt er.

An der Kasse packt ein Mitarbeiter das Hemd ein. Giulia hat nicht lange gebraucht, um es auszusuchen. Der Verkäufer hat sie nach der Größe gefragt, und das war's dann. Nun hat sie ein schönes Geschenk. Nichts Originelles, aber gute Qualität. Sie hat ihrem Freund schon früher Hemden geschenkt, und jedes Mal hat er sich gefreut. Er freute sich eigentlich immer, wenn er Hemden oder Pullover bekam, besonders zu Weihnachten, und wenn er das Geschenk ausgepackt hatte, den Pullover oder das Hemd ausbreitete, sah er es lange an, und dann sah er Giulia an und sagte »Wie schön«, und zwar nicht auf diese gezwungene Art. »Ich ziehe es zu Neujahr an«, sagte er dann und gab Giulia einen Kuss. »Zum neuen Jahr muss man immer etwas Neues anziehen.«

Der Mitarbeiter nimmt einen edlen blauen Karton und ein großes Blatt Seidenpapier, um das Hemd darin einzuschlagen. Giulia denkt an Adas Worte über die Art und Weise, wie man Geschenke einpacken sollte. Unglaublich, dieses Mädchen hat für fast alles eine Theorie.

Sie stellt sich einen bunt beklebten Karton vor wie den, den Ada für Penna machen will, und fragt sich, wie er wohl unter dem Weihnachtsbaum ihrer Mutter aussehen würde – diesem silberweißen, zarten Baum, der im Eingang der Villa steht und bis zum ersten Stock reicht. Eine andere Schachtel als die, die der Verkäufer verwendet, würde überhaupt nicht passen, und alle würden sich aufregen. Diese Schachtel aus edlem blauem Karton passt hingegen genau. Sie passt vielleicht sogar zu den Schächtelchen mit dem Schmuck, den die Mutter im Internet gekauft hat. Keiner wird irgendeine Frage stellen, und ihr Freund wird das Hemd sehen, sich freuen und sich bei ihr bedanken. Vielleicht wird er es noch am selben Abend probieren und sogar anziehen und unter einem der grauen Kaschmirpullover tragen, die nicht kratzen und nicht auf das neue Jahr warten.

20

Teresa ist von der Therapie zurückgekommen, aber noch nicht wieder aufgewacht. Ada tut es leid, dass sie nicht im Zimmer war, als die Pfleger sie zurückbrachten. Wahrscheinlich hat sie sowieso geschlafen, aber Ada wäre doch lieber da gewesen.

Wenn ihre Großmutter wach wäre, würde sie ihr jetzt erzählen, dass sie essen gegangen ist, dass das Essen in der Trattoria nicht so gut ist wie ihres, aber beinahe so gut. Und sie würde ihr erzählen, dass Matteo nicht mehr abstreitet, dass er sie liebt. Das Problem sei allerdings, dass er ihr auch nicht mehr verschweige, dass er eine andere hat. Ada würde die Oma gern fragen, ob es falsch ist, ihn weiter zu lieben, wo er doch eine andere hat. Die Sache ist nur die, dass sie gar nicht mehr aufhören kann, ihn zu lieben. Wenn sie es gleich erfahren hätte, dann hätte sie gar nicht erst damit angefangen. Aber jetzt fürchtet sie, sie kann nicht mehr aufhören.

Ein Arzt öffnet leise die Tür von Zimmer 9.

»Haben Sie einen Moment Zeit, Signorina?«

Ada folgt dem Arzt in sein Zimmer am Ende des Stationsflurs. Von hier hat man vielleicht noch einen schöneren Blick als von der Feuertreppe. Er bietet ihr einen

Stuhl an und legt ein paar Papiere auf seinem Schreibtisch zusammen.

»Leider spricht Ihre Großmutter nicht so auf die Therapie an, wie wir es gehofft hatten«, beginnt er. »Die Krankheit schreitet schneller voran, als wir das bei einer Patientin ihres Alters erwartet hatten.«

Adas Kopf ist leer, so wie beim Autofahren, wenn es ihr passiert, dass sie zu schnell durch Tunnels fährt. Sie hat dann nicht das Gefühl, schnell zu fahren, erst wenn sie es im Magen spürt, begreift sie, dass die Geschwindigkeit zu hoch ist.

»Ihr Allgemeinzustand hat sich stark verschlechtert, wir können sie nicht länger mit Strahlen belasten.«

Ada hat weder den Mut etwas zu sagen noch zu denken, dass der Arzt auf ihre Fragen wartet. Fragen, die sie bisher nie zu stellen wagte.

»Wir können nichts mehr für Ihre Großmutter tun«, sagt der Arzt schließlich. »Ich fürchte, es geht jetzt nur noch um Wochen.«

Niemand hat ihn das gefragt, doch er fühlt sich trotzdem verpflichtet, es zu sagen. Für Ada ist es, als stürzten dieses Zimmer und mit ihm das ganze Krankenhaus in einen Abgrund. Die Worte des Arztes dringen nur verzerrt an ihr Ohr, wie durch Wasser, das sie nicht sehen kann, und sie hat das Gefühl, alles sei plötzlich schwer, kalt und ohne Sauerstoff.

»Es tut mir sehr leid, Signorina. Glauben Sie mir.« Er drückt Ada fest die Hand, doch sie kann seinen Druck nicht erwidern.

Als Ada zu ihrer Großmutter zurückgeht, stürzt auch der Flur in den Abgrund. Sie will nichts anderes, als bei ihr sein, die Tür von Zimmer 9 schließen und ihre Oma umarmen, sie fest an sich drücken, weit weg von dem Abgrund.

Draußen ist es dunkel, und Teresa ist wach. »Es ist kalt, mein Kleines«, sagt sie. »Hast du die Sachen für mich geholt?«

Ada versucht sich zu erinnern. Sie sieht, dass ihre Großmutter noch da ist, unversehrt und noch nicht so zerstört, wie ihr der Arzt es gerade angekündigt hat. Sie nimmt die Hand ihrer Oma und kann wieder atmen. Sie sagt, nein, sie sei noch nicht zu Hause gewesen, werde aber gleich gehen. Sie sagt es leise und langsam, als bewege sich die Zeit zu schnell und sie könne sie auf diese Weise verlangsamen.

»Dann geh los, meine Kleine.«

»Ich bleibe nur noch ein bisschen …«

»Ich bin so müde, mein Kind.«

Ada streichelt ihrer Oma die Hand. Eine Weile sagt die Großmutter nichts, und auch Ada schweigt. Sie bleibt da und sieht zu, wie Teresa wieder einschläft.

Als Ada klein war, bat sie die Oma immer, ihr Bescheid zu sagen, wenn sie schlafen ging. Ada wollte wissen, ob sie die Letzte in der Wohnung war, die noch wach war. Sie will auch jetzt die Letzte sein, die wach bleibt.

Ich halte dich fest, meine kleine Oma, denkt sie.

Teresa verweilt noch lange in einem unruhigen Dämmerschlaf. Offenbar tut ihr irgendetwas weh. Dann scheint der Schmerz zum Glück nachzulassen, und ihr Atem wird ruhiger. Ada sieht sie noch eine Weile an. Sie hat ihre Art einzuschlafen kennengelernt – an dem Rhythmus, in dem Teresas Händedruck sich ändert. Bevor sie wirklich einschläft, drückt sie Adas Hand immer ein bisschen. Nur einen Moment. Kurz wie die Abschiedsgrüße, die Teresa in feierlichen Augenblicken machte, wenn sie versuchte, alles möglichst schnell geschehen zu lassen, damit das Gefühl des Abschieds oder das, was sie bei solchen Gelegenheiten empfand, nicht den Weg zu ihr finden konnte.

Ada spürt den kurzen Händedruck und bewegt sich keinen Millimeter. Sie bleibt da, bis sie ganz sicher ist, dass Teresa in einen tiefen Schlaf gefallen ist, einen Schlaf ohne Schmerzen. Ihre Sinne sind geschärft, als sei ihr ganzer Körper darauf eingestellt, die Zeichen des Leidens zu erkennen, als sei ihre ganze Energie darauf ausgerichtet, diesen Schmerz zu entdecken und zu heilen.

Als sie endlich Teresas Hand loslässt, bewegt sie sich vorsichtig und passt auf, nirgendwo anzustoßen. Dann geht sie zur Tür, bleibt stehen und sieht auf das, was sie noch von der Oma sehen kann. Sie sieht die Füße, die unter der Decke aufragen. Die Beine zeichnen sich kaum mehr ab. Keine Spur mehr von der Kraft, mit der ihre Großmutter tanzte, aber dies zu denken hat Ada sich verboten. Sie achtet auf das leise Brummen der Neonröhren und lauscht eine Weile. Und sie fragt sich, ob es das Geräusch der Dinge ist, die beginnen, oder nicht.

Schon seit einiger Zeit hat sie sich große Sorgen um ihre Oma gemacht. Und zugleich begann sie sich zu fragen, ob dies der Moment war, in dem man erwachsen wird. Der Moment, in dem man anfängt, sich um den Menschen zu sorgen, der sich bis zu diesem Moment um einen selbst gekümmert hat. Sie wollte sich keine endgültige Antwort darauf geben, sie wollte die Zeit täuschen und so tun, als sei es immer noch ihre Oma, die sich um sie sorgte und nicht umgekehrt. Jetzt aber, in der Stille des Flurs, die nur vom Brummen des Neonlichts gestört wird, weiß sie, dass der Moment, in dem man erwachsen wird, vielleicht ein ganz anderer ist. Es ist der Moment, in dem niemand mehr da ist, der einen auffängt, wenn man hinzufallen droht.

Für Ada ist Teresa immer das gewesen: die Gewissheit, auf jemand zählen zu können, ihr letzter Schutzwall. Ganz gleich, was schiefging, ganz gleich, was das Getriebe aufhielt, Ada war bisher immer zu ihr gelaufen, und sie brachte die Dinge in Ordnung, veränderte die Perspektive.

Bald ist der Schutzwall nicht mehr da, das weiß Ada jetzt. Bald wird niemand mehr da sein, der für sie Teile zusammensetzt. Niemand mehr, der ihre Stürze auffängt. Sie wird allein sein. Und auch wenn sie weiß, dass Erwachsensein für den Rest der Welt nicht bedeutet, allein zu sein, weiß sie doch, dass es bei ihr so sein wird. Und während sie dies denkt, wird ihr ganz schwindlig.

Es dauert einen Moment. Dann bleibt nur das Gefühl des Schreckens zurück, der sie gepackt hat, seit der Arzt mit ihr gesprochen hat. Sie eilt zum Ausgang, ohne sich umzudrehen.

21

Die breite Eingangstür zu Giulias Wohnung ist mit Bodenlampen erleuchtet. Olivia, die Haushälterin, lässt sie immer brennen, seit Giulia den Mut hatte, sie darum zu bitten.

Sie kommt ins Wohnzimmer und merkt, dass sie nicht weiß, wo sie ihren Mantel hintun soll. Das war in dieser Wohnung immer so. Nie weiß man, wo man mit seinen Sachen hin soll, denn wenn man sie einfach irgendwo ablegt, wird die perfekte Einrichtung gestört. Giulia fühlt sich immer etwas schuldig, wenn sie den Mantel auch nur drei Minuten anderswo hinlegt als an den richtigen Platz.

Sie überlegt, was sie zum Abendessen machen könnte. Sie fragt sich, ob Wein kaltgestellt ist.

Früher haben sich Giulia und ihr Freund vor dem Essen immer aufs Sofa gesetzt und haben ein Glas Wein getrunken, manchmal kamen sie gar nicht mehr dazu zu essen, weil ihr Freund lachend aufstand und sagte, er hole noch eine Flasche, um noch ein Glas zu trinken, nur eins. Dann kam er zurück und hatte ein paar Knabbereien in der Hand, Salzstangen und Chips, alles, was man besser nicht essen sollte. Giulia wusste nicht, wie diese Sachen in die Wohnung gekommen waren. Sie aß nichts davon und war dann immer lange vor ihm betrunken. Er lachte und lachte, schenkte ihnen immer wieder nach und aß Chips. Irgendwann schlief sie ein, und er holte ihr eine Decke. Er deckte sie so umständlich zu, dass sie davon wieder aufwachte, und dann ging sie zu Bett, und er wusste nicht so recht, was er jetzt machen sollte.

Wie viel Zeit war vergangen, seit sie sich zum letzten Mal auf dem Sofa betrunken hatten? Immer wenn sie es getan hatten, war es ihr ziemlich dumm vorgekommen, aber wenn sie jetzt daran dachte, erschien es ihr sogar schön. Oder vielleicht auch nicht. Es war aber immerhin etwas Gemeinsames gewesen.

Giulia stand vor dem großen Kühlschrank, der in der Mitte der Küche stand, und dachte, dass im Gefrierfach noch eine Kürbissuppe sein müsste. Nachmittags hatte sie ihren Freund angerufen und ihn gefragt, was er abends essen wolle, aber sie erinnerte sich nicht mehr, was er geantwortet hatte.

Um ihn anzurufen, hatte sie sich im Umkleideraum eingeschlossen. Das war ein wenig übertrieben. Alle Schwestern riefen von Zeit zu Zeit zu Hause an, das war ganz normal. Giulia aber war es peinlich, dabei gesehen zu werden. Sie wollte nicht, dass man dachte, sie müsse mindestens zwei- oder dreimal am Tag mit ihrem Freund reden. Sie rief ihn ungern an, sie brauchte das nicht. Wo immer er war, sie wusste ja, dass er wiederkommen würde. Das genügte ihr, sie hatte nie das

Bedürfnis gehabt, sich deswegen Gedanken zu machen. Erst seit Ada immer vom Stuhl neben Teresas Bett aufsprang, rot wurde, aus dem Fenster sah und schließlich diskret auf das Display ihres Mobiltelefons schaute, war das anders geworden. Ada zögerte, dann nahm sie das Gespräch endlich an und lief ziellos umher, als sehe und höre sie nichts anderes als die Stimme von Penna am anderen Ende der Leitung. Seither fragte Giulia sich, wie es wohl sei, wenn man seinen Freund am Telefon hörte.

Inzwischen fiel Giulia ein, was er gesagt hatte. Nämlich dass er gern etwas mit Fleisch essen würde, zumal sie lange keines gegessen hätten.

»Was möchtest du zum Abendessen?«, hatte sie gefragt, und dann herrschte einen Moment lang Schweigen.

»Einen Hamburger«, hatte er geantwortet.

»Ich habe, glaube ich, noch eine Kürbissuppe«, sagte sie und fragte sich, ob sie jetzt rot wurde und ob sie beim Telefonieren mit ihm je rot geworden war. »Dann gehe ich nach der Arbeit beim Metzger vorbei«, sagte sie noch.

Als Giulia jetzt vor dem riesigen Kühlschrank stand, fiel ihr ein, dass sie nicht zum Metzger gegangen war.

Vor drei Jahren, als sie den Kaufvertrag für die Dachgeschosswohnung unterschreiben sollten, hatte ihr Freund sie mitgenommen, um eine alte Werkstatt zu besichtigen. Vielleicht war es auch eine verlassene Fabrik. Giulia kann sich nicht mehr so genau daran erinnern, außer an die riesigen hohen Fenster, die dünnen Scheiben und eine Art Stahlgeflecht, das das Glas hielt. Die Fenster hatten ihr gefallen, deshalb erinnerte sie sich noch daran. Auch dass sie gesagt hatte, man könne das dünne Glas vielleicht ersetzen, sonst würde es hier drin zu kalt. Ja, hatte er entgegnet, man könne das Glas schon austauschen, den Stahl aber nicht.

Als sie mit Giulias Mutter darüber sprachen und ihr sagten, außer der Mansarde gäbe es noch diese andere Lösung, eine alte Werkstatt oder ehemalige Fabrik, die man zu einem Loft ausbauen könne, war sie dagegen.

Giulia erkannte ihre Missbilligung an der Art, wie sie den Hals verbog. Ihre Bewegung war ein einziger Vorwurf.

Vor vielen Jahren hatte sie gelernt, diese Geste zu lesen. An einem Sonntag, als die Familie beim Mittagessen saß. Der Sommer war gerade vorüber, und eine alte Tante saß bei Tisch in einer Strickjacke, die aussah wie ein Morgenrock. Zu warm für die Jahreszeit, sogar für eine Neunzigjährige.

»Wann nimmst du denn dein Medizinstudium auf, meine Liebe?«, fragte die Tante. Sie sagte es genau so: »Wann nimmst du denn dein Medizinstudium auf«, als ginge es um einen Wettkampf oder etwas Ähnliches.

»Ich fange gar nicht damit an, Tante«, erklärte Giulia.

»Nicht in diesem Jahr«, mischte sich die Mutter ein, »vielleicht im nächsten.«

»Nein, Mama, das habe ich dir doch gesagt.«

Da stellte ihre Mutter mit einer heftigen Bewegung das Glas auf den Tisch. Das Kristall klirrte, als fordere es alle zum Schweigen auf.

Giulia sah, wie ihre Mutter mit den Schultern zuckte und die Manschetten ihrer Seidenbluse zurechtschob. Es war die Bluse mit den Perlen. Einen Moment sahen die beiden sich an, dann schaute ihre Mutter woanders hin. Giulia kam es so vor, als schaue sie durch die alte Tante hindurch und vielleicht sogar durch die Wand. Und dann sah sie die missbilligende Beugung ihres Halses.

Eine Weile sagte niemand etwas, weil es keine passenden Worte dafür gab, warum Giulia den medizinischen Aufnahmetest nicht bestanden hatte. Diesen Fall hatte niemand in Erwägung gezogen. Giulia war auf dem Gymnasium eine glänzende Schülerin gewesen, und bei der Abschlussfeier – einer amerikanisierten Show ohne jeden Sinn – hatte sie das Lob des gesamten Kollegiums und viele Umarmungen erhalten, bevor sie und ihre Mitschüler ihre Hüte in die große Aula warfen. Es war nicht vorgesehen, dass Giulia versagte. So etwas war noch nie vorgekommen. Immer hatte sie alle Prüfungen erfolgreich bestanden. Doch den Medizinertest hatte Giulia nicht ernst genug genommen. Sie war zerstreut und abgelenkt, und das war ihr vorher nie passiert

Auf der Griechenlandreise, die ihre Mutter ihr zum bestandenen Abitur geschenkt hatte, hatte sie einen Jungen kennengelernt. Sie wusste heute nicht einmal mehr seinen Namen. Aber in jenem Sommer wollte sie unbedingt mit ihm reisen und bei ihm bleiben. In jener Woche in Griechenland war Giulia so verliebt, dass sie alle seine Angewohnheiten übernahm. Sie begann zu rauchen, vernachlässigte ihre Kleidung, vernachlässigte ihre Zukunftspläne.

Nach der Woche in Griechenland unternahm sie mit dem Jungen eine Reise in die Türkei und dann nach New York. Ihre Mutter konnte nichts dagegen sagen, die Familie dieses Jungen war vielleicht noch angesehener als ihre eigene. Giulia schien glücklich zu sein, und ihrer Mutter gefiel es, erzählen zu können, dass ihre Tochter den Rest des Sommers in den Hamptons oder an einem anderen Ort der Ostküste verbrachte.

Die beiden waren ständig unterwegs, und Giulia bereitete sich nicht wirklich auf ihren Test vor. Sie war sich so sicher, dass sie ihn bestehen und ihr Examen in der Regelstudienzeit ablegen würde – vielleicht sogar früher –, dass sie den Test fast vergaß. Auch ihre Mutter vergaß ihn, so dass sie am Morgen, als Giulia zu der Prüfung ging, nicht einmal sagte: »Ich halte dir die Daumen.« Sie sagte auch nichts, als die Testergebnisse veröffentlicht wurden und sie zusammen vor dem Aushang standen. Vermutlich war dies der Moment, in dem Giulia zum ersten Mal bemerkte, wie die Mutter ihren Hals so vorwurfsvoll verbog und diesen glasigen Blick aufsetzte, der hinter allen Dingen zu enden schien und durch den Giulia sich plötzlich fühlte, als sei sie unsichtbar. In diesem Moment verstand sie zum ersten Mal die Bedeutung des Wortes »Scheitern«.

An diesem Tag sprachen die Eltern zu Hause lange darüber, was nun zu tun sei. Keiner erwähnte, dass Giulia durchgefallen war und sich falsch verhalten hatte. Sie boten ihr an, ein Jahr in die USA zu gehen, um Englisch zu lernen. Ihr Vater sagte, er kenne einen Professor in Dänemark, einen bekannten Chemiker oder irgendetwas in der Art. Er könne ihm schreiben, sagte er, und er würde sie sicher als seine Studentin annehmen. Ein solches Jahr würde sich in ihrem Lebenslauf gut machen. Ihre Mutter sagte, im Grunde könne sie dieses Jahr auch verbringen, ohne etwas zu tun. Das sei nichts Verwerfliches, sie stehe ja nicht unter Zeitdruck.

Giulia wollte von all dem nichts wissen. Dänemark interessierte sie nicht, die USA ebenso wenig. Sie wollte jetzt keine Zeit mehr verlieren. Sie erklärte, sie habe einen Fehler gemacht, und dies würde ihr nie wieder passieren. Sie habe nicht ewig Zeit und werde jetzt einfach Krankenschwester. Auf diese Weise konnte sie diesen Schiffbruch schnell vergessen. Das glaubte sie jedenfalls.

Doch während des Essens mit der alten Tante wurde das Gefühl des Scheiterns wieder übermächtig. Ihre Mutter sagte, nachdem sie ihr Glas auf den Tisch gestellt und durch die Wände gesehen hatte: »Giulia wird im medizinischen Bereich arbeiten«, und sie sagte es in einem Ton, der keinen Widerspruch duldete. Seitdem gab die Mutter immer diese Antwort, wenn jemand fragte, was ihre Tochter mache. Giulia fragte sich, was sie wohl bei den Leuten bewirken wollte, wenn sie ihnen so antwortete.

Mit dem Jungen, den sie in Griechenland kennengelernt hatte, hatte Giulia bald keinen Kontakt mehr. Und es kam für sie auch nicht in Frage, die Aufnahmeprüfung noch einmal zu versuchen. Es war einfach undenkbar, ein weiteres Jahr verstreichen zu lassen, in dem sie nichts tat, es war undenkbar, die Dinge länger aufzuschieben. Vom Risiko, noch einmal durchzufallen, gar nicht zu reden. Krankenschwester zu werden erschien ihr eine vernünftige Alternative. Immer wenn Giulia ihre Mutter sagen hörte, sie arbeite im medizinischen Bereich, sagte sie sich: Ich kümmere mich um Menschen, und das ist das Wichtigste.

Die Idee, die ehemalige Fabrikhalle zu renovieren, war jedenfalls gestorben. Ihre Mutter wollte nichts davon hören und tat alles, damit der Kaufvertrag für die Mansardenwohnung zustande kam, und sehr bald kamen eine Reihe Architekten und Designer mit ihren Vorschlägen und Farben. Giulias Mutter schien zufrieden, und so war sie es selbst auch.

Wo war ihr Freund gewesen, als die Innenarchitekten mit ihren Stoffmustern vorbeikamen? Was machte er bei den Treffen in den Architekturbüros, wenn Giulias Mutter Einrichtungszeitschriften an bestimmten Seiten aufschlug, die sie vorher angestrichen hatte?

Er hatte Giulia hin und wieder angelächelt, daran glaubte sie sich zu erinnern. Die meiste Zeit aber sah auch er in die Ferne und schien mit seinen Gedanken nicht bei der Sache. Ab und zu legte er ihr seine Hand aufs Knie, und dann drehte sie sich kurz zu ihm um, aber sie fragte sich nie, was in ihm vorging.

Was für einen Hamburger er wohl haben möchte? Giulia rührt in der Kürbissuppe und überlegt, dass sie im Grillrestaurant anrufen will. Daniele, der Chef, hat immer lange geöffnet, und sie muss sich auch nicht mühsam entscheiden, was sie bestellen soll. Er weiß immer, was am besten schmeckt, dann kommt er vorbei, spricht in die Gegensprechanlage, und sie geht nach unten und holt alles ab. Sie öffnet die Flügel des antiken Küchenbuffets und sucht sorgfältig zwei Teller aus. Sie weiß schon gar nicht mehr, wer diese Teller eigentlich gekauft hat, aber sie sind sehr schön und passend.

Dann ruft sie Daniele an, und er schlägt ihr einen Puten-Hamburger nach griechischer Art vor. Giulia ist sich sicher, dass ihr Freund Pute nicht wirklich als Fleisch ansieht, doch sie geht auf den Vorschlag des Kochs ein, ohne weiter zu diskutieren. Während Daniele mit ihr spricht, fällt ihr Auge auf den Verlobungsring. Ihr Freund hat ihr keinen Antrag im üblichen Sinne gemacht.

Sie hatte ihn gefragt, ob er sie heiraten wolle. Oder besser gesagt, sie hatte ihm zu verstehen gegeben, dass sie nun schon so lange zusammen seien, dass man auch heiraten könne. Sie redete schon von den Hochzeitsvorbereitungen, ehe er sich überhaupt dazu geäußert hatte. Eines Tages kamen sie am Eingang einer Villa vorbei und Giulia meinte, das sei doch der perfekte Ort für die Hochzeitsfeier. Er sagte nichts, und sie sprach von dem Cateringservice, den sie doch beide schon so gut kannten, weil es der Lieblingscaterer von ihrem Vater sei. Er wurde engagiert, wenn es in der Firma Empfänge und Essen gab. Und er, der künftige Ehemann, würde immer bei den Essen und Empfängen der Firma dabei sein, da er ja für Giulias Vater arbeiten würde. Und wenig später erzählte sie bereits von den Vorschlägen zu der kunstvollen Hochzeitstorte, die die Leute vom Catering gemacht hätten, solche Torten könne er sich gar nicht vorstellen, so wundervoll und unvergleichlich wären sie. Von solchen Torten wolle er nichts wissen, erklärte ihr Freund, er wolle nur eine Erdbeertorte mit Mürbeteigboden und nichts anderes. Da lächelte Giulia, und er lächelte auch, und das bedeutete ja.

Giulia öffnet ihren Schmuckkasten. Sie hat sehr viel Schmuck und trägt ihn eigentlich nie. Sie weiß, dass sie ihn hat, und das genügt ihr in gewisser Weise. Die Schachtel, in der ihr Verlobungsring war, hat sie in eine Ecke geräumt, weit weg von allem anderen. Unter der Schachtel liegt noch das zusammengefaltete Geschenkpapier. Jetzt fragt Giulia sich, wo das Geschenkband geblieben ist. Welche Farbe hatte es eigentlich? Sie hat auf solche Dinge bisher nie geachtet. Erst Ada hat sie auf die Idee gebracht, dass solche Kleinigkeiten wichtig sind. Wenn sie sie danach gefragt hätte, hätte Giulia sicher gesagt, dass ihr die Farben von Geschenkbändern völlig egal seien, doch das wäre nur die halbe Wahrheit gewesen. Jetzt würde sie Ada gern sagen können, welche Farbe dieses Band hatte. Doch sie erinnert sich nicht.

Sie zieht den Ring ab und legt ihn auf ihre linken Handfläche. Es ist ein Platinring mit einem gelben Diamant. Vielleicht hat sie ihm nie gesagt, wie schön sie ihn findet. Er steht ihr ausgezeichnet. Und das Geschenkband war sicher blau. Wenn Ada sie danach fragen würde, dann wüsste sie, was sie sagen kann: blau.

Giulia hört, wie die Wohnungstür ins Schloss fällt.

»Bist du da?«, ruft sie vom Wohnzimmer aus. Sie geht zu ihrem Verlobten und denkt, dass es doch völlig unwichtig ist, ob das Band wirklich blau war. Wichtig ist nur, dass sie jetzt weiß, was sie sagen kann, falls Ada fragt.

»Ja, ich bin da.« Sie lächelt. »Hast du Daniele getroffen?«

»Ja«, antwortet er und hält die Tüte vom Grillrestaurant in die Höhe.

»Ich hole den Wein.«

Giulia trinkt mühsam, der Wein ist zu fruchtig oder zu kalt. Ihm macht das nichts aus, er trinkt ihn trotzdem. Sie erzählt ihm von ihrem Arbeitstag, sagt ihm, bald werde einer der Ärzte Ada sagen, dass es mit ihrer Großmutter zu Ende geht. Vielleicht haben sie auch schon am Nachmittag mit ihr gesprochen. Sie sagt, dass sie sich Sorgen mache, weil die Ärzte oft nicht das richtige Taktgefühl hätten, um bestimmte Dinge zu sagen. Sie machten es immer zu einfach oder zu kompliziert. Sie hätte es Ada lieber selbst gesagt, sie wisse, dass sie die Richtige dafür sei. Sie habe aber nicht den Mut dazu gehabt.

Ihr Freund ist es nicht gewöhnt, Giulias Patientengeschichten zu hören. Sie denkt immer, sie habe ihm bestimmte Geschichten schon erzählt, hat aber noch nie davon gesprochen. Meistens gelingt es ihrem Freund dennoch, den roten Faden zu finden. Giulia ist aufgefallen, dass er im Fall von Signora Teresa alles mitbekommt. Das muss daran liegen, dass sie von Anfang an mit viel Anteilnahme von dieser seltsamen Frau erzählt hat, die immer mit ihren roten Tanzschuhen durchs Krankenhaus lief, und von ihrer Enkeltochter, die offenbar nur für ihre Großmutter und einen Olivenbaum lebt.

Heute Abend scheint er den Faden verloren zu haben. Vielleicht ist es wegen des Weins oder wegen dieser schlimmen Nachricht. Er schaut sie die ganze Zeit an, als könne er sie nicht verstehen, weil ihre Worte so laut widerhallen.

22

Ada steht vor der Kommode ihrer Großmutter und verflucht sich, weil sie ihr nicht richtig zugehört hat. Sie war sich sicher, dass sie wusste, wo Teresa ihre Bettjäckchen und Morgenröcke aufbewahrt, die sie zu Hause zwar nie trug, aber manchmal wusch und in Schachteln mit duftender Seife legte.

Hier steht Ada nun und kämpft mit den Tränen, gleich werden sie ihr über die Wange laufen, sie sind schon unterwegs, seit sie die Tür der kleinen Wohnung hinter sich geschlossen hat. Sie muss daran denken, dass Teresa immer gesagt hat, man könnte alle Tränen mit Küssen beseitigen. Wenn Ada sich, als sie klein war, wehtat und weinte, küsste die Oma die Tränen einfach weg. Als sie größer war und wegen Dingen weinte, die es nach Meinung der Großmutter nicht wert waren, sah sie sie an und sagte nach einer Weile leise, im Grunde würden die Augen durch Weinen nur schöner.

Ada kommt zu dem Schluss, dass sie lange genug vor der Kommode gestanden hat, und geht zum Schrank. Dort findet sie die Lippenstifte und beruhigt sich wieder. Ihre Oma hat sie zwar nicht um die Lippenstifte gebeten, aber seit sie mit dem Arzt gesprochen hat, findet Ada, sie müsse sie alle bei sich haben.

Neben den Lippenstiften findet sie die Medikamente, die Teresa sie hatte kaufen lassen, anfangs, als sie nach der Therapie noch nach Hause durfte. Viele waren eine Empfehlung von Giulia. Was für ein Vertrauen ihre Großmutter in diese Nahrungsergänzungsmittel setzte! Ada kommen wieder die Tränen. Sie weint leise und zurückhaltend, wie es ihrer Oma gefallen würde. Sie wartet, dass der Schmerz, den sie im Magen und hinter den Rippen spürt, wieder vergeht. Einen Augenblick überlegt sie, ob sie die Kärtchen ihrer Großmutter, die in der Wäscheklammer stecken, alle nacheinander lesen soll. Sie nimmt sie in die Hand, sehr vorsichtig, als könne sie sie kaputt machen. Teresa würde die Kärtchen vielleicht auch gern bei sich haben.

Vor Jahren hat Ada mal gehört, dass man, wenn man lesen gelernt habe und Buchstaben vor sich sähe, gar nicht anders könne, als sie zu Worten zusammenzusetzen. Ada hat stets darunter gelitten, sich anders zu fühlen als die anderen, aber wenn es nun schon mal so ist, kann man sich alles Mögliche erlauben. Sie sieht auf die Kärtchen und liest sie nicht. Sie hält sie dicht an ihren Mund, als seien die Tränen auch dort und könnten weggeküsst werden.

Sie nimmt das alte Etui ihrer Großmutter aus dem Schrank. Der Reißverschluss funktioniert, aber Teresa hat zur Sicherheit noch eine Schleife um das Etui gebunden. Ada öffnet sie und achtet darauf, wie sie gebunden war, damit sie sie wieder genau so zubinden kann, wenn sie die Lippenstifte und die Kärtchen hineingelegt hat.

Als sie den Schrank wieder zumachen will, fallen ihr die Spiegel auf. An jeder Tür hat Teresa an der Innenseite einen Spiegel anbringen lassen, und wenn man in der Mitte steht, kann man sich auch hinten sehen, während man die Haarnadeln über dem Nacken in die Frisur steckt. Teresa hat immer darauf geachtet, ihre Haare so aufzustecken, dass sie füllig genug aussahen.

Für ihre Großmutter war es immer ein Problem, dass sie zu dünnes Haar hatte. Jahrelang hatte Ada auf ihrem Bänkchen gesessen und der Oma dabei zuzusehen, wie sie sorgfältig ihr Haar toupierte und aufsteckte. Dann erzählte sie ihr, wie die anderen Mädchen in der Schule mit ihren dicken Zöpfen prahlten, während sie selbst nur zwei dünne Rattenschwänze hatte, dünner als ihr kleiner Finger. An dieser Stelle der Geschichte hielt ihr die Oma immer ihren kleinen Finger direkt vor die Nase, und Ada schloss ein Auge, um den Finger zu fixieren, als könne sie sonst vergessen, wie dünn er war und mit ihm die Zöpfe.

Für Teresa war außer ihren Lippenstiften nichts wichtiger als die Haare. Vielleicht war es ein Trost, dass die Chemotherapie bei ihr, was das anging, weniger aggressiv gewesen war als befürchtet. Sie verlor nicht viele Haare, es blieben noch welche übrig, und Teresa meinte, schließlich sei sie kein junges Mädchen mehr und könne sich mit der Idee anfreunden, ein paar Haare weniger auf dem Kopf zu haben.

Als kleines Mädchen saß Ada oft auf der kleinen Bank und ließ lange Kämmzeiten über sich ergehen. Im Gegensatz zur ihrer Großmutter hatte Ada sehr viele Haare, und trotz langen Kämmens sahen sie immer ein wenig unordentlich aus. Um die üppige Haarpracht zu bändigen, hatte sich die Oma verschiedene Techniken ausgedacht. Sie hatte es mit Zöpfen versucht, fest geflochten, mit Aufsteckfrisuren und ein paar Monate lang sogar mit einem Pony. Am Ende aber stellte sich heraus, dass Adas Haare immer so bleiben würden, weder lockig noch glatt, einfach nur füllig und wild. Dies genügte Teresa, um sich für ihr Schicksal mit den dünnen Rattenschwänzen entschädigt zu fühlen. Mit unverhohlener Begeisterung hatte sie bemerkt, wie schön es war, wenn die kleine Ada auf ihrem Schoß saß und ihr üppiger Pferdeschwanz sie am Kinn kitzelte. Jetzt gab es nur noch eine einzige Frisur für die Kleine: Sie band die Haare mit einem Gummiband oben auf dem Kopf zusammen, so dass sie die Oma am Kinn kitzelten.

Jetzt fallen Adas Haare ihr lang und glänzend über die Schultern, und wenn die Sonne darauf scheint, glänzen sie noch mehr. Sie achtet aber nicht darauf. Ihr Blick fällt auf das kleine Bänkchen neben dem Boiler unter dem Fenster. Die Oma hat es mit einer Plastikhülle zugedeckt; wovor sie es schützen will, weiß man nicht. Ada würde die Hülle jetzt gern abnehmen und das Bänkchen dorthin stellen, wo die Oma es platzierte, zwischen die beiden Spiegel, damit sie alles sehen konnte. Sie sieht es aber nur mit einer gewissen Wehmut an und denkt, dass das Bänkchen wirklich winzig ist und dass es eine Zeit gegeben haben muss, in der sie klein genug war, um darauf zu sitzen. Sie bleibt noch einen Moment stehen. Bei dem Gedanken, wie klein Dinge Erwachsenen erscheinen, die Kinder normal, wenn nicht riesengroß finden, wird ihr ganz schwindlig.

Es ist schon späte Nacht, aber Ada ist nicht müde. Sie will nicht einmal wissen, wie viel Uhr es ist.

Wenn man Mühe hat einzuschlafen, und bei ihr ist das seit jeher so, wird alles nur schwieriger, wenn man weiß, wie spät es ist. Seit sie das begriffen hat, hat sie es in ihre Liste aufgenommen: alle Uhren aus den Häusern von Leuten, die schlecht schlafen, zu entfernen. In der Wohnung ihrer Großmutter gibt es nur eine Uhr in der Küche. Sie musste sie nie wegnehmen. Einmal weil Teresa nie unter Schlaflosigkeit litt, zum anderen, weil die Uhr nie richtig ging. Die Oma hat sie immer ein bisschen vorgestellt. Um nicht zu spät zu kommen, erklärte sie Ada. Diese wusste nie, wie viel die Uhr vorging. Vielleicht eine Viertelstunde oder zwanzig Minuten. Das Ticken kann man in der ganzen Wohnung hören. Ada gefällt das gleichmäßige Ticken, es ist, als leiste die Küchenuhr ihr Gesellschaft. Unter der Uhr steht der Kühlschrank. Und auf dem Kühlschrank steht um diese Jahreszeit sonst immer das kleine künstliche Weihnachtsbäumchen.

Teresa hat diesen Weihnachtsbaum schon immer, er ist nicht mehr als einen halben Meter hoch. Um ihn wegzuräumen, braucht man ihn nicht einmal zusammenzulegen. Die Oma tat ihn nach Weihnachten in einen Karton, und der kam wieder auf den Schlafzimmerschrank. Neben der alten Blechdose, in der sie den Weihnachtsschmuck und die Lichter aufbewahrt.

Ada steigt auf die Leiter und holt alles herunter, was man für den Baum braucht. Sie legt den Schmuck auf den Küchentisch und zieht vorsichtig die Zweige der Tanne auseinander. Teresa war dabei nie besonders vorsichtig, Ada aber passt gut auf. Sie rückt einen Zweig zurecht und tritt zwei, drei Schritte zurück, um zu sehen, ob die Proportionen stimmen. Als ihr alles im Gleichgewicht zu sein scheint, öffnet sie die Blechdose. Sie weiß nie, ob sie mit den Lichtern oder den Kugeln anfangen soll. Für ihre Großmutter spielte das keine Rolle. Sie machte es, wie es sich ergab.

Ada fängt mit den Kugeln an. Dann nimmt sie den Glasvogel mit dem Federschwanz und setzt ihn auf einen der oberen Zweige. Als Nächstes kommt der Apfel mit dem roten Faden zum Aufhängen und der Weihnachtsmann aus Plastik mit dem roten Gesicht. Seine Wangen hatten im Lauf der Jahre ihre Farbe verloren, bis Ada auf die Idee kam, sie nachzumalen. Unseren Sioux-Weihnachtsmann nannte die Oma ihn seitdem. Die Lokomotive aus Stroh ohne Räder. Dann die bemalten Kugeln, die Teresa so besonders mag. Dann nimmt Ada die elektrischen Kerzen. Man kann sie so einstellen, dass sie immer leuchten oder regelmäßig an- und ausgehen. Die Glitzergirlanden, die sie zum Schluss über die

Zweige legt, sind ein bisschen altmodisch, aber Ada wirft sie nicht weg, denn für ihre Großmutter waren sie etwas Besonderes. Als sie aufkamen, war Teresa noch jung, und einen solchen Luxus konnte sie sich nicht leisten. Im Grunde war der ganze Weihnachtsbaum ein Luxus, den sie sich eigentlich nicht leisten wollte, aber mit einem kleinen Mädchen im Haus, sagte sie sich irgendwann, musste man schließlich einen Weihnachtsbaum haben.

Als sie fertig ist, tritt Ada vom Küchentisch zurück und betrachtet zufrieden ihr Werk. Der Baum sieht schön aus. Dann stellt sie ihn an seinen Platz auf dem Kühlschrank. Danach erst bringt sie die goldverzierte Christbaumspitze an. Das durfte sie auch als Kind immer machen, und ihre Großmutter nahm sie auf den Arm, damit sie an die Spitze der Tanne heranreichte. Das war immer ein sehr besonderer Moment für Ada, und sie wagte kaum zu atmen, bis die Spitze angebracht war, aus Angst, sie könnte sie zerbrechen oder herunterfallen lassen. Auch jetzt ergreift sie diese seltsame Mischung aus Feierlichkeit und Aufgeregtheit.

Sie setzt sich, sieht auf den Baum und dann auf die Uhr. Es ist Viertel nach fünf Uhr morgens. Um diese Zeit stand Teresa immer auf, als es ihr noch gut ging. »Manche Dinge macht man lieber in der Stille des frühen Morgens«, sagte sie immer. Ada hat sich immer etwas gewundert, warum man diese Dinge nicht auch noch später machen kann, aber sie hat sie nie danach gefragt.

Sie kocht sich einen Kaffee und versucht all das zu tun, von dem sie meint, dass es ihre Oma am Morgen getan hat. Machte sie ihr um diese Zeit das Pausenbrot für die Schule? Ada bedauert, dass sie so früh nie mit ihr in der Küche war. Wenigstens einmal, sagt sie sich, wenigstens einmal hätte ich es erleben sollen.

Dann beschließt sie, sich anzuziehen. So früh am Morgen hat sie sich noch nie angezogen. Was zieht man an, so früh am Morgen? Sie nimmt eine pinkfarbene Strickjacke, die ihre Großmutter immer so sehr mochte. Teresa mag leuchtende Farben, noch mehr als Ada.

Sie bleibt vor dem Schrankspiegel stehen und schaut auf ihre dicken Haare. Sie achtet nicht auf die wunderbare Farbe, nicht darauf, dass das Haar im Gegensatz zur Zeit ihrer Kindheit glänzend und seidig ist. Ada bemerkt Dinge, die besser werden, nicht immer, jedenfalls nicht dann, wenn sie sie selbst betreffen. Wichtig ist allein, dass die Haare genug Volumen haben. Sie macht, was ihr die Oma immer geraten hat. Sie beugt den Kopf nach unten und wirbelt das Haar am Nacken auf. Mit Schwung wirft sie den Kopf dann wieder nach hinten, und da hat sie das Ergebnis. Ihr gefallen solche aufgeplusterten Haare nicht, aber da ihre Oma es schön findet, ist es ihr gleich, ob sie es selbst mag oder nicht. Sie nimmt einen Lippenstift und malt sich die Lippen sorgfältig an. Ada schminkt sich normalerweise nicht. Schminken ist für sie verlorene Zeit.

Als sie aus dem Bad kommt, lächelt sie bei dem Gedanken, dass sie Lippenstift nimmt, obwohl es wahrscheinlich noch nicht einmal sechs Uhr morgens ist.

Sie denkt auch an den Olivenbaum. Als der Morgen heraufdämmert, zieht sie die Gardine beiseite, öffnet das Fenster und macht ein Photo.

Die Lichter vom Weihnachtsbaum leuchten noch. Ada zieht den Stecker aus der Dose und beschließt, dass der Weihnachtsbaum an diesem Weihnachtsfest nicht hierbleiben soll.

23

Für Ada bedeutet Heiligabend, dass Teresa nach Tagen der Vorbereitung die Tortellini einrollt. Sie versucht, sie ebenso gut und schnell zu schließen. Der Geruch der Pasta und der Nüsse mit Muskat steigt ihr dabei so sehr in die Nase, dass ihr der Hunger wie von selbst vergeht.

Heiligabend heißt auch, in den Ort zu gehen und zu schauen, wie eilig es alle haben, und auf dem Nachhauseweg all die Zimmer mit den angezündeten Kerzen zu sehen, während sich auf den Straßen eine große Stille ausbreitet.

An Heiligabend waren Teresa und Ada immer früher mit dem Abendessen fertig als sonst. Sie blieben in der Küche sitzen und betrachteten den Baum bis zu den Fernsehnachrichten. Die Mitternachtsmesse war Teresa noch nie wichtig gewesen, ihre Aufmerksamkeit richtete sich ganz auf das Mittagessen am ersten Weihnachtstag, obwohl es weder Gäste noch besondere Verpflichtungen gab.

In diesem Jahr ist von den früheren Heiligabenden nur noch der kleine Tannenbaum übrig. Ada hat ihn auf das Nachttischchen in Zimmer 9 gestellt. Als sie vor drei

Tagen mit dem geschmückten Baum, der pinkfarbenen Strickjacke, dem Lippenstift und den Dingen, die sich Teresa gewünscht hatte, ankam, starrten die Leute auf dem Flur sie neugierig an. Als Giulia den Baum sah und meinte, es sei eine schöne Idee, ein Tannenbäumchen speziell für das Krankenhaus zu kaufen, schwieg Ada. Auch die Oma sagte nichts, und wie zwei Komplizen hielten sie geheim, dass dies immer ihr Weihnachtsbaum gewesen war und sie ihn nie gegen einen anderen eintauschen würden.

Am Morgen des 24. ist Giulia pünktlich. Sie hat sich Strähnchen in ihre Haare machen lassen und die Haare sind anders. Ada weiß nicht genau, was es ist, aber unter der Schwesternhaube mit den Pinguinen in Pantoffeln trägt Giulia nicht den üblichen Pferdeschwanz.

»Steht dir super gut«, sagt sie.

»Es ist wegen meiner Mutter. Sie ist der Meinung, an Weihnachten müssten die Haare immer perfekt sein.«

»Was macht ihr an Heiligabend?«, fragt Ada. Sie findet es schon immer schön zu wissen, was die anderen machten, wenn sie nichts Richtiges zu tun hatte.

»Abendessen zu Hause. Wie üblich. Es ist tatsächlich jedes Jahr das Gleiche. Silberbesteck, die Haushälterin in weißer Schürze, Jahrgangschampagner.« Weniger üblich sei, dass dies das letzte Weihnachten für sie und ihren künftigen Mann als Junggesellen sei. Ihre Mutter habe die schlechte Angewohnheit, an Weihnachten Leute einzuladen, von denen sie sonst im Jahr weder etwas sehe noch höre. Sicher habe sie schon allen von der bevorstehenden Hochzeit erzählt und könne es gar nicht erwarten, in die Details zu gehen.

»Möchtest du nicht auch kommen?«, fragt Giulia. »Ich könnte dich anschließend wieder ins Krankenhaus bringen. Wann du willst.«

Seltsam, dass sie erst jetzt daran gedacht hat, Ada einzuladen. Ihre Mutter ist immer ganz verrückt nach unbekannten und unerwarteten Gästen. Zu gerne empfängt sie andere wie Fremde, die man bei sich aufnimmt, aber mehr als alles schätzt sie es, sich als exotisches Geschöpf zu präsentieren, kostbar und unerreichbar, dann fühlt sie sich als das, was sie immer sein wollte.

Ada denkt nicht eine Sekunde daran, die Einladung anzunehmen. Jeder Ort, der nicht in der Nähe ihrer Großmutter ist, ist für sie ein falscher Ort, seit der Arzt mit ihr gesprochen hat. Wie viele Weihnachten hätte sie auf eine solche Einladung gehofft. Das richtige Kleid tragen, an einem Tisch mit einer richtigen Familie sitzen. Aber jetzt hat sie keinen Sinn dafür. Sie lehnt ab.

Am Morgen des Heiligabends sind selbst im Krankenhaus alle freundlicher als sonst und bewegen sich mit größerer Leichtigkeit. Sogar Teresa scheint wacher. Dreimal hat sie darum gebeten, dass man ihr hilft, sich aufzusetzen. Sie hat auch alle Kugeln am Weihnachtsbaum umgehängt. Zu Ada hat sie gesagt, sie solle sich nicht darüber ärgern. Sie habe das sehr schön gemacht, es mache ihr aber einfach Spaß, es zu ändern, sie beide zusammen. Sie haben ihn noch einmal ganz neu geschmückt, von Anfang an und alles neu aufgehängt: das Glasvögelchen mit dem Schwanz aus Federn, den Apfel mit dem roten Faden, den Sioux-Weihnachtsmann mit dem roten Gesicht, die Lokomotive aus Stroh ohne Räder. Teresa küsst all diese Dinge, bevor sie schließlich die Girlanden aufhängt.

Seit einiger Zeit küsst sie alles. Die Kleider, die Decken, Adas Hände. Sogar das Handy, mit dem Ada ihr das Photo vom Olivenbaum zeigt. Keiner hat den Mut, sie zu fragen, warum.

Auch die Beziehung zu Matteo scheint lebendiger als sonst. Sie haben heute schon acht- oder neunmal miteinander telefoniert. Kurze Gespräche, mit ständigem Programmwechsel. Matteo möchte, dass Ada zu Hause vorbeikommt, damit sie zusammen den Baum schmücken. Dann sehen sie ein, dass die Zeit nicht reicht. Sie überlegen, gemeinsam Mittag zu essen, aber Ada möchte die Oma nicht gern allein lassen. Sie wollen aber noch Geschenke austauschen und sich frohe Weihnachten wünschen. Sie überlegen eine Weile hin und her, dann einigen sie sich auf ein schnelles Treffen unter der Autobahnbrücke.

Als Ada Matteos Geschenk aus dem Schrank von Zimmer 9 holt, will die Großmutter es gern sehen. Sie lässt sich erklären, was in dem Karton ist und warum all die Figuren darauf sind. Sie findet alles gut, nur den Karton kann sie nicht richtig einordnen. Als sie Ada mit dem Geschenk zur Tür gehen sieht, hat sie mit einem

Mal den Eindruck, als sei ihre Enkelin verunsichert. Als sie hinausgeht, hält Teresa sie auf.

»Mein Kleines!«

Ada dreht sich um, und einen Moment bevor sie ihr zulächelt, sieht Teresa, wie verwirrt sie ist.

»Wünsch dem lieben Penna schöne Weihnachten von mir.«

Im Auto reden sie nicht und halten einander fest umarmt. Bevor Ada eingestiegen ist, hat sie das große Paket auf den Rücksitz gestellt. Matteo beachtet es kaum. Er hat aber ein paar Details auf dem Karton bemerkt. Das Photovon Martin Goodman mit einer Seite von *Captain America* in der Hand. Er fühlt sich schuldig, weil er kein großes Geschenk für Ada hat. Einen Moment überlegt er, so zu tun, als habe er seins nicht dabei, dann aber denkt er daran, wie sehr Ada sich über die kleine Margerite gefreut hat. Improvisierte Geschenke gefallen ihr, wenn sie von Herzen kommen, das hat er begriffen. Er weiß nur nicht, ob sie sie generell mag oder ob es damit zu tun hat, dass er sie sich ausdenkt.

Aber sein Paket scheint genau richtig zu sein und das Geschenk auch. Er ist sich sicher, als er sieht, wie Ada mit der Hand über das beigefarbene Papier streicht. Einfaches Packpapier für Postpakete, falls überhaupt noch jemand sie so verschickt.

Ada öffnet vorsichtig den Knoten des Bindfadens. Dann nimmt sie ihn und wickelt ihn sich um ihr schmales Handgelenk. Es dauert eine Weile, bis der Faden aufgebraucht ist. Ada bittet Matteo, den Bindfaden gut zuzuknoten, weil sie ihn nicht mehr ablegen möchte. Matteo lächelt und macht einen Knoten. Endlich öffnet Ada das Päckchen, und dabei achtet sie darauf, dass das Papier nicht zerknittert. Am Ende sagt sie, ein bisschen zerknittern müsse es, weil das Glück bringe, aber vorher entschuldigt sie sich dafür.

Dann sieht sie ihr Geschenk, der alte blaue Segelpullover von Matteo. Sie hatte ihn schon die ganze Zeit getragen, wenn es im Loft kalt war. Matteo findet, dass ihr das Blau ausgezeichnet steht. Rot stehe ihr aber genauso gut. Auch wenn er sich sehr viel Mühe gäbe, würde er wohl kaum etwas finden, was nicht zu ihr passe. Wenn er aber etwas aussuchen sollte, was er gern an ihr sehen würde, dann wäre das dieser blaue Pullover.

»Jetzt gehört er nur noch dir«, sagt er lächelnd, während sie den Blick nicht von dem blauen Pullover lösen kann. Sie zieht ihn gleich an und will ihn nie wieder ausziehen, sagt sie.

Matteo lächelt jedes Mal, wenn sie »nie wieder« sagt. Aber dieses Mal, vielleicht weil Weihnachten ist oder wegen des Bindfadens, den Ada nicht weggeworfen hat, schafft er es nicht zu lächeln, sondern ihm kommen die Tränen. Er umarmt Ada, so fest er kann. Es tut ihr fast weh, aber sie sagt nichts. Sie erwidert seine Umarmung, solange sie es schafft, mit aller Kraft. Dann sagt sie, jetzt sei sie an der Reihe, ihm sein Geschenk zu geben. Sie sagt es, während er sie noch umarmt. Während sie sich durch die Sitze nach hinten zwängt, um das

Paket zu holen, merkt sie, dass sie rot wird, und blickt zu Boden.

Matteo nennt einen Superhelden nach dem anderen beim Namen: Ash J. Williams, Falkenauge, Nick Fury, Magneto. Den Schwarzen Panter, Wasp, Luke Cage und Giant man … Dann sieht er auf die anderen Bilder. Die KTM, das Great Blue Hotel de Belize.

»Das sind lauter Dinge, die ich dir gern schenken würde«, erklärt Ada, und in ihrer Stimme ist ein Zittern, das sie bisher zu verbergen gesucht hat.

Wieder ist Matteo so gerührt, dass er fast weinen muss. Er umarmt sie wieder, er kann gar nicht anders, als Ada fest an sich zu drücken. Dann beginnt sie das Spiel mit dem Zeigefinger entlang der Nase. Einen Moment denkt er, er sollte gar nicht mehr stopp sagen. Irgendwann sagt er es aber doch. Ada meint, es sei ein bisschen weniger als beim letzten Mal, er aber antwortet, nein, er habe sie kein bisschen weniger lieb.

Als Ada nach dem Abschied von Matteo ins Zimmer 9 kommt, sieht sie unter dem Baum ein Päckchen liegen. Das Papier ist weiß und die Schleife blau. In einem durchscheinenden Briefumschlag liegt ein Kärtchen. Ada macht den Umschlag auf und zieht das Kärtchen hervor.

Oben rechts steht das Datum und in der Mitte in schön geschwungener Schrift »Frohe Weihnachten, Ada!«. Darunter liest Ada Giulias Namen. Sie fühlt sich schuldig, weil sie nichts für Giulia hat, es ist ihr bisher noch nie passiert, für jemanden kein Geschenk zu haben.

Dann öffnet sie das Päckchen. Es ist ein blauer Pulli. Noch nie hat sie so weiche Wolle in der Hand gehabt. Das muss dieses Kaschmir sein, von dem Giulia immer redet. Nie hätte Ada gedacht, dass sie am selben Tag zwei blaue Stricksachen bekommen würde. Die Leute müssen glauben, dass sie dringend Pullover in weniger schreienden Farben tragen sollte.

Weil es Heiligabend ist, haben die Mitarbeiter auch ihr ein Abendessen gebracht, und sie hat zusammen mit ihrer Großmutter neben dem leuchtenden Weihnachtsbaum gegessen. Dann kam genau wie zu Hause der Moment der Bescherung. Es sind immer nur zwei Geschenke: eins von Ada für die Oma und eins von der Oma für Ada.

Es gab Zeiten, in denen es noch ein drittes Geschenk gab, das vom Weihnachtsmann. Als Ada sechs Jahre alt war, bekam sie einen Brief, den er selbst geschrieben hatte. Er ließ sie wissen, dass sie ein sehr besonderes Mädchen sei, deshalb habe er sie ausgesucht. Er könne sich auf sie verlassen, da sei er sich ganz sicher. Leider könne er es nicht mehr schaffen, allen Kindern auf der Welt Geschenke zu machen, deshalb müsse sie ihm helfen. Es gäbe so viele Kinder, die beschenkt werden müssten. Sie brauchten Schreibfedern und Hefte und auch etwas zu essen. Er habe Ada ausgewählt, um ihm bei solchen Geschenken zu helfen. Ada sah sich den Brief genau an. Es war nicht die Schrift der Oma, da war sie sich sicher. Bei der Briefmarke war sie weniger sicher, aber das war unwichtig. Sie hatte eine Aufgabe zu erfüllen. Seit diesem Tag sammelten sie und Teresa immer alle Dinge, die sie nicht mehr brauchten, packten sie ein und brachten sie an einen Ort, wo später der Weihnachtsmann vorbeikam, um sie abzuholen und anderen Kindern zu bringen.

Irgendwann fand Ada heraus, dass es den Weihnachtsmann nicht gab, aber der Großmutter gegenüber ließ sie es sich nicht anmerken. Es freute sie, dass Teresa immer noch hoffte, sie könne sie dazu bringen, an etwas zu glauben. So gaben sie weiter die Geschenke für die Kinder ab – mit oder ohne Weihnachtsmann.

Dieses Jahr gibt es nur das Geschenk, das Ada ihrer Oma gemacht hat. Als es ihr noch gut ging, sagte Teresa immer, das Leben sei wie eine Tüte Bonbons. Diesen Satz hatte sie sich sogar auf eins der Kärtchen geschrieben. Er war Teil einer Parabel über einen jungen Mann, der eine Tüte Bonbons hatte und sie achtlos aufaß. Als er alt war, begriff er, dass nur noch wenige Bonbons übrig waren, er sich über alle freuen müsste und keine Zeit mehr mit unwichtigen Dingen vergeuden dürfte.

Ada möchte nicht, dass ihre Oma denkt, sie habe nur noch wenige Bonbons. Deshalb hat sie ihr zu Weihnachten eine ganze Tüte geschenkt. Als die Oma die rote Schleife sieht, mit der die bunte Tüte oben zugebunden ist, entschuldigt sie sich, dass sie kein Geschenk hat. Das macht Ada nichts aus. Es war ihr nie wichtig, und sie störte sich auch nie daran, dass Teresa ihr nur kleine Geschenke machte.

Früher gingen Ada und ihre Oma nach der Bescherung immer schlafen und lagen dann beide in Teresas großem Bett. In der Weihnachtsnacht gab es immer einen Augenblick, in dem Ada klar wurde, dass sie glücklich war. Sie hatte ganz vergessen, dass sie sich wenige Stunden zuvor so einsam gefühlt hatte, als sie durch die Straßen der kleinen Stadt ging und all die erleuchteten Häuser mit den richtigen Familien sah. Jetzt war ihr nur noch wichtig, genau da zu sein, wo sie war. Sie dachte schon an das nächste Weihnachten und betete still für sich, dass sie dann auch noch alles haben würde, was sie jetzt hatte, eine Wohnung, einen kleinen Tannenbaum und ihre Oma. Mehr wünschte sie sich nicht.

Teresa bindet die Schleife an der Bonbontüte so gut sie kann wieder zu. Dann küsst sie die Tüte und legt sie unter den kleinen Tannenbaum, der auf dem Nachttisch steht. Sie bittet Ada, das andere Bett von Zimmer 9 dicht an ihres zu rollen. Dann schlafen sie nebeneinander, wie in einem Bett, wie immer an Weihnachten. Teresa umarmt sie.

»Frohe Weihnachten, meine Kleine«, sagt sie, bevor sie einschläft.

Ada lauscht noch lange auf das Geräusch von Teresas Atem. Noch einmal kann sie erleben, dass sie glücklich mit dem ist, was sie hat. Sie wünscht sich nur eins:

dass alles genauso bleibt, wie es ist, auch beim nächsten Weihnachten.

Für einen kurzen Moment vergisst sie, dass dies das einzige Geschenk ist, das sie nicht bekommen kann. Als ihr klar wird, dass dies der allerletzte Weihnachtsabend mit ihrer Oma ist, schließt sie die Augen, hält ihre Tränen zurück, atmet im Gleichklang mit Teresa und wartet, dass der Schmerz vorübergeht.

24

Genau wie draußen sind auch im Krankenhaus die Tage zwischen Weihnachten und Neujahr ruhiger als sonst. Es sind nur wenige Ärzte da, und die Schwestern und Pfleger verbreiten Feiertagsstimmung. Die Einzige, die arbeitet wie immer, ist Giulia. Einmal hat sie zu Ada gesagt, sie könne es nicht ertragen, wenn Patienten merken, dass die Menschen außerhalb des Krankenhauses feiern. Krankheiten ließen keine Feiern zu. Nicht einmal Sonntage oder die Feiertage im August. Wer sich entschieden habe, sich um Kranke zu kümmern, müsse es machen wie die Krankheiten und auf Pausen verzichten.

Teresas geistige Verwirrung wird größer. Eines Morgens, als Ada aus dem Bad kommt, sieht sie Teresa auf dem Bettrand sitzen. Sie versucht, ihre roten Tanzschuhe anzuziehen.

»Was willst du denn mit den Schuhen, Oma?«, fragt sie.

»Ich will gleich gehen.«

Einen Moment denkt Ada, sie müsse ihr erklären, dass sie nirgendwo hingehen kann. Dann begreift sie und sagt nichts.

Ihr kommt eine junge Schwangere in den Sinn, die sie vor einiger Zeit an der Bushaltestelle getroffen hat. Sie sprach mit ihrer Freundin. Ihr Bauch war sehr dick, und Ada hörte sie sagen, auf dieses Kind zu warten sei wie das Warten auf Weihnachten, ohne zu wissen, an welchem Tag es stattfinde. Ada sah ihren Blick und entdeckte darin Angst, Melancholie und Rührung. Als sie ihre Großmutter auf dem Bett sitzen sieht, entdeckt sie dasselbe. Auf den Tod oder auf das Leben zu warten, sagt sie sich, ist gewissermaßen dasselbe. Sie erschrickt bei diesem Gedanken und setzt sich neben ihre Oma, um zu sehen, was diese sieht. Das, was man sieht, wenn man auf den Tod wartet.

Während der Weihnachtsferien macht Giulia oft Nachtdienst. Ada lässt Teresa ungern allein, auch wenn sie wegen der Schmerzmittel die meiste Zeit schläft. Giulia hat ihr gesagt, wenn sie Dienst habe, könne sie bei Teresa bleiben.

»Dann kannst du, wenn du willst, etwas Zeit mit Penna verbringen und dich ausruhen. Sollte sie in der Nacht aufwachen, rufe ich dich an.«

»Versprichst du mir das?«

»Versprochen.«

Die Nächte im Loft mit Matteo verbringt Ada meistens schweigend. Ihr ist nicht nach Reden zumute. Aber sie hört ihm gern zu, wenn er von seinen Autofahrten berichtet oder von anderen Dingen, die er zu erzählen hat.

Er kann sehr schön Geschichten erzählen, und sie möchte sie alle gerne glauben.

Wenn Ada nicht schlafen kann, hält er sie fest im Arm und streichelt ihr übers Haar. Bevor sie einschläft, erinnert sie ihn daran, ihr zu sagen, wann er selbst einschlafen wird. Es störe sie nicht, wenn er sie dabei wecke. Sie müsse wissen, wann andere schlafen. Matteo versichert, es ihr zu sagen, auch wenn er sie dabei wecken muss. Er weckt sie jedoch nie. Er bewegt sich nicht und ist einfach da und schaut sie an. Sie ist so schön, dass seine Müdigkeit verschwindet.

Während eines ihrer Gespräche auf der Feuertreppe überreicht Ada Giulia ihr Geschenk. Sie entschuldigt sich, dass sie es vor Weihnachten nicht geschafft hat. Sie hat eine Karte mit allen Blumen, die es auf der Hochzeit geben soll, ausgesucht. Hortensien waren nicht darauf, deshalb hat sie ein Photoaus der Zeitung ausgeschnitten und darauf geklebt.

Sie hat ihr ein Schwesternhäubchen geschenkt, mit Koalas drauf, die ein Tutu und Spitzenschuhe tragen.

Giulia dankt ihr dafür und setzt es gleich auf.

»Warum trägst du eigentlich solche Häubchen?«, will Ada wissen.

Eine Weile antwortet Giulia nicht. Sie nimmt das Häubchen ab und sieht es lange an. Dann beginnt sie zu erzählen und blickt dabei weiter auf die Koalas. »Als ich hier anfing zu arbeiten, gab es noch keine eigene Kinderstation. Unter den Patienten waren zum Glück nicht viele Kinder, aber ein Junge war da. Er war schon einige Zeit in Behandlung und glaubte, für sich selbst der beste Arzt zu sein. Seine Eltern hatten ihm Häubchen mit diesen Tieren gekauft, um zu verbergen, dass er alle Haare verloren hatte, und auch weil er sich damit als richtiger Doktor fühlte. Als er mich zum ersten Mal sah, begriff er nicht, dass ich eine Schwester war, und nannte mich Frau Doktor.«

Giulia blickt von der Haube auf und sieht Ada an.

»Ich habe ihm gesagt, ich sei keine Ärztin. Da sagte er mir, er habe ein Geheimnis, das er mir verraten wolle. Ich solle mich neben ihn setzen. Dann sagte er, obwohl er diese Hauben trüge, sei auch er kein Arzt. Er wäre gern einer, sei es aber nicht. Dann fragte er mich, ob ich gern eine Ärztin sein würde, und ich habe ja gesagt. Das stimmte auch, denn schon als ich klein war, wollte ich Ärztin werden. Da machte er mir einen Vorschlag: Wenn ich das Geheimnis wahren würde, könnten wir uns gegenseitig mit Doktor anreden. Damit ich glaubwürdig wäre, müsste aber auch ich dann solche Hauben tragen. Dann hat er mir eine von seinen geliehen. Bald verschlimmerte sich sein Zustand, und am Ende haben wir ihn verloren.« Sie schluckt.

Ada sieht Giulia mitfühlend an. Sie bereut es schon fast, diese Frage gestellt zu haben.

Giulia holt Luft und erzählt weiter: »Nach der Beerdigung haben mich seine Eltern angerufen. Sie sagten, sie hätten etwas für mich, und gaben mir eine Schachtel mit all diesen Häubchen drin. Er habe sich gewünscht, dass seine Lieblingsärztin sie bekommt, weil die anderen Schwesternhauben nicht so schön seien. Bei diesen könnte man wenigstens lachen, und auch ich würde andere damit zum Lachen bringen. Und dann sagten sie noch …« Giulia unterbricht sich einen Moment und ihre Augen schimmern. »Sie sagten, er ließe mir ausrichten, wenn er es nicht schaffe, Arzt zu werden, würde das nicht heißen, dass ich es nicht schaffen könnte.«

Giulia steht rasch auf, als fühle auch sie sich diesmal auf der Treppe nicht wohl.

»Tja, wie du siehst – ich trage die Häubchen, bin aber nicht Ärztin geworden. Jetzt musst du das Geheimnis wahren«, sagt sie mit einem schiefen Lächeln. »Versprichst du das?«

»Versprochen.«

Wenn Teresa wach ist, versucht sie manchmal, ihre Kärtchen zu lesen. Sie blickt darauf, aber Ada weiß nicht, ob sie sie wirklich liest. Auch die Kinderphotos von Ada sieht sie sich immer wieder an. Ab und zu fragt sie, ob sie noch weiß, wann sie sie gemacht hat. Ada sagt ja, sie erinnere sich, und Teresa sagt, auch sie wisse es noch, sie erinnere sich an alles. Dann küsst sie die Photos.

25

Wenn im Fernsehen und in den Zeitungen eine Sonnen- oder Mondfinsternis angekündigt wird, regt sich Ada immer auf. Dann hört sie die Journalisten sagen, ein solches Ereignis gebe es nur alle zehn Jahre. Solche Hinweise zwingen die Menschen, darüber nachzudenken, wie es in ihrem Leben vor zehn Jahren aussah und wie es in zehn Jahren sein wird. Für sie ist dieser Gedanke so unerträglich, dass sie folgenden Punkt in ihre Liste aufgenommen hat: Allen Zeitungen und Medien Meldungen wie »nächste Sonnenfinsternis in zehn Jahren« verbieten. Jetzt sagt der Mann in dem Nachrichtensender gerade, die nächste Sonnenfinsternis könne man in fünf Jahren erleben. Der Fernseher läuft mit geringer Lautstärke, deshalb kann sie es nicht gut hören, sie liest es aber auf dem Band unten am Bildrand.

Diese Leute haben kein Herz, denkt sie. Sie fragen sich nicht einmal, wie eine solche Nachricht auf Menschen wirken muss, die in fünf Jahren nicht mehr da sind.

Ada weiß nicht mehr, wo sie bei der letzten Sonnenfinsternis war. Sie erinnert sich nur, dass es Brillen gab, durch die man in die Sonne blicken konnte und dass ihr jeder eine anbot, obwohl sie gar keine wollte. Wo sie bei der nächsten Sonnenfinsternis sein wird, wagt sie sich gar nicht zu fragen. Sie weiß nur eins: Sie würde am liebsten vergessen, dass ihre Großmutter dann nicht mehr da sein wird.

An einem Morgen im Januar setzt das Koma ein. Es ist wie nach der Rückkehr aus den Weihnachtsferien, wenn man traurig ist, überall noch Weihnachtsmänner zu sehen. Ein Morgen, an dem man sich fragt, ob man noch ein frohes neues Jahr wünschen kann.

Nachts hatte Teresa Ada gebeten, ihr die Hand zu geben und nicht loszulassen. Immer wieder schaffte sie es, Adas Hand zu ihrem Mund zu ziehen und zu küssen und zu sagen: »Hab keine Angst.«

Ada schaffte es nicht mehr, Angst zu haben, sie fühlte gar nichts. In dieser Nacht schlief ihre Oma nie richtig ein. Ada wartete, dass der Druck ihrer Hand fester wurde und dann nachließ, wie sonst, wenn sie einschlief. Doch durch die Hände ihrer Großmutter fühlte sie einen Schmerz, der nicht vorbeiging.

In den Tagen vor dem Koma verbrachte Giulia viel Zeit in Zimmer 9. Sie sprach wenig und gab Teresa mehr Schmerzmittel, als die Ärzte ihr verordnet hatten. Sie sagte, sie übernehme die Verantwortung dafür. Sie sagte es laut, redete aber eher mit sich selbst. Sie wusste, dass Ada nicht zuhörte.

Teresa sprach immer weniger. Es gab Augenblicke geistiger Klarheit und solche, in denen sie sich einbildete, mit ihrer Mutter zu sprechen. Ada nahm dann ihre Hand und sagte ihr, sie sei bei ihr, und sie brauche keine Angst zu haben.

Kurz bevor sie einschlief, streichelte Teresa Adas Hand.

»Alles ist schön«, sagte sie, »und du bist schön wie ein Morgen im Mai.«

Dann sah sie Ada noch eine Weile an bis zu dem Moment, in dem ihr schien, als würde sie nichts mehr sehen. Die Oma wandte den Blick zum Fenster. Es war, als lächelte sie, dann schloss sie die Augen. Sie hörte nicht auf zu atmen, doch sie öffnete die Augen danach nicht mehr.

Seit ihre Großmutter im Koma liegt, ruft Ada Matteo öfter an. Sie fragt, ob sie sich treffen können, und er sagt wesentlich seltener ja, als ihr lieb wäre. Er hat fast nie Zeit, ins Loft zu kommen. So treffen sie sich im Auto unter der Brücke wie zwei Obdachlose. Ada versucht, dies nicht tragisch zu nehmen. Matteo muss immer irgendwohin, und Ada fragt ihn, ob er zu der anderen gehe. Er sagt weder ja noch nein. Er sagt, dies sei nicht ihre Sache, und sie solle ihn nicht danach fragen. Ada hat Mühe zu verstehen, wieso etwas, das ihn betrifft, sie nichts angehen soll.

Wenn Ada Matteos Haut auf der ihren spürt, kann sie atmen, ohne diese Faust in ihrer Brust zu spüren. Sie fragt ihn nicht mehr. Doch sie versucht ihn dazu zu bringen, ihr zu versprechen, dass sie sich wiedersehen. Er spricht es nicht aus, nickt aber. Und er kommt wieder. Immer.

Einmal verliert Ada die Geduld und schreit, wenn da noch die andere sei, dann solle er zu ihr gehen, und sie würden sich nie wieder sehen. Wenn sie das sagt, umarmt Matteo sie wie jedes Mal, wenn er sie »nie wieder« sagen hört. Diesmal weint sie. Sie befreit sich aus seiner Umarmung, steigt aus dem Auto und schlägt die Tür zu.

Matteo erschrickt, denn die Straße zum Krankenhaus ist voller LKWs und schnell fahrender Autos. Er folgt ihr und fährt im Schritttempo. Als er sie erreicht, öffnet er das Fenster.

»Komm, steig ein.« Der Straßenlärm ist so groß, dass er schreien muss, und er findet es entsetzlich, auf der Straße zu schreien.

»Nein.«

»Ada, komm, bitte!«

»Nein!«, brüllt sie noch lauter, ohne ihn anzusehen.

»Ada, um Himmels willen, du kannst auf dieser Schnellstraße nicht zu Fuß gehen!«

»Nein«, sagt sie wieder, diesmal bleibt sie kurz stehen und sagt durchs offene Fenster. »Ich steige nicht ein, du kannst mich mal!«

»Du kannst mich mal!«

Matteo fährt weg, bleibt aber gleich wieder stehen und folgt ihr mit dem Blick, bis er sie die Krankenhausauffahrt hinaufgehen sieht.

Am Ende ruft sie ihn doch wieder an. Um ihm zu sagen, dass sie ihn braucht. Matteo schweigt. Dann treffen sie sich wieder, im Auto unter der Brücke. Er hält sie fest, bis sich ihr Atem beruhigt. Dann fahren sie zum Loft, ohne etwas zu sagen. Sie lieben sich so heftig wie noch nie, als sei es das erste Mal. Oder das letzte.

»Lass mich nicht im Stich«, bittet sie ihn. Und er sagt ihr, er gehe nie wieder anderswohin.

Ada hat etwas von der Sonnenfinsternis bemerkt, obwohl sie es gar nicht wollte. Das Licht hat sich verändert, alles wirkt nicht so wie sonst. Sie fragt sich, ob Matteo es auch gemerkt hat. Wo war er bei der letzten Sonnenfinsternis, und wo wird er bei der nächsten sein? Wenn sie dann nicht zusammen sein werden, meint sie, wäre das Leben Verschwendung, sowohl für sie als auch für ihn.

26

Ada hat nie an den Tod gedacht. Sie hat sich sogar geweigert, daran zu denken, als sie eines Nachts von der Oma in einem weißen Nachthemd träumte, das diese gar nicht besaß. Im Traum fragte sie sie, was aus ihrem Körper werden solle. Sie wolle nicht, dass er im Sarg auf dem Friedhof bliebe. Immer noch im Traum fragte Ada sich, ob es einen Weg gab, ihren Geruch aufzubewahren oder das Geräusch ihrer Finger, wenn sie nach dem Essen auf den Küchentisch klopfte, während sie wartete, dass der Kaffee durchgelaufen war. Ada wacht mit dem deutlichen Gefühl auf, etwas vergessen zu müssen.

In den letzten Stunden des Komas ließ Ada die Hand ihrer Großmutter nicht einen Moment los. Ihr Gesicht erschien ihr angespannt. Das erkannte sie an den Falten auf ihrer Stirn. Als Giulia ins Zimmer 9 kam und an der Infusion drehte, fragte Ada sie, ob Teresa Schmerzen habe. Giulia antwortete, nein, das brauche sie nicht zu befürchten. Keiner konnte das wirklich wissen, aber für Giulia war es die beste Antwort, die man geben konnte. Im Zweifel würde sie der Oma alle Schmerzmittel geben, die sie für notwendig hielt.

Für Teresa kam der Tod mit einem Geräusch. Die Maschine, die ihre Herzschläge maß, fing an, schnelle Töne von sich zu geben. Giulia kam ins Zimmer gerannt. Ada achtete nicht darauf. Sie spürte, wie ihre Oma ihre Hand ein wenig drückte, wie sie es zu tun pflegte, bevor sie einschlief.

Jetzt ist in ihrem Gesicht keine Spur mehr von Schmerz zu sehen. Ada schaut ihre Großmutter an. Ihre Züge sind ganz entspannt. Man kann nicht wirklich sagen, dass sie lächelt, aber es sieht fast aus, als sei es so. Als sich der kaum merkliche Händedruck löst, gibt die Maschine, die die Herztöne aufzeichnet, einen lang anhaltenden Ton von sich. Ada blickt zum Fenster hinüber, so wie ihre Oma, bevor sie ins Koma fiel. Ein Sonnenstrahl ist jetzt dort zu sehen, dort wo das Meer ist, weit weg vom Fenster von Zimmer 9.

Das Piepen hält an, bis Giulia die Maschine abstellt. Jetzt gibt es kein Geräusch mehr, nur noch Stille. Das Geräusch, mit dem Adas Leben ohne die Großmutter beginnt. Sie legt den Kopf auf ihre Brust. Da ist kein Atem und kein Herzschlag mehr. Und auch von der ganzen übrigen Zeit ist keine Spur mehr zu finden. Ada sitzt da wie erstarrt.

Sie weiß nicht, seit wann ihr Giulia übers Haar streichelt. Aber irgendwann findet sie die Kraft, sie anzusehen.

Als sie sie aus dem Zimmer begleitet, ist es auf dem Flur ganz still. Die anderen Krankenschwestern zeigen Ada ihre Anteilnahme. Sie sagen Dinge, die sie nicht hören kann. Sie versucht zu lächeln und bedankt sich mit einer Stimme, die nicht die ihre zu sein scheint. Giulia hat sie in den Arm genommen und stützt sie. Sie führt sie von den anderen Schwestern und den Verwandten der übrigen Patienten fort in einen Ruheraum. Von dort kann man das Meer nicht sehen. Sie bietet ihr an, sich auf eine Liege zu legen, aber Ada will sich nur setzen. »Ich muss telefonieren.«

»Meine Oma lebt nicht mehr«, sagt sie, als sie nach dem Läuten Matteos Stimme hört.

Sie weint sich die Seele aus dem Leib. »Bitte komm«, ist alles, was sie noch sagen kann.

Er schweigt einen Moment oder sagt etwas, was Ada nicht hört. Sonst hat sie sich ihn immer so gern am anderen Ende der Leitung vorgestellt, jetzt schließt sie nur die Augen und denkt an gar nichts. Sie sieht alles schwarz und dann plötzlich weiß. Es ist wie ein Schwindelgefühl, das man empfindet, kurz bevor man ohnmächtig wird. Sie öffnet die Augen, und einen Moment blendet sie das Licht. Als sie wieder etwas sieht, spricht Matteo mit ihr. Er tue alles, um so schnell wie möglich zu kommen, verspricht er. Er werde ihr helfen, mit der Beerdigung und allem anderen.

Das Schwindelgefühl lässt nicht nach. Es ist so, wie wenn man beim Einschlafen glaubt zu fallen. Sie fällt nicht, ihre Füße stehen auf dem Boden, sie sitzt fest auf dem Sessel, und doch stürzt sie in die Tiefe.

27

Das Büro des Bestatters ist nüchtern und sauber, genau wie man es erwarten würde. Aber wer stellt sich einen solchen Ort schon gerne vor. Als Matteo eintritt, sieht er Ada von hinten. Man kann sie hinter der riesigen Sessellehne kaum ausmachen. Vielleicht liegt es gar nicht an der Rückenlehne, jedenfalls wirkt Ada entsetzlich klein, vielleicht wie ihre Oma, bevor sie starb.

Sie sitzt da, ein Papier in der Hand und ohne Stift. Sie sieht ihn hilflos an. Der Angestellte, der ihr gegenübersitzt, scheint keine Eile zu haben. Er ist noch jung und arbeitet vielleicht noch nicht lange hier. Offenbar hat er nichts Besseres gefunden. Im Übrigen, denkt Matteo, wenn er nicht mal auf die Idee kommt, jemandem, der etwas ausfüllen soll, einen Stift zu geben, dann wird er wohl nie etwas Besseres finden.

Matteo setzt sich neben Ada. Sie dreht sich langsam zu ihm um. Sie hat dunkle Ringe unter den Augen. Matteo lächelt ihr zu und sagt nichts. Er zieht einen Stift aus der Tasche und reicht ihn ihr. Dann liest er das Formular, auf dem Hinweise für die Beerdigung stehen. Man soll angeben, um was für sterbliche Überreste es sich handelt: einen Erwachsenen, Knochen, Kinder, einen Fötus?

Man braucht es nur anzukreuzen. Wie auf den Zetteln, die manchmal Kinder in der Schule austauschen, um herauszufinden, wer sich mit wem zusammentut, ob man jemandes Freund sein will oder nicht. Solche Zettel schickten sie sich früher im Geschichtsunterricht, um zu erfahren, ob ein Freund nach dem Unterricht im Hof Ball spielen wollte, während der Lehrer vielleicht gerade etwas über die Zikkurat im Zweistromland erzählte.

»Gibt es sonst noch etwas?«, fragt Matteo den Angestellten, aber der hat es offenbar nicht gehört.

»Entschuldigen Sie«, widerholt Matteo in lauterem Ton, »gibt es sonst noch was?«

»Oh, Entschuldigung«, antwortet der Mann. »Ja, ja, da ist noch etwas.«

Ada hört nicht, was er sagt.

»Der Text für die Anzeige. Wir müssen wissen, was Sie schreiben möchten.« Während er es sagt, nimmt er einen Schreibblock und skizziert die Größe der Anzeige. In die Mitte schreibt er Teresas Vor- und Nachnamen. »Sollen wir das Alter nennen?«

»Hören Sie«, sagt Matteo kühl, »gibt es keine Muster? Uns würde ein Standardtext reichen.«

Ada hört weder ihn noch den Angestellten.

»Ja, wir haben Muster«, sagt der und holt aus einer Schublade mehrere Blätter in Plastikhüllen mit Anzeigenmustern. Auf einem ist fast nichts zu sehen außer einem dünnen schwarzen Rand. Auf einem anderen stehen blaue Buchstaben und im Hintergrund prangt ein Bild von Jesus. Auf noch einem anderen sind jede

Menge Blumen zu sehen. Dann gibt es noch ein Muster mit feinen Buchstaben in einem schönen Grau. Ada zeigt darauf.

»Wollen Sie schreiben, dass die Signora mit dem Trost der Kirche verstorben ist?«

»Ja«, sagt Ada, »schreiben Sie das. Und schreiben Sie auch, dass ihre Enkelin Ada den Tod bekanntgibt.«

Er nickt und schreibt. »Wo sollen die Ankündigungen aufgehängt werden?«, fragt er dann.

Ada nennt zwei oder drei Orte, die Matteo gar nicht kennt.

Am Ende erhebt sich der Angestellte. »Wenn die Herrschaften mir bitte folgen wollen, wir suchen dann die letzten Dinge aus.«

Die letzten Dinge, denkt Matteo. Dieser Kerl hält hier Ada schon viel zu lange auf, und jetzt sollen sie auch noch die letzten Dinge aussuchen.

Es gibt etwas Wichtiges zu entscheiden. Der Angestellte führt sie in einen Raum, in dem alle Särge ausgestellt sind, einer neben dem anderen, wie Sofas in manchen Einrichtungshäusern. Er zählt die Materialien und jeweiligen Besonderheiten auf. Ada sieht nicht einmal hin. Ihre Großmutter hätte niemals so viel Geld für einen Sarg ausgeben wollen. Als es ihr noch gut ging, machte Teresa darüber immer Witze. Das Stückchen Erde habe sie bereits gekauft, sagte sie. Und ein Sarg sei ihr gar nicht wichtig, es würde reichen, sie in einen schwarzen Sack zu packen. Dann lachte sie und redete von etwas anderem.

Ada würde dem Angestellten gern sagen: »Entschuldigung, aber meine Oma hätte etwas dagegen, dass ich so viel Geld für einen Sarg ausgebe.« Teresa wäre in der Lage gewesen, so etwas zu sagen, sie aber nicht. Deshalb hört sie weiter zu.

Von Särgen mal abgesehen, hatte die Großmutter Ada eine wichtige Regel mit auf den Weg gegeben. Nie das Teuerste zu kaufen – das hätten sich die beiden sowieso nicht erlauben können –, aber auch nicht das Billigste. In den meisten Fällen gelte »Wer mehr ausgibt, spart Geld«. Das hatte Teresa oft gesagt. Ada hatte sie das ihr Leben lang sagen hören, und nie hatte sie verstanden, was die Oma damit eigentlich meinte.

»Diesen da«, sagt Ada und zeigt auf einen Sarg aus Nussbaum, oder vielleicht ist es auch Mandelbaum, einer, der nicht zu viel und auch nicht zu wenig kostete.

»Der sieht ganz anständig aus«, meint der Angestellte und nickt etwas herablassend.

Matteo fragt sich, wie er sich erlauben kann zu beurteilen, was anständig aussieht und was nicht.

»Dann fehlen jetzt nur noch die Kissen.«

Matteo würde Ada gern am Arm nehmen und mit ihr weggehen. Weg von den Särgen, den Kissen und diesem unsensiblen Kerl, der sich jetzt wieder auf seinem Block Notizen macht.

Die Kissen sind im Sargraum ausgestellt, auf einem niedrigen Regalbrett in der Ecke. Der Angestellte fährt mit der Hand über den Atlasstoff. Blauer Atlas, roter Atlas, lila Atlas, grüner Atlas, sogar helles Lila, Glyzinie.

»Sie sind alle zu glänzend, das würde meine Oma nicht mögen«, murmelt Ada und sieht Matteo unglücklich an.

»Hören Sie«, sagt er und tritt zu dem Angestellten hin. Er spricht leise, denn er möchte nicht, dass Ada es hört. »Gibt es welche, die weniger glänzen?«

»Nur das cremefarbene, aber …«

»Das cremefarbene ist genau richtig.«

Matteo nimmt Adas Hand. Gemeinsam gehen sie zum Ausgang.

»Wie machen wir das mit der Bezahlung«, sagt der Angestellte und kommt hinter ihnen her. Matteo bleibt stehen und sucht mit der freien Hand nach einer Visitenkarte.

»Hier steht alles drauf«, sagt er, während er denkt, dass einer wie dieser Kerl nie eine bessere Arbeit finden wird, und dass es vielleicht gut so ist. »Schicken Sie mir eine Mail, okay? Wenn alles fertig ist, schicken Sie mir eine Mail.« Er tastet nach dem Päckchen mit den Zigaretten.

Der Angestellte murmelt noch irgendetwas, aber da sind sie bereits draußen.

28

Es ist kalt draußen, und die Luft ist trocken. Vielleicht schneit es heute, selbst wenn es hier fast nie Schnee gibt.

Ada und Matteo steigen ins Auto, es ist viel Verkehr auf den Straßen. Um diese Zeit haben die Kinder die Schule aus, denkt Ada, und es ist schön, dass jemand kommt, um sie abzuholen und nach Hause zu bringen. Ihr tun die Kinder leid, die aus der Schule kommen und auf die keiner wartet. Eltern sollten nie zu spät kommen. Schön wäre es, wenn Kinder niemals warten müssten. Es ist nicht schön, wenn sie vor der Schule stehen, eine verärgerte Lehrerin sie am Handgelenk festhält, ständig auf die Uhr schaut und laut seufzt. Ihre Oma kam nie zu spät, wenn sie Ada von der Schule abholte. Die anderen Kinder mussten oft nach den Erwachsenen, die sie abholten, Ausschau halten, denn man konnte nicht vor der Schule parken. Wenn die Eltern in den Autos ihre Kinder sahen, bedeuteten sie ihnen, sich zu beeilen, dann rannten alle zu den Autos und sprangen hinein, ohne sich die Schulranzen vom Rücken zu nehmen. Ada nicht. Sie brauchte nie Ausschau zu halten, denn ihre Großmutter stand immer ganz vorne. Sie hatte kein Auto und keinen Führerschein, und deshalb gingen Teresa und Ada zu Fuß nach Hause. Unterwegs erzählte Ada alles, was in der Schule passiert war. Wer es geschafft hatte, in der Pause am höchsten auf die Palme im Garten zu klettern. Ob sie die Hausaufgaben richtig gemacht hatten. Lauter solche Dinge erzählte Ada, während sie an der Hand ihrer Großmutter ging. Meistens hüpfte sie neben ihr her. Die Oma hüpfte nicht.

Eines Morgens fragte Greta, ein Mädchen aus der 3e, das mit Ada zusammen im Musikunterricht war, was für ein Auto ihre Oma habe. Ada wusste, dass es für die anderen nicht normal war, dass sie immer zu Fuß gingen, auch zum Einkaufen, oben im Einkaufszentrum, oder ins Schwimmbad oben auf dem Hügel am anderen Ende der Stadt.

Da log sie. Ada kannte viele Automarken, denn oft, wenn sie mit Teresa spazieren ging, spielten sie ein Spiel. Sie suchten sich eine Automarke aus, und dann zählten sie die Autos, und wer mehr entdeckte, hatte gewonnen. Die Oma gewann praktisch nie. An diesem Morgen nannte Ada Greta irgendeinen Markennamen. Greta nickte und ging zu ihren Freundinnen von der 3e, und sie spielten *Sailor Moon*. Die aus der 3e spielten immer *Sailor Moon*. Die aus Adas Klasse spielten es nie.

Als sie aus der Schule kamen, ging Greta zu Ada und der Großmutter und fragte, wo denn das Auto sei. Teresa sah Ada erstaunt an. Ada drückte ihre Hand fester und ging schneller.

»Da vorne«, rief sie über ihre Schulter, »gleich hinter der nächsten Ecke.« Sie zog ihre Großmutter hinter sich her, ohne sich noch einmal umzudrehen, um zu sehen, ob Greta ihr folgte. Den Rest des Weges legten sie schweigend zurück.

Ein paar Monate später begann Teresa zu lernen. Unglaubliche Dinge. Auch wenn sie kaum die Schule besucht hatte und nur stockend lesen und schreiben konnte, hatte sie sich in den Kopf gesetzt, den Führerschein zu machen. Am Ende bekam sie ihn und kaufte sogar ein Auto. Es war nicht so schön wie das von Gretas Vater, aber für sie beide war es perfekt.

Jetzt, mitten im Verkehr, denkt Ada an jenen Morgen. Und an das traurige Gesicht der Oma, als sie zu Mittag aßen.

»Entschuldige«, würde sie ihr jetzt gern sagen, »sei mir nicht böse. Das Auto ist mir nicht wichtig, überhaupt nicht. Aber bitte komm und hol mich noch einmal ab, und lass uns zusammen nach Hause gehen. Zu Fuß. Liebe Oma, komm, wir gehen nach Hause, ein einziges Mal noch!«

Der Verkehr lässt nicht nach. Die Fenster sind von der Kälte beschlagen, und wenn dort draußen Kinder wären, könnte Ada sie nicht sehen.

Komm und hol mich ab, Oma, kann sie nur denken.

29

Als Ada und Matteo im Loft ankommen, hat es angefangen zu regnen. Es ist ein starker, kalter Regen, aber keiner der beiden rennt zur Eingangstür.

Matteo öffnet und lässt Ada eintreten. Im Loft ist es dunkel und kalt. Auch nachdem Matteo Licht und Heizung eingeschaltet hat.

Draußen regnet es wie wild, der Regen prasselt gegen die dünnen Scheiben der riesigen Fenster und macht einen Höllenlärm. Ada setzt sich auf den Sessel, ohne die Schuhe auszuziehen, was sie sonst immer als Erstes tut, wenn sie die Wohnung betritt. Weil es ihr so gut gefällt, unter den Füßen das Knarzen der Dielen zu spüren.

Matteo zieht seinen Mantel aus und legt ihn aufs Bett. Er denkt, es wäre schön, hier einen Kamin zu haben. Sie haben auch schon mal darüber geredet. Sie hatten ein wenig im Internet herumgesucht und einen passenden gefunden. Einen modernen aus Gusseisen und mit Glas auf allen Seiten. Sie wollten ihn schlicht und ohne Verzierungen. Er sollte die Form eines Quaders haben.

Solche Kamine kosten ein Vermögen. Das war für Matteo kein Problem, aber für Ada schien es eins zu sein. Matteo gab ihr zu verstehen, für ihn sei es kein Problem, und er sagte es sehr höflich. Sie weigerte sich jedoch. Einfach in einen Laden zu gehen und etwas zu kaufen lag ihr nicht. Man musste nach den Dingen suchen, und wenn jemand sie vorher benutzt hatte, war es umso besser. Dann musste man die Preise vergleichen und auch sehen, was für ein Typ der Verkäufer war. Das war für Ada besonders wichtig. Sie hatte ein Herz für Verkäufer, besonders solche, die in Schwierigkeiten steckten. Je mehr Probleme sie hatten, desto besser gefielen sie ihr.

Zum Beispiel der Händler, bei dem sie ihr altes Radio gekauft hatten. In seinem Laden war nichts mehr außer diesem alten Radio. Es war alt und schön, aber der Preis war viel zu hoch. Für Matteo spielte der Preis keine Rolle, auch jetzt nicht, aber ihm war klar, dass er einfach irrsinnig hoch war. Diesmal war Ada der hohe Preis egal, und so kauften sie das Radio doch.

Sie taten es dem Händler zuliebe. Er hatte ihnen erklärt, das Radio habe einer Frau gehört, einer Geigerin oder Harfenistin, was von beidem wusste Matteo nicht mehr, aber Ada hätte es bestimmt noch gewusst. Eines Tages war diese Frau krank geworden und konnte nicht mehr spielen. Aber ohne Musik konnte sie nicht leben, und da kaufte sie sich das Radio.

Matteo glaubte eigentlich nicht so recht an die Geschichte mit der Geigerin oder Harfenistin. Ada hingegen war ganz wild auf das Radio und wollte es um jeden Preis. Wie glücklich war sie, als sie es ins Loft brachten. Ada umarmte Matteo, und sie tanzten durch die Küche, schon bevor das Radio überhaupt spielte.

Seither war Tanzen ohne Musik in der Küche für sie eine Art Tradition geworden. Wenn es etwas zu feiern gab, tanzten sie ohne Musik. Wenn sie glücklich waren, tanzten sie ohne Musik. Sie brauchten sich nicht abzusprechen. Einer umarmte den anderen, und sie tanzten los.

Einmal fragte Matteo, als er mit Ada tanzte, was sie später einmal machen wolle.

»Hast du die Pinnwand in der Küche gesehen?«, sagte sie. »Später möchte ich die Zeichnungen meiner Kinder daran aufhängen.«

Sie tanzten immer weiter und blickten einander dabei über die Schulter.

»Solche Zeichnungen, auf denen die Männer und Frauen rechteckige Körper, riesige Hände und eine rosa Haut haben. Der Himmel ist nur ein dicker blauer Strich oben am Rand des Blattes. Und dann hätte ich in meiner Wohnung noch gern eine Schaukel. Ich glaube, Kinder haben ein Recht auf zwei Dinge: Ihre Eltern dabei zu überraschen, wie sie in der Küche tanzen, und eine Schaukel in der Wohnung. Findest du nicht?«

Er umarmte sie fester und wusste jetzt, dass er sie liebte.

Nachdem sie das Radio gekauft hatten, waren sie noch einmal an dem Laden vorbeigekommen, doch er war geschlossen. Keiner hatte den Mut, es auszusprechen, aber sie wussten doch beide, dass der Laden für immer geschlossen hatte. Ada wurde so traurig, dass sie eine Zeitlang nicht mehr Radio hören wollte.

Matteo würde auch jetzt ohne Musik tanzen. Er würde Ada am liebsten vorsichtig die Schuhe ausziehen und sich mit ihr sanft im Kreis drehen. Er würde ihr sogar eine weitere Pinnwand für die Küche kaufen. Aber seit es Teresa so schlecht ging, hat er gespürt, dass Ada, wenn er sie umarmte, buchstäblich in sich zusammenfiel. Als rutschten ihre Rippen ineinander und alle Luft entwiche dem Brustkorb.

So lässt er Ada in dem Sessel sitzen, mit Schuhen und allem, und öffnet eine Flasche Bier. Er nimmt zwei Gläser und füllt sie. Eins reicht er Ada, die es entgegennimmt, aber nicht trinkt.

»Neulich habe ich den alten Mann von dem Radio getroffen«, sagt Matteo.

Was für ein Lügner er doch ist, denkt Ada.

»Ich habe ein bisschen mit ihm geredet, und er sagte, er sei jetzt anderswo.«

Ada hört ihn an, fragt aber nicht, wo das sein soll.

»Er hat einen neuen Secondhand-Laden aufgemacht, und der läuft richtig gut.«

Wenn Lügen eine Begabung ist, dann hat Matteo sie bestimmt.

Sein Telefon klingelt, aber er tut, als höre er es nicht. Es könnte wegen dieser verdammten Konferenz in Lausanne sein. Sie dauert drei Tage. Und wegen dieser Konferenz, so hat er Ada gesagt, könne er nicht zur Beerdigung kommen. Er könnte sagen, dass das Telefon wegen der Konferenz läutet, weiß aber, dass es nicht deswegen ist. Seine Freundin versucht ihn anzurufen. Er weiß es.

Vielleicht weiß Ada es auch. Deswegen hat es keinen Sinn zu lügen.

Er trinkt weiter sein Bier, und das Telefon schweigt. Leider nur für ein paar Sekunden. Dann dringt erneutes Klingeln in die Stille des Loft. Matteo geht zu seinem Mantel, zieht das Telefon aus der Tasche, sieht auf das Display und schaltet das Telefon aus.

Das war Matteos Freundin. Ada weiß es, sagt aber nichts. Sie möchte lieber die Geschichte von dem alten Mann und seinem neuen Laden hören. Ganz gleich, ob die Geschichte wahr ist oder nicht. Sie will nur, dass ihr jemand Geschichten erzählt, die gut ausgehen.

»Ich habe ihn gefragt, ob er ein Grammophon hat.«

Seit Matteo Ada kennt, hört er oft von Grammophonen. Er hat nie im Leben von Grammophonen reden hören. Ada zieht sich die Schuhe aus und zieht ihre Knie an die Brust. Wenn sie dies macht, wird der Sessel auf einmal riesengroß und sie ganz klein. Sie trinkt einen Schluck Bier.

»Er sagt, er habe eines, das sehr gut funktioniert. Ich habe ihn gefragt, ob er es liefern kann. Er hat ja gesagt.« Er trinkt den letzten Schluck Bier. »Bald haben wir ein Grammophon. Ist das nicht toll?«

Da fängt Ada an zu weinen. Nicht so, wie sie weint, wenn ihr ganzer Brustkorb vor Schluchzen heftig bebt. Sie weint einfach nur ganz still vor sich hin und nimmt dabei so wenig Raum ein wie möglich. Matteo kniet sich vor den Sessel und streichelt ihr die Tränen weg.

»Alles wird gut«, sagt er ihr, »alles wird gut.«

30

Am Morgen der Beerdigung steht Matteo früh auf. Er muss noch den Koffer für die Konferenz in Lausanne packen. Dann möchte er für Ada Frühstück machen, aber in der Küche ist nichts, womit man ein ordentliches Frühstück machen könnte. Es ist Tee da, und der wäre fürs Frühstück geeignet, wenn Ada essen würde wie ein normaler Mensch. Tatsächlich aber isst sie das Doppelte, manchmal sogar das Dreifache. Das gefällt Matteo sehr, denn wenn sie unterwegs sind, ist es schön, dass sie überall hingehen können, ohne dass sie fragt, ob sie zu dem Menu Dinkelsalat oder einen Gemüse-Smoothie haben kann. Matteo findet, dass Mädchen, die Dinkelsalat und Gemüse-Smoothies bestellen, immer eine etwas trübe Stimmung verbreiten.

Matteo kocht Tee und sucht nach Zwiebäcken oder etwas Ähnlichem. Sie sind beide nicht besonders gut organisiert, aber vielleicht sind ja Zwiebäcke da, nur nicht dort, wo man sie normalerweise suchen würde.

Er hat sich bemüht, leise zu sein, aber Ada ist trotzdem aufgewacht. Vielleicht hat sie in dieser Nacht gar nicht richtig geschlafen, jedenfalls ist sie schon wach und lässt es sich nur nicht anmerken.

Das hat sie auch bei ihrer Großmutter so gemacht. Teresa stand früh auf und kochte zuallererst Kaffee. Wenn sie den Gasherd anzündete, wachte Ada auf. Dann kam die Oma in ihr Zimmer und sah nach dem Rechten. Was sie da genau wollte, hatte Ada nie verstanden, aber sie wusste, dass sie nach dem Rechten sah. Manchmal schaute sie, ob sie auch richtig zugedeckt war oder ob es im Zimmer zu warm oder zu kalt war. Sie bemühte sich, leise zu sein, und kein Lüftchen regte sich. Aber Ada wurde dennoch wach, dann aber tat sie, als schliefe sie noch. Sie wollte nicht, dass ihre Oma dachte, sie sei nicht leise genug gewesen. Wenn Teresa sich dann wieder aus dem Zimmer schlich, erfüllte der Kaffeeduft die Wohnung, und Ada schlief wieder ein, bis es Zeit zum Aufstehen war.

Matteo hat sich bemüht, ganz leise zu sein. Ada hat getan, als sei sie noch nicht wach, sie weiß aber, dass nie jemand mehr so vorsichtig sein wird wie ihre Großmutter. Nie mehr wird jemand kommen und nach dem Rechten sehen. Ist es das, was passiert, wenn man allein auf der Welt zurückbleibt?

Matteo küsst Ada auf die Stirn, in der Hand hält er eine Tasse Tee. Er würde sich gern an das Liedchen erinnern, das Teresa immer sang, um sie zu wecken. Ada singt es manchmal, um ihm guten Morgen zu sagen. Aber gerade jetzt fällt es ihm nicht ein.

Vielleicht ist es besser so, denkt er. Vielleicht ist es besser, dass ich ihr nicht die Erinnerung zerstöre.

»Bist du sicher, dass du nicht ein paar Stunden später fahren kannst?«, fragt Ada.

Matteo schweigt und nickt. Er glaubt, er werde auf der Beerdigung nicht gebraucht. Er meint, dass eigentlich niemand auf Beerdigungen von großem Nutzen ist. Vielleicht sind sogar die Beerdigungen selbst nutzlos. All diese Leute, die bei diesen Zeremonien gezwungen sind, sich zu setzen, aufzustehen und Haltung zu bewahren. Er weiß zum Beispiel nie, wann der richtige Augenblick ist, um die Angehörigen des Verstorbenen zu begrüßen. Am Ende des Gottesdienstes, das weiß er schon. Aber da bildet sich immer so eine Schlange, und manchmal muss man sehen, wer neben einem steht, um zu wissen, ob man mit den Beileidsbekundungen an der Reihe ist. Dann steht man unentschlossen da, während die Verwandten des Toten einen nicht einmal bemerken, und will nur noch weg.

Wenn dann der Sarg fortgetragen wird, geben sich die Träger größte Mühe beim Tragen. Und man sieht, wie sie sich abmühen, und meistens hilft ihnen keiner. Es herrscht nur Stille, und die Träger müssen sich absprechen und das mit leiser Stimme. Aber man hört sie doch, weil alle anderen schweigen.

Matteo muss immer an die Angehörigen denken, die mitbekommen, wie ein Sargträger dem anderen sagt, er solle langsamer gehen oder den Sarg höher heben oder weniger hoch.

Was er sonst noch an Beerdigungen nicht mag, ist der Lärm, wenn schließlich der Leichenwagen anrollt und die Angehörigen losgehen und die anderen zu plaudern beginnen. Die Angehörigen würden sicher auch gern reden, tun es aber nicht. Die Trauer macht sie stumm, und nichts und niemand kann ihnen ihre Toten zurückgeben.

Beerdigungen sind sinnlos, denkt Matteo. Nie steht man an der richtigen Stelle.

»Ich habe nichts Schwarzes anzuziehen«, sagt Ada, »kein einziges Teil, doch – vielleicht habe ich einen schwarzen Pullover.«

Den Pullover kann sie nicht anziehen. Teresa würde ihn unpassend finden. Sie kennt sich mit Beerdigungen aus. Und mit Dingen, die anfangen. Sie hat Ada nie gesagt, sie solle sich etwas Schwarzes kaufen. Sie wollte immer, dass sie Rot trug, und sagte, das stehe ihr gut. Vielleicht dachte sie auch, Ada solle besser nie auf Beerdigungen gehen. Ihre Oma hat auch nie geglaubt, ihr könne etwas Schlimmes passieren.

Matteo denkt, dass Adas Großmutter recht hat. Rot passt wirklich gut zu Ada. Sie hat diese gewisse Blässe, und wenn Farbe dazukommt, betont das ihr Gesicht. Sie hat aufgeworfene Lippen und ausdrucksvolle Augen. Manchmal wird sie rot und wendet den Blick ab. Wenn sie rot wird und woanders hinschaut, ist Matteo immer ganz verrückt nach ihr.

Am liebsten würde er ihr sagen: »Zieh etwas Rotes an, das steht dir gut, und deine Oma würde sich freuen.« Er sagt aber nur, sie habe doch einen schwarzen Mantel, und der würde gut passen, weil es in der Kirche doch immer so kalt sei. Mit dem schwarzen Mantel würde sie überhaupt nicht auffallen.

»Kommst du mit zum Auto?«, fragt Ada. »Bitte!«

Sie sagt immer bitte, auch wenn sie eine Sache bis zur Erschöpfung fragt. Das muss sie von ihrer Oma gelernt haben. Damit ihnen niemand etwas schuldet. Niemals.

31

Ada ist den Fiat 600, der ihrer Großmutter gehörte, nur zwei- oder dreimal gefahren. Nachdem Teresa ihn gekauft hatte, entwickelte sie einen wahren Auto-Kult. Nicht dass sie ihr den Wagen nicht leihen wollte. Aber sie wollte ihn immer zur Verfügung haben, und sauber musste er sein. So sind alte Leute nun mal: Immer müssen sie ein sauberes Auto haben. Ganz gleich, ob sie irgendwohin fahren wollen, er muss jederzeit bereitstehen.

Der Fiat 600 ist auch jetzt sauber, obwohl er wahrscheinlich seit einem Jahr nicht mehr gefahren wurde. Drinnen riecht es nach dem Autoduftspray *Millefiori*. Als sie es zum ersten Mal kauften, wussten sie nicht, wie man es versprüht, und so lief die ganze Flüssigkeit aus. Deswegen riecht der Fiat bis heute danach.

Ada versucht anzufahren, aber der Motor blockiert, jedenfalls macht er so ein komisches Geräusch. Das Geräusch der Dinge, die anfangen, denkt Ada. Selbst der Fiat, der nicht von der Stelle kommt, macht das Geräusch einer Sache, die beginnt. Das würde jedenfalls Teresa sagen. Sie würde auch sagen, sie solle Geduld haben und hinhören. Ada horcht und hat Geduld. Sie tut nichts anderes, als Geduld haben. Schließlich fährt der Fiat los. Ich werde ihn sauber halten, verspricht sie ihrer Oma. Aber vielleicht kann sie es nicht hören, und selbst wenn sie es hören könnte, würde sie es nicht glauben. Ada ist gar nicht in der Lage, Dinge in Ordnung zu halten. Im Grunde lebte die Oma dafür, Adas Sachen in Ordnung zu halten.

Vor der Kirche steht eine Gruppe alter Frauen in schwarzer Beerdigungskleidung. Ada nimmt an, dass sie hier sind, weil sie ihre Großmutter beim Einkaufen oder anderswo getroffen haben. Solche Frauen trifft man morgens um acht, mit gefüllter Einkaufstasche. Sie gehen schnell, als sei der Teufel hinter ihnen her, und haben unvorstellbar viel zu tun. Sie mag diese Frauen, auch wenn sie es immer so eilig haben. Um acht Uhr morgens haben sie immer Gelegenheit, sich die wichtigsten Dinge zu erzählen. Sie wissen, was wichtig ist. Aber sie können einem nicht erklären, wie man es erkennt.

Ada hat nicht genug Zeit, alle Bekannten ihrer Großmutter zu begrüßen. Der Leichenwagen ist schon da, und eine der Regeln für Beerdigungen kennt sogar sie: Man muss an Ort und Stelle sein, bevor der Sarg hereingetragen wird.

Sie schafft es nicht, an nichts zu denken. Sie schafft es nicht, dem Priester zuzuhören. Sie denkt, dass die Leute sich auf Beerdigungen sehr seltsam benehmen. Manche tun zum Beispiel nichts anderes, als zu nicken. Andere setzen ihre Brille ständig auf oder nehmen sie ab. Dann gibt es welche, die in die Kirche kommen und wieder hinausgehen; die mag Ada nicht. Teresa sagte immer: »Wenn es dir nicht gefällt, bleib draußen. Niemand wird dir deswegen Vorwürfe machen. Wenn dir aber danach ist, dann bleib drinnen und versuch, dich ordentlich zu benehmen.«

Jetzt ist ihr gar nicht danach. Wenn sie könnte, würde sie es der Oma sagen. Diese würde ihr übers Haar streichen und sie ziehen lassen. Aber jetzt ist niemand da, der ihr übers Haar streichen könnte. Oder den sie um Erlaubnis fragen kann, zu gehen. So sitzt sie auf der Bank in der ersten Reihe und achtet darauf, so wenig Platz einzunehmen wie möglich.

Giulia sitzt in der Reihe hinter ihr, auf der anderen Seite, und als Ada sich umdreht, begegnet sie ihrem Blick. Es ist nicht, als ob ihre Oma sie streichelt, aber so ähnlich. Sie erwartet, dass sich Giulia im nächsten Moment neben sie setzt und ihr etwas über Blut und Blutplättchen erklärt. Aber Giulia kniet sich im richtigen Moment hin, ohne zu schauen, was die anderen tun, und Ada denkt, dass sie nichts mehr zu erklären hat.

Was während der Zeremonie geschieht, ist für Ada, als passiere es woanders. Sie steht auf, wenn sie muss. Sie setzt sich wieder, wenn sie muss. Sie bekreuzigt sich, berührt ihre Stirn, das Kinn und die Brust. Dann hört sie das metallische Klappern des Weihrauchkessels, während der Priester den Sarg segnet. Ist dies das Geräusch der Dinge, die beginnen? Ada fürchtet, das Geräusch nicht zu erkennen.

Sie riecht den Weihrauch und gibt den Nachbarn die Hand, als das Friedenszeichen ausgetauscht wird. Gern würde sie jetzt alle fragen: »Kann ich bitte gehen?«

Bald aber ist der Gottesdienst vorbei, und vor Ada bildet sich eine Schlange von Verwandten, Freunden und Bekannten, die sie begrüßen möchten. Sie wünschen ihr viel Kraft und all das, was man auf Beerdigungen wünscht. Manche sagen auch nichts und drücken ihr nur die Hand. Sie nickt und dankt ihnen.

Giulia hat gewartet, bis die anderen vorbeigezogen sind. Nun geht sie zu Ada. Sie umarmt sie und sagt eine Weile nichts. Dann fasst sie sie an den Schultern und schüttelt sie ein klein wenig.

»Sei stark, mindestens genauso wie Teresa.«

Ada schweigt. Giulia nimmt sie am Arm und führt sie zum Ausgang. Oben auf den Treppenstufen bleiben sie stehen und umarmen sich noch einmal. Giulia entschuldigt sich, dass sie nicht mit zum Friedhof kommen kann. Ihr Freund hole sie ab, er müsse wegfahren, und sie müsse zurück ins Krankenhaus. Sie solle aber eins nicht vergessen: »Wenn du mich brauchst, ruf an. Auch wenn du mich nicht brauchst. Ganz gleich, was es ist, ich bin für dich da.«

Ada dankt ihr und sagt, sie werde sie anrufen. Dann sieht sie Giulia eilig die Treppe hinuntergehen. In der Stille auf dem Platz hört sie das Geräusch ihrer Schritte.

Es ist schön zu sehen, dass sie ein Ziel hat, zu dem sie unterwegs ist.

Ada lässt den Blick über die Autos gleiten, die an der Straße stehen, und fragt sich, welches davon wohl Giulias künftigem Ehemann gehört. Seit dem Autospiel mit der Oma hat sie immer ein Gespür dafür gehabt, welches Auto zu wem passt. Während sie ihren Blick schweifen lässt, glaubt sie Matteos Wagen zu erkennen. Bei dem Gedanken, dass er dort sein könnte, wird ihr einen Moment so schwindlig, dass ihr Kopf wie aus Watte ist. Und in genau dieses Auto steigt Giulia ein.

Bevor alles einstürzt, wird plötzlich alles klar, ihr Blick ist nicht mehr verschleiert. Ada erkennt Matteo, wie sie ihn in der Krankenhauscafeteria gesehen hat. Für einen flüchtigen Moment erscheint sein Gesicht hinter der Scheibe. Sie starrt zum Auto hinüber, und sie erkennt alles: die Art, wie er nach der roten Marlboro sucht, die Art, wie er in die Spur fährt, ohne sich umzusehen, die Art, wie er den Kopf neigt und Giulia für einen schnellen Kuss seine Wange hinhält.

Ein endgültiges Bild, das vor ihren Augen einzufrieren scheint.

32

Ada fährt mit dem Fiat zum Friedhof. Sie folgt dem Leichenwagen. Die Straße zerfließt wie schmelzender Stahl. Alles scheint zu zerfließen. Ein Gedanke verschwimmt mit dem nächsten. Alles scheint sich aufzulösen.

Nur eine Sache ist klar und fest. Das Geräusch, mit dem der Gips aufgetragen wird, um die Grabnische zu schließen. Ada weiß sofort, dass sie sich an dieses Geräusch ihr ganzes Leben erinnern wird. Während der Beerdigungszeremonie hat sie zweimal gedacht, gleich würde sie sich übergeben, aber sie blieb aufrecht stehen und bewahrte die Fassung, wie es ihre Großmutter sich gewünscht hätte. Jetzt gibt ihr die Frau, die vor dem Gittertor steht, zwei Küsse und murmelt eine Beileidsbekundung. Ada bleibt stumm. Am liebsten würde sie losrennen, sie hat ein Gefühl, als glitte gleich der Boden unter ihren Füßen weg.

Leise schließt sie die Wagentür des Fiat und riecht den *Millefiori*-Geruch. Ihr wird wieder übel. Sie lässt den Kopf nach hinten fallen, wie ihre Oma es ihr beigebracht hat. Sie sagte, so ginge die Übelkeit vorüber.

Sie denkt daran, wie oft Matteo ihr gesagt hat, er müsse fort. Dabei fuhr er gar nicht weg, er fuhr nirgendwohin. Er ging zu Giulia. Er liebte sie, und zwei Stunden später suchte er mit ihr die Pfingstrosen aus. Das war keine Beziehung, die zu Ende ging. Das war Giulia und die Hochzeit.

Ob sie sich beim Schlafen umarmten? Suchte er nachts nach ihren Händen, wie er es bei ihr tat? Matteo hatte den Ring ausgesucht, von dem sie gedacht hatte, dass er solch einen Ring nie auswählen würde. Wer war er? Wer war der Mann, der zu Hause in einem Sweatshirt mit einem Superhelden auf sie wartete? Gab es ihn wirklich? Ihr wird schlecht.

Sie kann die Tür noch gerade rechtzeitig aufstoßen, dann muss sie sich übergeben. In der Kehle hat sie den Geschmack des Tees, den Matteo ihr am Morgen gebracht hat. Die Luft ist kälter, und die Sonne wird bald untergehen. Durch die Kälte lässt ihr Schwindelgefühl ein wenig nach. Sie fährt los und biegt in eine x-beliebige Straße ein.

Manchmal hat sie dies auch mit Teresa gemacht. Sie verbrachten die Nachmittage, indem sie einfach irgendwo herumkurvten, Ada wünschte sich, hierhin und dorthin zu fahren. Jetzt sucht sich Ada nur Straßen ohne Ampeln aus, denn der Gedanke anzuhalten erscheint ihr unerträglich.

Sie weiß eigentlich überhaupt nicht, wo sie hinfahren soll. Sie hat nicht den Mut, in die Wohnung ihrer Großmutter zurückzukehren. Und sie kann sich nicht vorstellen, nicht mehr ins Krankenhaus gehen zu können, nicht mehr auf der Feuertreppe auf Giulia zu warten.

Nie wieder kann sie zu ihr gehen, ihr nie wieder ins Gesicht sehen. Sie kann auch nicht ins Loft gehen. Sie hat jetzt begriffen, dass dieser Ort nichts anderes ist als die Höhle eines Unbekannten. Eines Mannes, den sie im Spiegel sah und den es in Wirklichkeit nicht gibt. Es gibt keinen Matteo und keine Umarmung mehr, in die sie sich retten kann.

Teresa ist tot. Sie ist in einer Grabnische. Ada hört noch immer das klatschende Geräusch, mit dem der Gips aufgetragen und dann glattgestrichen wird, bis die Grabnische verschlossen ist. Ihre Oma ist weit weg. Sie ist nicht da und wird nie mehr da sein.

Es hat angefangen zu regnen. Als die Tropfen auf die Scheibe prasseln, stellt Ada den Scheibenwischer an. Eine Weile versucht sie, alles im Gleichgewicht zu halten. Sie holt tief Luft. Inzwischen fährt sie schneller. Der Fiat kommt kurz ins Schlingern, aber das ist ihr gleichgültig. Am liebsten würde sie für immer in diesem prasselnden Regen verharren, der sie einschließt wie ein dichter Nebel. Sie gibt noch mehr Gas.

Ein Wagen kommt aus einem Parkplatz. Der Fahrer sieht den Fiat nicht. Ada hat keine Möglichkeit mehr, ihm auszuweichen. Sie fährt zu schnell, und in dem sintflutartigen Regen weiß sie, dass sie nicht scharf bremsen kann. Sie ist eine gute Fahrerin, und da sie nicht scharf bremsen kann, fährt sie langsamer und bremst nur ein wenig.

Nicht mehr so schnell fahren und ein wenig bremsen. Genau das tut sie.

Dann ist es, als betrachte sie die Szene von außen. Als sei sie stehen geblieben, ein paar Meter weiter hinten, während der Fiat mit ihrem Körper drinnen weiterfährt.

Alles scheint sich in Zeitlupe zu bewegen, zugleich weiß sie, dass sie gleich heftig aufprallen wird. Sie hört Teresa sagen, dass alles gut gehen wird.

Es wird gut gehen, denkt sie und wartet auf den Aufprall.

33

Der Polizist schlägt mit den Handflächen an die Fensterscheibe. Ada glaubt zu verstehen, dass sie aussteigen soll. Hinter ihm sieht sie einen Rettungssanitäter und eine junge Frau. Das ist wohl die Fahrerin des anderen Autos, die sie nicht hat kommen sehen. Sie steht da, und es scheint ihr gut zu gehen. Ein paar Passanten sind stehen geblieben und sehen sich den Fiat an.

Während des Aufpralls hatte Ada die Augen geschlossen, und als sie sie wieder öffnete, befand sie sich mit angezogenen Knien und gesenktem Kopf auf dem Beifahrersitz. Offenbar hatte sich der Fiat überschlagen.

Ada bewegt sich nicht und denkt an nichts. Irgendwie hofft sie, dass dieser Moment, wenn sie sich nicht regt, von selbst verschwindet. Sie könnte einfach so abwarten, bis es aufhört zu regnen, und die Leute würden dann nicht mehr darauf warten, dass sie aus dem Auto steigt.

Der Polizist brüllt etwas. Er weist aufgeregt auf den Rauch, der vom Motor aufsteigt. Er hat Angst, dass der Fiat brennen könnte. Trotzdem bewegt sie sich nicht. Auch der Rettungssanitäter und die junge Frau stehen immer noch da. Ada würde am liebsten rufen. »Geht weg! Lasst mich einfach in Ruhe!« Sie gehen jedoch nicht. Und da steigt sie aus.

Sie sieht die junge Frau an, die das andere Auto gefahren hat, aber sie sieht sie nicht wirklich. Die Frau könnte tot sein, ist alles, was sie denken kann.

Der Rettungssanitäter fasst sie am Arm und hilft ihr, in den Krankenwagen zu steigen. Von dort oben kann Ada alle noch einmal sehen: den Polizisten, die junge Frau, die neugierigen Passanten. Sie denkt, sie hätte auch Passanten töten können, als sich das Auto überschlug. Die Tatsache, dass sie und die anderen noch am Leben sind, ist für Ada nur eine von verschiedenen Möglichkeiten. Wenn sich das Licht, das die Szene beleuchtet, nur um ein paar Grade verschieben würde, hätte sich auch alles ganz anders abspielen können.

Der Rettungssanitäter sagt ihr, sie solle ganz ruhig sein. »Es ist nichts passiert.«

Ich hätte jemanden umbringen können, denkt Ada. Meine Oma ist tot. Und der Mann, den ich liebe, heiratet die Frau, die versucht hat, sie beide zu retten.

»Alles in Ordnung«, sagt der Rettungssanitäter und gibt das Zeichen zur Abfahrt.

Der Polizist blickt dem wegfahrenden Krankenwagen nach. Sein Kollege hat schon den Abschleppdienst angerufen. Das Einzige, was an dem Fiat unversehrt scheint, ist der Geruch des Duftsprays *Millefiori*. Der Motor hat aufgehört zu qualmen. Als der Abschleppdienst kommt, schaut der Polizist noch mal im Auto nach Dokumenten. Doch das Handschuhfach lässt sich nicht öffnen. Hinter dem Beifahrersitz entdeckt der Polizist ein Mobiltelefon. Er nimmt es und sucht nach den letzten Nummern. Da steht nur eine, und er ruft sie an.

34

Nach der Beerdigung hatte Matteo Giulia zur Arbeit gefahren und dabei seine Hand länger als sonst auf ihrem Knie liegenlassen. Als er kurz vor dem Eingang des Krankenhauses anhielt, fragte Giulia ihn, wie lange er genau fort sei. Das hatte sie ihn in der letzten Zeit nie gefragt. Er sagte, er werde jetzt nach Lausanne fahren und dort übernachten. Morgens würde er dann auf die Konferenz gehen und am Tag darauf nachmittags wieder zu Hause sein. Diesmal brauchte er nicht zu lügen.

Giulia gab ihm einen Kuss auf die Wange. »Fahr vorsichtig.«

»Natürlich«, sagte er.

Er fährt wirklich vorsichtig. Als er die Autobahn erreicht, wird es schon dunkel.

Er denkt an Ada, die allein auf dem Friedhof stehen musste. Er hätte dort wenigstens vorbeischauen sollen. Er hätte ihr bei den Formalitäten und all diesen Dingen helfen können, aber er hatte ihr ja schon gesagt, wie wichtig diese Geschäftsreise war. Nicht einmal sie musste er anlügen. Seit einiger Zeit ist es ihm kaum noch passiert, dass er eine der beiden Frauen anlügen musste.

Vielleicht wird es nie mehr passieren. Die Frage ist, wie lange er noch so weitermachen kann.

Vorhin, vor der Kirche, als er Giulia abholte, ist er schnell weggefahren und hat geglaubt, er sei ungeschoren davongekommen. Bei dem Gedanken, dass er es noch einmal geschafft hat, muss er lachen. Das ist ihm immer schon in der Schule passiert: Wenn die Lehrerin etwas Schwieriges erklärte, lachte er. Das war völlig idiotisch, aber er konnte einfach nicht anders. Jetzt ist ihm allerdings nicht mehr zum Lachen zumute. Seit die Sache mit Ada angefangen hat, hat sich alles verändert. Aber er will niemandem wehtun. Er sagt sich immer wieder, dass er bisher ja auch niemandem wehgetan hat.

Giulia zu verlassen, war für ihn nie in Frage gekommen. Das Leben mit ihr ist unkompliziert. Sie laufen parallel wie zwei Gleise, und es geht zwischen ihnen immer harmonisch zu. Sie brauchen einander nie zu fragen, auf welcher Etappe ihrer Reise sie eigentlich sind.

Er würde ihr nie wehtun. Er wollte niemandem wehtun. Vor allem Giulia will er nicht wehtun.

Das hat er auch Ada einmal gesagt, als das Gespräch auf seine Freundin kam. Er hatte ihr ja nicht einmal gestanden, eine Verlobte zu haben, sondern nur gesagt, die Sache ginge zu Ende. Als er Ada erklärte, er wolle niemandem wehtun, hatte sie gesagt: »Mir tust du aber weh.« Sie hatte es leise gesagt, aber immerhin. Und er hatte darauf geschwiegen.

Ihr tat er weh, das stand außer Frage. Aber Giulia würde er nicht wehtun. Giulia ist ein Teil von ihm, wie sein Arm oder sein Bein. Wie soll man seinem Arm oder seinem Bein freiwillig wehtun? Man denkt in der Regel ja gar nicht über seine Arme oder Beine nach. Erst wenn sie nicht mehr funktionieren oder schmerzen, bemerkt man sie. Und er merkt es jetzt ganz deutlich. Welcher Teil von ihm Giulia auch sein mag, dieser Teil geht gerade zu Bruch.

Daran muss Ada schuld sein. Oder vielleicht ist Ada auch der Verband, der ihm hilft, den Moment aufzuschieben, in dem er zum Arzt gehen und zugeben muss, dass ihm etwas wehtut und vielleicht etwas gebrochen ist.

Manchmal könnte er Ada verfluchen.

Er hat einmal eine Erzählung gelesen, in der ein Mann, als er noch ein kleiner Junge war, mit einem Stein nach einem Mädchen warf, ohne zu verstehen, warum. Als Erwachsener dachte er wieder daran, und dabei wurde ihm klar, warum er den Stein geworfen hatte. Das Mädchen war einfach zu schön. Das war alles.

Auch Ada ist zu schön. Ada ist so schön, dass er Lust hat, Steine zu werfen. Jedes Mal wenn sie zusammen sind und sie aus irgendeinem Grund aus dem Zimmer geht, wird er unruhig. Er starrt auf die Tür und wartet, dass sie zurückkommt, und wenn sie wieder erscheint, kann er nicht anders, als zu ihr zu gehen und sie zu umarmen.

Er würde gern überall mit ihr schlafen. Er würde sie gern verschlingen. Immer bei ihr bleiben und nicht spüren müssen, wie sie ihm fehlt. Ada fehlt ihm schon, wenn sie nur einen Meter von ihm entfernt ist, auch wenn sie ihm die Hand drückt. Er muss ihren Atem spüren, sie ganz nah bei sich haben, um keinen Mangel zu empfinden. Er ist süchtig nach ihr. Wenn er unterwegs ist, muss er oft anhalten und sie anrufen. Nur um ihre Stimme zu hören.

Er sieht auf die Uhr. Ada müsste inzwischen den Friedhof verlassen haben. Er sollte sie vielleicht anrufen.

Auf der Autobahn ist gerade wenig los, alle machen Pause, um etwas zu essen. Das ist einer der Momente, die er gern mag: Wenn Familien aus dem Auto steigen und in die Raststätte gehen. Die Kinder, die aus dem Wagen hüpfen, stimmen ihn fröhlich. Manche Mütter wirken nervös, als hätten sie nicht genug Platz für ihr Gepäck oder als hätten sie alles allein packen müssen, während ihr Mann auf dem Sofa saß und nichts tat. Auf die Männer achtet er kaum. Matteo schaut nur die Frauen an, die genauso schnell aus dem Wagen steigen wie die Kinder. Er könnte manchmal einfach im Auto auf dem Parkplatz sitzen bleiben, nur um sich diese Mütter anzuschauen.

Als er auf dem Display sieht, dass Ada angerufen hat, verflucht er sich, dass er sich nicht zuerst gemeldet hat. Er wird sich irgendeine Entschuldigung ausdenken. Wenn er will, fallen ihm solche Dinge in Sekundenschnelle ein.

Diesmal fällt ihm allerdings nichts ein. Er sagt »Hallo« und bemüht sich, nicht zu aufgeregt zu klingen. Am anderen Ende hört er aber nicht Adas Stimme, sondern die eines Mannes. Er ist so verwirrt, dass er kaum etwas versteht. Das Wort »Polizei« dringt in sein Bewusstsein. Seine Gedanken überschlagen sich, was er hört, klingt bedrohlich. Er weiß nicht, ob er anhalten oder schneller fahren soll.

»Wo ist Ada?«, schreit er. »Sagen Sie mir, wo Ada ist!«

»Die junge Frau wurde ins Krankenhaus gebracht.«

»Welches Krankenhaus?«

Der Polizist hat es aufgegeben, den aufgeregten Mann am anderen Ende der Leitung zur Ruhe zu mahnen, und nennt ihm eine Adresse.

Matteo legt auf und überlegt, wie weit es noch bis zur nächsten Ausfahrt ist und wie lange er bis zum Krankenhaus braucht.

Er ruft seine Sekretärin an. Sie hat um diese Zeit ihr Telefon ausgeschaltet, und er ist froh, als eine Stimme ihn auffordert, eine Nachricht zu hinterlassen.

»Ich kann morgen nicht zu der Konferenz in Lausanne kommen. Vereinbaren Sie bitte einen neuen Termin.«

Er klingt so mechanisch wie die Stimme des Anrufbeantworters.

Als er die Autobahn verlässt, denkt er plötzlich an dieses komische Versprechen, das er Ada eines Nachts gegeben hat. Er hat ihr schwören müssen, alles zu tun, damit sein Kopf unversehrt bleibt. Während er die Ausfahrt in einem Tempo nimmt, das jeder Beschreibung spottet, bereut er, dass er ihr nie gesagt hat, sie solle vorsichtig sein.

Hoffentlich ist ihr nichts Schlimmes passiert. Bei dem Gedanken, dass ihr etwas Schlimmes passiert sein könnte, krampft sich sein Herz zusammen.

Er erinnert sich, welche Angst Ada vor Messern und Schnitten hat. Das sagte sie ihm eines Morgens, als sie vor ihm auf dem Waschbecken saß und ihn unbedingt rasieren wollte. Mit dem Schaum hatte sie es sehr gut gemacht, so als hätte sie nie etwas anderes getan. Aber mit dem Rasierer erschien sie ihm ungeschickt. Sie brauchte eine Ewigkeit, aber das spielte keine Rolle. Ada hatte sein Schlafanzugoberteil an und schlang ihre nackten Beine um seine Hüften. Seinetwegen hätte sie alle Zeit der Welt mit Rasieren verbringen können. So aus der Nähe waren ihre Augen noch blauer, und es war schön, dass sie sich so ganz auf ihn konzentrierte.

»Tut mir leid, ich bin langsam«, erklärte sie irgendwann mit einem schiefen Lächeln. »Ich habe Angst, dich zu schneiden. Ich habe Angst vor Messern und kann kein Blut sehen. Vielleicht willst du den Rest selbst machen?« Sie hielt ihm den Rasierer hin.

Matteo schüttelte den Kopf. Er legte den Rasierer auf die Ablage und wischte sich den Schaum mit einem Handtuch ab. Dann nahm er Adas Gesicht in beide Hände und sah ihr in die Augen, bis bei ihr jede Spur von Konzentration verschwunden war. Er küsste sie, schaute sie an und streichelte ihr übers Haar.

Als er kurz darauf in sie drang, hatte er nicht mehr den Mut, sie anzusehen. Er verbarg sein Gesicht in ihrer Halsbeuge. Er sah nicht in den Spiegel. Er sah auf gar nichts mehr. So wie er es manchmal machte, wenn er ins Wasser tauchte. Er schloss die Augen und hielt den Atem an und wartete, bis sich ein Gefühl der Schwerelosigkeit in ihm breitmachte, bis er das Gefühl hatte zu fallen. Auch wenn man im Wasser nie fällt, hat er dort ein solches Gefühl oder ihm ist, als flöge er.

Er fragt sich, ob Ada beim Aufprall des Fiats schwer verletzt wurde. Der Gedanke, dass sie zutiefst erschrocken sein muss, erfüllt ihn mit ohnmächtigem Zorn.

Er hätte sie bitten sollen aufzupassen. Das hätte er ihr bei jeder Gelegenheit sagen sollen. Sie hört auf ihn. Sie hört immer auf ihn. Wenn er etwas gesagt hätte, wäre kein Unfall passiert.

Erst jetzt wird ihm klar, dass er sie immer außerhalb der Wirklichkeit gesehen hat, unverletzlich und frei von jeder Gefahr. Nun, da er Angst um sie hat und fürchtet, dass sie verletzt ist, spürt er, dass alles wahr ist. Ada ist wahr. Was sie seit Monaten zusammen erleben, ist wahr. Aber es ist auch wahr, dass er bald heiraten wird, und wenn es nicht ausgeht wie in diesen Filmkomödien, in denen sich am Ende alles in Wohlgefallen auflöst, wird er ihr wehtun, und alles ist dann seine Schuld.

35

Im Krankenhaus will der Rettungssanitäter Ada im Rollstuhl in den Untersuchungsraum fahren. Sie weigert sich, dankt ihm und geht zu Fuß. Als man ihre Beine untersucht und das riesige Hämatom zum Vorschein kommt, das sich über die gesamte linke Hüfte zieht, kommt es ihr so vor, als gehöre dieser Teil des Körpers nicht zu ihr. Sie ist sich sicher, keine schlimmen Verletzungen zu haben. Als der Arzt ihr dann sagt, sie müssten zur Sicherheit noch ein paar Untersuchungen machen, hätte sie am liebsten gesagt, das könnten sie sich sparen. Sie weiß aber auch, dass die Leute hier nur ihre Arbeit machen, und so beschließt sie, alles über sich ergehen zu lassen und dabei so wenig zu stören wie möglich.

Im Ruheraum sind die Liegen durch Vorhänge voneinander abgetrennt. Nicht überall sind sie ganz zugezogen, und Ada kann sehen, wer sonst noch dort liegt. Auf der Liege neben sich sieht sie einen jungen Mann. Er ist vielleicht so alt wie sie, vielleicht ein paar Jahre jünger und schläft.

Daneben sitzt eine Frau, wahrscheinlich seine Mutter. Sie hat die Hände gefaltet, und ihr Blick ist ganz geistesabwesend. Als sie zu Ada herüberschaut, lächelt diese sie an. Auch die Frau deutet ein Lächeln an und blickt dann wieder auf ihre Hände.

Auf die andere Seite zu wechseln hat nichts verändert, denkt Ada. Patientin zu sein und nicht die Person, die daneben sitzt, bewahrt sie immerhin davor, nach Hause gehen zu müssen. Aber sonst ist alles gleich geblieben. So einfach kommt man nicht davon.

Vielleicht sollte sie Giulia anrufen und ihr alles sagen. Die Verantwortung übernehmen. Ist es möglich, dass sie nichts gemerkt hat? Wie gut kann Matteo lügen? Sie weiß es nicht, ihr ist nur eins klar: Giulia muss alles erfahren. Sie kann doch nicht jemanden heiraten, den sie nicht kennt. Sie ist eine Frau, die alle Informationen haben muss, bevor sie eine Entscheidung trifft. Das hat Ada jeden Tag auf der Station erlebt. Giulia nimmt nichts als gegeben hin, bevor sie nicht selbst alle Fakten überprüft hat. Und jetzt ist es Adas Aufgabe, alle Fakten preiszugeben.

Sie spürt einen starken Druck auf der linken Schläfe und will nur noch die Augen schließen. Sie tastet mit der Hand an die Stelle, an der es schmerzt, und spürt eine Schwellung unter einer Hautabschürfung. Das hatte sie vorher gar nicht bemerkt. Vielleicht haben sie deshalb bei der Untersuchung so eingehend ihre Pupillen untersucht. Sie haben ihr komische Fragen gestellt, zum Beispiel wie sie heißt und wo sie sich befindet. Sie haben gefragt, welcher Tag heute ist. »Der Tag, an dem ich meine Oma beerdigt habe«, hat sie geantwortet. Wahrscheinlich hat der Arzt wegen des Hämatoms und wegen dieser Antwort, die sie vielleicht nicht hätte geben sollen, ein CT angeordnet.

Völlig überflüssig, denkt sie und fühlt sich ein bisschen schuldig. Da kommt sowieso nichts bei raus. Die sollten lieber die Leute untersuchen, die auf den Gängen sitzen und warten und vielleicht einen Tumor im Kopf haben.

Sie hält die Augen geschlossen und merkt, wie ihr mit einem Mal übel wird. Sie haben ihr einen Eimer hingestellt und ihr gesagt, sie solle rufen, wenn ihr übel wird. Ihr ist aber schon seit heute Morgen schlecht.

Sie überlegt, wie es wäre, Matteo nicht zu kennen. Sie hat in den letzten Monaten fast jeden Tag mit ihm geschlafen. Sie hat geglaubt, sie erkenne an der Art, wie er vor dem Einschlafen atmet, ob er müde oder aufgebracht ist. Sie denkt daran, wie er die Augen offen oder geschlossen hielt, einen Moment bevor er kam. Genügt so etwas, um jemanden zu kennen?

Wie lange schläft Giulia schon neben ihm? Seit zehn Jahren? Hat auch sie all das erkannt? Ist sie ihm gerecht geworden? Wer von ihnen irrt sich? Ist sie es? Oder Giulia? Vielleicht irrt sich keine von beiden. Vielleicht ist Matteo einfach bei jeder von ihnen beiden anders. Eine neue Welle der Übelkeit schwappt über ihr zusammen. Eine Übelkeit, die wahrscheinlich nur dann weggeht, wenn Ada sich den Kopf abreißt.

Eine Krankenschwester beugt sich über sie und fragt: »Wie fühlen Sie sich?«

Ada versucht sich so gut wie möglich aufzusetzen, so wie sie es immer bei ihrer Großmutter gesehen hat. Wenn sie Teresa in ihrem Bett in Zimmer 9 sitzen sah, den Rücken ans Kopfende gelehnt, glaubte sie immer, es ginge ihr besser. Es ging ihr gar nicht besser, denkt Ada jetzt, sie wollte eine Kraft vortäuschen, die sie nicht hatte. Sie hatte Angst davor, in den besorgten Gesichtern der Schwestern ablesen zu müssen, wie schlecht es ihr ging.

»Gut«, sagt Ada.

»Ist Ihnen übel?«

»Nein.«

»Rufen Sie mich, wenn Sie mich brauchen. Wissen Sie, wo die Klingel ist?«

Ada nickt. Sie haben ihr die Klingel gezeigt, aber sie hat kaum hingeschaut. Sie weiß aber, wo sie ist. Als die Schwester geht, hört sie aus dem Vorraum eine Stimme, die ihren Namen ruft. Sie erkennt die Stimme, obwohl sie durch das Geräusch der Apparate anders klingt.

Wie manche Tiere, die erstarren, wenn sie in eine bedrohliche Situation geraten, beschließt Ada, reglos liegen zu bleiben, als sie jetzt die Schritte hört, die sich ihrem Bett nähern. Sie will Matteo nicht zeigen, dass sie alles herausgefunden hat. Sie will sehen, wie weit sie damit kommt. Als er den Vorhang zur Seite zieht, kommt er ihr zum ersten Mal ungeschickt vor. Er beugt sich vor und legt seine Hände auf die Bettkante. Er wirkt wie ein Vater, der sich bemüht, vor seinem zum ersten Mal hingefallenen Kind nicht allzu erschrocken zu wirken.

»Was machst du denn für Sachen?«

Er blickt lange auf die Schwellung an ihrer rechten Schläfe.

»Nichts Schlimmes.«

Als sie sich reden hört, kommt ihr auch die eigene Stimme ganz fremd vor. Es muss daran liegen, dass sie sich in diese Reglosigkeit zurückgezogen hat.

»Warum bist du so gerast?«

»Ich bin nicht gerast.«

»Doch, das bist du. Ohne hohes Tempo prallt man nicht gegen einen Pfeiler.«

Ada kann nicht anders, als ständig auf Matteos blauen Anzug zu blicken. Sie stellt sich vor, wie er neben Giulias eleganten Mänteln hängt. Allmählich fällt es ihr schwer, so reglos dazuliegen.

»Ist schon gut. Mir geht's gut. Du kannst gehen. Du musst doch zu deiner Konferenz.«

Matteo richtet sich auf.

»Ich hab die Konferenz abgesagt. Ich muss nirgendwohin.«

»Tatsächlich«, sagt Ada und merkt, wie heiser ihre Stimme klingt. »Dann kannst du ja wieder nach Hause gehen.«

Matteo sieht Ada an, als blicke er durch eine Wand aus Wasser.

»Ich war nicht zu Hause, sondern unterwegs.«

Ada weiß, dass er die Wahrheit sagt, aber es ist, als sei seine Gegenwart hier eine Lüge. Vorsichtig berührt er mit einer Hand den blauen Fleck, den sie auf der rechten Schläfe zu haben glaubt.

Ada hat irgendwann einmal in einem Artikel gelesen, dass die gesamte Haut eines Menschen im Lauf von zehn Jahren Zelle für Zelle ausgetauscht wird. Wenn man jemanden also nach zehn Jahren umarmt, dann ist kein Teil der Haut mehr derselbe, und man umarmt praktisch einen anderen Menschen.

Bei Matteo muss dieser Zellaustausch über Nacht stattgefunden haben. Dieser Körper, der vor wenigen Stunden noch ihr einziger Zufluchtsort war, wirkt auf sie jetzt wie ein negativ geladener Magnet.

»Hör zu, Matteo, mir geht es gut. Du musst wirklich nicht hierbleiben.«

»Ich hätte dabei sein sollen, wenigstens auf dem Friedhof. Ich hätte nicht wegfahren dürfen, und du hättest aufpassen müssen.« Er fährt mit dem Daumen vorsichtig über die Schwellung an Adas Schläfe. »Eine schöne Beule hast du da, eine richtig dicke Beule. Ich hätte dir das Versprechen abnehmen sollen, dass dein Kopf immer heil bleibt.« Als er das sagt, verzieht sich sein Mund zu einem traurigen Lächeln. Dann sieht er Ada an und sucht nach einem Zeichen in ihrem Gesicht, das erkennen lässt, ob sie versteht, was er sagt.

»Komm, versprich es mir.«

Ada schüttelt den Kopf. Die Bedrohung, die sie reglos verharren lässt, wird konkreter. Es ist, als sei Matteo Stück um Stück auseinandergenommen und aus fremden Teilen zusammengesetzt worden, die nichts Gutes an sich haben. Es ist, als sehe er sich zwar noch ähnlich, sei aber nicht mehr derselbe. Sie kann ihn nicht mehr erkennen, doch ist er auch nicht völlig fremd.

Matteo nimmt ihre Hand und legt den Finger an seine Nasenspitze.

»Komm, beweg sie, damit ich stopp sagen kann.«

Ada zieht ihre Hand weg und schaut zur Seite. Allmählich verwandelt sich die angsterfüllte Starre in Wut. Sie geht zum Angriff über.

»Was willst du eigentlich hier?« Ihre Stimme wird laut.

»Man hat mich angerufen. Sie sagten, du hättest einen Unfall gehabt. Dass du dich überschlagen hast und gegen einen Pfeiler geprallt bist. Wo wolltest du denn hin?«

»Du solltest besser zu ihr gehen.«

»Ich war nicht bei ihr, Ada. Ich war unterwegs. Du weißt doch, dass ich fast nie bei ihr übernachte. Ich bin doch bei dir, zum Kuckuck. Wenn ich zu dir kommen will, komme ich.«

»Was zum Teufel tust du hier?«

»Sprich leiser. Ich will hierbleiben. Verstehst du das? Ich möchte bei dir sein.«

»Geh zu ihr!«

»Rede leiser.«

»Ich denke gar nicht daran. Geh, geh zu Giulia!«, stößt sie hervor.

Matteo sieht sie erschrocken an.

Eine Krankenschwester zieht den Vorhang auf, der Adas Liege vom Rest des Zimmers trennt.

»Alles in Ordnung?«, fragt sie.

»Alles bestens«, antwortet Matteo.

Komisch, dass die Leute immer dann sagen, dass alles bestens ist, wenn alles sehr schlecht läuft, denkt Ada. Sie sollten lieber warten, bis alles gut geht, und nicht einfach behaupten, alles sei in Ordnung, wenn es gar nicht so ist.

Bisher war ihr das noch nie so aufgefallen. Sie hat den Leuten geglaubt, wenn sie ihr sagten, alles sei gut. Jetzt glaubt sie das nicht mehr.

36

Es war gar nicht so einfach, Ada zu beruhigen. Nachdem Matteo «Alles bestens« gesagt hatte, begann sie zu weinen und schrie, gar nichts sei bestens. Sie versuchte sogar, auf ihn einzuschlagen. Er wehrte sich nicht, sondern achtete darauf, dass sie sich nicht noch mehr wehtat. Die Schwester hatte darauf gedrungen, ihr ein Beruhigungsmittel zu geben. Ada hatte gesagt, sie brauche das nicht, sie würde sich schon von allein beruhigen.

Eine Weile war ihr das auch gelungen. Dann war ihr wieder eingefallen, dass Matteo bald heiraten würde. Sie packte sein Handgelenk und umklammerte es mit ungeheurer Kraft.

»Wie hast du es nur geschafft, draußen die ganze Zeit vor der Kirche im Auto zu sitzen und mich zu betrügen und sie zu betrügen?«

Er sagte ihr wieder, sie solle sich doch bitte beruhigen.

Erst jetzt wurde ihr das Ausmaß des Verrats klar. Die ganze Zeit über hatte sie ihm von Giulia erzählt, ohne dass er sich etwas anmerken ließ. Er hatte getan, als ob nichts sei. Sie musste es so schnell wie möglich Giulia sagen. Noch heute Nacht. Während sie das dachte, begann sie wieder zu weinen.

Die Lust zu schreien war ihr mittlerweile vergangen. Matteo redete beruhigend auf sie ein. Er sagte ihr, erst müssten sie hier im Krankenhaus die Untersuchungsergebnisse abwarten, dann würden sie alles andere in Ordnung bringen. Ada sagte, es gäbe nichts in Ordnung zu bringen, sie müssten nur Giulia die Wahrheit sagen. Er sagte ihr, er werde alles tun, was sie wolle. Aber jetzt müsse sie erst mal das CT über sich ergehen lassen.

Auf dem CT war nichts zu entdecken, und Ada durfte nach Hause. Der Arzt hätte sie zwar gern noch über Nacht dabehalten, nur zur Vorsicht, aber sie lehnte ab.

Ada ließ sich nur widerstrebend zu Matteos Wagen führen. Immer wieder wollte sie wissen, was genau bei dem Unfall passiert sei. Matteo beantwortete ihre Fragen, so gut er konnte. Dann fragte sie plötzlich nach ihrem Auto.

»Weißt du, wo der Fiat jetzt ist?«, wollte sie wissen.

»Ja.«

»Bring mich da hin.«

Ada drückt die Nase gegen das Absperrgitter der Autowerkstatt und sucht den Wagen ihrer Großmutter oder das, was davon noch übrig ist.

Es wird langsam hell, und Matteo sucht auf die übliche Weise nach einer Zigarette und nimmt dann zwei Züge. Er denkt, Ada suche am Fiat nach Spuren dessen, was geschehen ist.

»Ich kann mich gar nicht mehr daran erinnern, was genau passiert ist«, murmelt sie. »Ich kann doch nicht mit einem Auto zusammengestoßen sein, ohne mich daran zu erinnern …«

»Sie ist vom Parkplatz heruntergefahren und hat die Spur gewechselt«, erklärt Matteo. Jetzt hat auch er sein Gesicht wie Ada an das Gitter gedrückt. »Das war dein Glück. Wenn du direkt auf sie draufgefahren wärest, wäre es schlimmer ausgegangen.«

Ada nimmt ihr Gesicht vom Gitter. Sie sieht, wie Matteo seine Krawatte ablegt, und findet es lächerlich, dass er sie seit gestern nicht ausgezogen hat. Sie steigt in sein Auto und hat weder Schmerzen, noch ist sie müde. Sogar die Übelkeit ist vorbei. Sie möchte nur die Dinge in Ordnung bringen, was immer das bedeutet.

Als Matteo die Wagentür hinter ihr schließt, dringt noch ein wenig Zigarettenrauch aus seinem Mund. Ada kann sich nicht erinnern, je darauf geachtet zu haben.

»Fahren wir nach Hause«, sagt er zu ihr.

Auf dem Boden des Loft sind Sonnenflecken. Das Morgenlicht fällt schräg hinein und blendet so, dass man kaum etwas sehen kann. Matteo zieht die Vorhänge zu, streift sein Jackett ab und wirft es aufs Bett. Dann zieht er auch sein Hemd aus. Er zieht sich einen Pullover ohne Superhelden an. Ada sieht ihm zu, als verfolge sie die Vorführung eines Zauberers und warte darauf, dass sein Taschenspielertrick ans Tageslicht kommt.

An diesem Ort, den Ada bis vor wenigen Stunden als ihre gemeinsame Wohnung betrachtet hat, bewegt Matteo sich anders als vorher, als fände er wieder zu seinem Rhythmus zurück. Für einen Moment glaubt Ada wieder den Matteo zu erkennen, der er war, bevor sie ihn mit Giulia wegfahren sah. Der Druck an ihrer rechten Schläfe wird stärker.

»Ich glaube, du solltest dich jetzt ausruhen«, sagt Matteo.

»Ich glaube, wir sollten besser miteinander reden.«

»Dazu ist später immer noch Zeit. Ich fahre nirgendwohin.«

Auch seine Stimme ist jetzt anders. Als sage er eine Rolle auf oder sei gerade damit fertig.

»Wie lange, hast du gedacht, könntest du noch so weitermachen?«, fragt Ada.

Keine Ahnung, denkt Matteo, aber er sagt es nicht. Er blickt auf die Vorhänge und überlegt, wie er ihr sagen kann, dass es ihm leidtut. Es tut ihm tatsächlich unglaublich leid. Und gleichzeitig weiß er, dass er selbst im Rückblick diesen Abend in der Cafeteria, als sie sich begegneten, niemals missen möchte. Weder diesen Abend noch alle anderen möchte er missen. Als er Ada jetzt ansieht, denkt er nur eins, dass er die Aussicht auf das Glück, die sie verkörpert, niemals aufgeben wird.

An Giulia denkt er nicht. Ob er einen Fehler macht? Ganz sicher, aber er kann ihr nichts anderes sagen als

»Es tut mir leid«. Das ist alles, was ihm über die Lippen kommt.

Ada hört nicht auf, ihm Fragen zu stellen. Wie er es geschafft habe, mit ihr zu schlafen und hinterher zu Giulia zu gehen, als sei nichts gewesen. Sie fragt ihn, ob er wisse, wie glücklich Giulia sei, wenn sie ihren Verlobungsring herumzeige.

»Du musst mit ihr sprechen, und wenn du es nicht machst, dann tu ich es. Dann ist es für alle noch schlimmer.«

Matteo sitzt auf dem Sessel und sieht zu, wie Ada ihre Sachen einsammelt und auf das Bett fallen lässt. Sie fängt im Badezimmer an, wirft alles, was sie findet, aufs Bett und lässt es dort liegen. Dann bleibt sie stehen und starrt auf den Taucherhelm, der auf einem hohen schmalen Hocker steht.

Sie fragt sich, ob Giulia Matteo erzählt hat, worüber sie auf der Feuertreppe geredet haben. Sie stellt sich vor, wie Matteo ihr zuhört, während sie von dem armen Mädchen erzählt, das seine Großmutter gerade verliert und einem Mann, den sie kaum kennt, lächerliche Geschenke macht. Giulia hat so etwas zwar nie zu ihr gesagt, aber sie hat sie manchmal auf eine bestimmte Weise angeschaut. Als sei sie ein seltenes, vom Aussterben bedrohtes Tier. Ada kennt diesen Blick, der zeigen soll: Du hast natürlich jedes Recht, anders zu sein, aber die richtige Art ist meine.

Sie kennt diesen Blick noch aus ihrer Schulzeit, als Teresa sie mit selbst genähten Schürzen in die Schule schickte. Sie dachte, die Mädchen trügen in der Schule rote Sachen. Aber in Adas Kindheit zogen alle Mädchen Rosa an. Die Mütter ihrer Klassenkameradinnen lachten, wenn sie sie in ihrer roten Schürze sahen. Was dachten sie wohl, wenn sie so lachten? Was dachte Giulia, wenn sie sie so über Matteo reden hörte, von dem sie nicht wusste, dass er Matteo hieß, weil Ada ihn immer nur Penna nannte?

Sich zu fragen, was Matteo sich bei all dem dachte, hat Ada nicht den Mut. Sie nimmt den Taucherhelm und fängt an, damit auf den Tisch zu schlagen. Sie möchte ihn zerstören.

Matteo nimmt ihr den Helm aus der Hand. Das Glas vorn hat einen Sprung. Matteo versucht, sie zu umarmen. Immer wieder sagt er, es tue ihm leid. Ada hört nichts. Sie spürt seine Umarmung nicht. In ihrem Kopf klingt noch das Geräusch des Helms auf dem Tisch nach, ein Geräusch, wie sie es bisher noch nie gehört hat. Sie denkt an ihre Mutter, die sie damals verlassen hat. Sie hat immer gedacht, der Sprung in ihrem Herzen sei sowieso schon da. Wenn einmal etwas zerbrochen sei, könne sich so etwas nicht wiederholen. Doch das ist nicht wahr: erst die Oma, jetzt Matteo. So viele Abschiede, die ihr Herz jedes Mal neu verletzen.

Sie packt ihre Sachen in einen Plastiktüte. Die Zahnbürste, die Creme, die sie nahm, weil er den Geruch so mochte. Ein paar bunte Pullover. Den blauen Segelpullover, den Matteo ihr geschenkt hat, lässt sie auf dem Bett liegen. Sie knotet die Tüte entschlossen zu.

»Du hättest es mir sagen müssen.« Sie nimmt ihre Tüte und geht zur Tür.

Matteo geht ihr nach. »Was hätte ich dir sagen müssen?«

»Dass es Giulia ist, die du heiraten wirst. Dass sie es ist.«

»Was hätte das geändert?«

Ada ist so ruhig wie jemand, der etwas für unausweichlich hält.

»Wir hätten aufhören können«, sagt sie, bevor sie die Tür hinter sich zuschlägt.

»Glaubst du wirklich, das hätten wir gekonnt?«, fragt Matteo.

Doch die Tür ist schon zugefallen, und er glaubt mit einem Mal, gar nichts mehr zu wissen. Außer dass sie es bestimmt nicht geschafft hätten.

37

In Teresas Wohnung herrscht ein bestimmter Geruch. Als hätte gerade jemand etwas Gutes gekocht. Ada kommt herein, macht die Tür hinter sich zu und fragt sich, wie sie diesen Geruch bewahren kann. Draußen ist es noch nicht dunkel, aber sie lässt die Rollläden schon herunter. So hat es Teresa immer gemacht. Bevor es dunkel wurde, schloss sie die Rollläden und machte überall in der Wohnung kleine Lampen an. Das Licht an der Abzugshaube in der Küche, die Lampe mit dem kleinen Schirm im Flur. Von einer bestimmten Zeit an war es in der Wohnung nie dunkel, aber auch nie ganz hell. Dieses gedämpfte Licht gefiel Ada, das gab den Zimmern etwas Märchenhaftes und Geborgenes.

Im Briefkasten hat Ada Werbung und Rechnungen gefunden. Die Werbung wirft sie weg, die Rechnungen hebt sie auf. Sie sind nicht hoch, die Wohnung war in den letzten Monaten so gut wie unbewohnt. Ihre Großmutter hat Geld für sie zurückgelegt, damit sie sich in der ersten Zeit keine Sorgen zu machen braucht. Ada ist dennoch besorgt. Als würde sie ihrer Oma die Ehre erweisen, indem sie eine Tradition fortsetzt. Teresa machte sich wegen Rechnungen nämlich ständig Sorgen. Ada sieht sich alles genau an. Sie ist nicht gut in Zahlen und Abrechnungen, aber sie beschließt, die Sache jetzt gleich zu erledigen. Sie sucht nach der grünen Nummer, die man anrufen muss. Sie weiß, dass sie irgendwo stehen muss, mit dem Telefonsymbol davor, aber sie sucht vergeblich danach. Dann findet sie sie doch. Eine metallische Automatenstimme sagt, sie solle die Kundennummer eingeben. Ada hört nicht auf die Anweisungen, aber sie hat die Kundennummer auf der Rechnung. Sie gibt die erste Ziffer ein und die Stimme wiederholt sie. Sie stimmt. Bei der zweiten Ziffer muss sie den Hörer einen Moment vom Ohr nehmen, um auf das Papier zu schauen. Sie ist nicht schnell genug, um zu hören, wie die Stimme die zweite Ziffer wiederholt. Und auch nicht die folgende. Die Eingabe sei nicht korrekt, sagt ihr die Stimme mit unerschütterlicher Höflichkeit. Ada fängt von neuem mit der Nummer an. Diesmal langsamer. Mit dem Zeigefinger deutet sie auf die Zahlenreihe auf der Rechnung, mit der anderen gibt sie die Ziffern ein. Aber Ada weiß, dass sie es schon wieder verkehrt gemacht hat, noch bevor die Stimme aus dem Telefon ertönt: »Die Kundennummer ist nicht korrekt.«

Nicht korrekt, denkt Ada. Wie oft hat sie das schon gehört. Vor allem, wenn es um die korrekte Wiedergabe von Zahlen und Buchstaben geht. Damit kam sie noch nie gut klar. Man hatte ihr erklärt, das läge daran, dass sie kein gutes Kurzzeitgedächtnis habe. Ganz gleich, wie kurz die Zeitspanne war, zwischen dem Moment, in dem sie eine Reihe Zahlen oder Buchstaben las, und dem Moment, wenn sie diese wiederholen sollte, vergaß sie sie. Das sei typisch für Menschen, die an Legasthenie litten, hatte man ihr erklärt.

In der Schule fing es schon an. In der ersten Zeit scheiterte Ada völlig. Nichts von dem, was man von ihr wollte, schien für sie machbar. Buchstaben in einer bestimmten Reihenfolge zu schreiben oder die Silben laut auszusprechen – sie konnte es einfach nicht. Dafür machte sie in ihren Heften ganz eigene Übungen. Sie erfand eigene Regeln für sich, und nie war daran etwas falsch. Sie nannte es das »Fluchtspiel«. Der Lehrerin war aufgefallen, dass Ada Probleme hatte, und sie hatte mit ihrer Großmutter gesprochen. Niemand erklärte ihr etwas, aber Ada verstand, dass sie offenbar ein schlechtes Gehör hatte. Das war immerhin weniger schlimm, als »dumm« zu sein. Niemand sprach das Wort »dumm« aus, aber wenn die Lehrerin oder die Klassenkameraden sie ansahen, wusste Ada, dass sie das dachten. Teresa ging mit ihr zu allen möglichen Ohrenärzten. Bei manchen musste man lange warten, bei anderen nicht. Manche waren in der Nähe, zu anderen musste man weit fahren. Bei allen wurde Ada in eine Art Kabine geführt und musste große Kopfhörer aufsetzen. Das gefiel Ada eigentlich ganz gut, es erinnerte sie an die Quiz-Sendungen, die ihre Großmutter im Fernsehen schaute. Was ihr weniger gefiel, war der Moment, in dem der Ohrenarzt fragte, warum sie eigentlich hier sei. Teresa wusste nie, wie sie es erklären sollte. Sie sagte, Ada habe Mühe, in der Schule mitzukommen, oder, es sei nur zur Kontrolle.

Am Ende wussten sie nicht mehr genau, wie viel Ohrenärzte sie eigentlich konsultiert hatten, aber es waren sehr viele.

Was Ada bei all diesen Untersuchungen am meisten fürchtete, war der Moment, in dem der Arzt ihrer Großmutter sagte, das Kind sei nicht taub und könne perfekt hören. Im ersten Moment schien Teresa erleichtert, dann jedoch verfinsterte sich ihre Miene. Denn auch wenn es niemand sagte, war die logische Konsequenz all dessen doch dies: Wenn Ada nicht schwerhörig war, dann war sie vielleicht dumm. Am Ende hoffte Ada inständig, dass irgendein Arzt sagen würde, sie sei taub. Sie versuchte sogar, während der Tests in der Kabine Fehler zu machen. Aber selbst das half nicht. Ihre Ohren waren völlig in Ordnung, wurde ihnen bescheinigt.

In der Schule lief es trotzdem nicht besser. In der zweiten Klasse, als sie kurze Sätze laut lesen und an die Wandtafel schreiben sollte, wurde alles noch schlimmer. Ada hasste die Wandtafel, denn früher oder später kam der Moment, in dem die ganze Klasse so still wurde, dass man eine Stecknadel hätte fallen hören können. Ada begriff, das sie einen Fehler gemacht hatte. Eine Weile sagte niemand etwas, weil alle hofften, sie würde es von selbst merken. Das hätte sie auch gern, sie konnte aber nicht erkennen, was falsch war, und so schwieg sie, bis die Lehrerin sie aufforderte, doch noch mal »genau hinzuschauen«. Sie versuchte es, sie versuchte es wirklich, aber sie sah den Fehler einfach nicht, selbst dann nicht, als die Lehrerin mit dem Finger auf den Fehler zeigte und sie erwartungsvoll ansah. Ada starrte auf die Tafel, sah nichts, und ihre Augen füllten sich mit Tränen. Die anderen Kinder begannen untereinander zu reden und hörten nicht, wie die Lehrerin mit dem Finger auf Adas dicken Fehler tippte. Aber Ada kam dieses Geräusch so laut vor, dass sie sich am liebsten die Ohren zugehalten hätte. Es war ein durchdringendes Geräusch, kein schönes, wie das der Dinge, die beginnen.

Wenn Ada dieses Geräusch hörte, verharrte sie reglos und begann mit dem Fluchtspiel, bei dem die Antworten immer richtig waren, weil sie selbst die Regeln erfand. Wenn die Großmutter sie dann fragte, wie es in der Schule gewesen war, hatte sie große Lust, etwas zu Boden zu werfen.

Eines Tages rief die Lehrerin Teresa an und sagte ihr, sie habe eine Vermutung. Sie gab ihr die Adresse eines Arztes. Diesmal war es kein Ohrenarzt, das erkannte Ada sofort, denn es gab weder Kabinen noch Kopfhörer. Er stellte Teresa viele Fragen, und ihr selbst auch, sah sich ihre Hefte an und meinte schließlich, dass sie eine Legasthenie habe. Er erklärte ihr, das sei eigentlich keine »richtige« Krankheit, und man könne es deswegen auch nicht heilen. Teresa schien erleichtert, und Ada dachte, wenn sie legasthenisch sei und nicht dumm, dann sei das zumindest für die Großmutter etwas Gutes. Für sie änderte es nichts: Sie war und blieb das Mädchen, das keine Fehler entdeckte und verlegen vor der Tafel stand.

Die Lehrerin ermutigte Ada, trotzdem so viel wie möglich zu lesen. Sie gab ihr ein Comic und meinte, das wäre vielleicht einfacher für sie. Dann nahm sie Ada fest in den Arm. Ada aber beschloss, ein richtiges Buch zu lesen. Sie lieh es sich in der Schulbücherei aus, wurde aber in dem Monat, den sie es behalten durfte, nicht ganz damit fertig. So las die Großmutter ihr die letzten Seiten an dem Tag, an dem sie es zurückgeben musste, laut vor, während Ada sich für die Schule fertig machte.

Teresa nahm es hin, dass Ada niemals lesen und schreiben würde wie andere Kinder und dass sie immer Fehler machen würde. Irgendwann, so sagte sie, käme die Zeit, in der es in der Schule und auch sonst im Leben um andere Dinge gehen würde, die sehr viel wichtiger seien. Ada würde sicher etwas finden, was ihr mehr läge. Teresa war sehr geduldig mit Ada und ließ sie alles ausprobieren, was sie gut konnte, auch wenn dabei die Wohnung unordentlich wurde, auch wenn sie dann weniger Zeit für die Hausaufgaben hatte.

Und je mehr Zeit verging, desto weniger schlimm war die Sache mit den Fehlern auch für Ada. Die Zahlen und Buchstaben verloren an Bedeutung, und die Momente, in denen sie sich dem Leben gegenüber verschloss und nichts war als das kleine Mädchen, das die Fehler an der Tafel nicht sah, ließ sie schnell vorüberziehen.

Diesmal aber hat das »Fluchtspiel« nicht funktioniert. Sie hat einen Fehler gemacht. Giulia hat wie eine Lehrerin viele Male mit dem Finger auf den Fehler gewiesen, und Ada hat ihn nicht erkannt. Jetzt aber möchte sie ihn ganz genau verstehen, sie möchte begreifen, wie es Matteo gelungen ist, die Worte der zu lesenden Geschichte so durcheinanderzubringen.

Wie damals, als sie vor der Tafel stand, füllen sich Adas Augen mit Tränen, und alles verschwimmt. Mit oder ohne Fluchtspiel, irgendwann hat keiner mehr die Geduld zu warten, dass man seinen Fehler erkennt. Wie die Computerstimme, die inzwischen am anderen Ende der Leitung verstummt ist, hören alle auf zu reden.

Ada hört das Geräusch dieser Stille. Dann legt sie auf und das Telefon weg.

Teresas Schrank ist voll mit schlecht zusammengelegten Anziehsachen. Der Großmutter war es gleichgültig, wie die Dinge gefaltet waren. Hauptsache, sie waren sauber. Ada kann sehr gut falten. Sie holt alles heraus. Jeden Morgenrock, die Blusen und die langen Röcke. Sie faltet alles, so gut sie kann. Sie faltet und wartet. Wie damals vor der Tafel, als sie hoffte, dass die anderen früher oder später ihre Fehler vergessen würden.

38

Nachdem Ada ihn verlassen hatte, war Matteo wachsam und nervös. Jedes Mal, wenn sein Telefon klingelte, holte er tief Luft wie vor einem Sprung – einem jener Sprünge, für die man ein Leben lang hofft, genug Mut zu haben. Wenn er dann sah, dass es nicht Ada war und auch nicht Giulia – die vielleicht von Ada inzwischen alles längst wusste –, fasste er sich wieder einen Moment und lachte wie vor der Kirche, als Giulia in sein Auto gestiegen war und er geglaubt hatte, er sei noch mal glimpflich davon gekommen.

Er stürzte sich in die Arbeit. Seine Wachsamkeit wirkte sich positiv aus. Er verkaufte mehr als alle anderen. Ständig wurde er um Termine gebeten, und er nahm sie alle an. Sein künftiger Schwiegervater, der auch sein Chef war, ließ keine Gelegenheit aus, Matteo immer neue Aufträge aufzubürden und ihn den Kollegen als leuchtendes Beispiel vorzuführen. Er präsentierte sich als stolzer Vater einer Tochter, die diesen Prachtkerl zum Ehemann gewählt hatte.

Jeder Tag, der verging, ohne dass Ada mit Giulia gesprochen hatte, erschien Matteo wie die Ruhe vor einem bald hereinbrechenden Sturm, den er, wie er fand, verdient hatte und vor dem er sich nicht mehr fürchtete. Er wartete darauf, dass die Dinge die Wendung nahmen, die sie nehmen mussten.

Ada ergriff schließlich die Initiative und rief ihn an. Am Anfang des Gesprächs schien sie sehr gefasst und ruhig zu sein, dann sagte sie, sie brauche ihn und sie würde gern alles besser verstehen, und dann brach sie in Tränen aus.

Sie müssten sich sehen. Im Loft oder unter der Autobahnbrücke, das sei ihr gleich, aber sie müssten sich treffen. Er sagte zu und dachte keinen Moment an Verrat. Ihr Entgegenkommen gab ihm seine innere Ruhe wieder.

Ada hat noch die Schlüssel vom Loft und will in der Wohnung auf ihn warten. Er eilt dorthin, öffnet die Tür und schließt sie eiliger als sonst.

Ada läuft ihm entgegen, und er lässt ihr nicht die Zeit, zu reden. Die Sehnsucht überwältigt ihn. Er schläft mit ihr, als sie fast noch alle Kleider anhat. Nur ein paar Zentimeter Haut legt er frei. Bei jedem Stoß hat er das Gefühl, an einen Ort zu gelangen, den er immer gesucht hat und der verschwindet, sobald er näher kommt. Niemals will er darauf verzichten, diesen Ort zu finden.

Hochzeit oder nicht, Ada ist immer der Ort, an den er zurückkehren will. Der einzige, zu dem er eilt und den er nie wirklich erreicht.

Es dauert nur kurz, oder vielleicht ganz lange. Keiner von beiden könnte das sagen. Ada weiß nicht, ob Matteo wütend ist oder voller Angst. Was immer es war, sie hat ihn angenommen.

Eine Weile sagt keiner etwas. Dann bricht Ada das Schweigen und sagt, dass sie sich auf diese Weise nur wehtun. »Dir wird nichts anderes übrig bleiben, als dich zu entscheiden: für mich oder für Giulia.«

Er antwortet nicht. Er wundert sich, wie Ada die Dinge immer vereinfacht. Als sei das Böse auf einer Seite und das Gute auf der anderen. Dabei ist alles viel komplizierter. Und er ist mittendrin und muss ständig lügen. »Die Sache ist nicht so einfach«, sagt er.

Ada kann das nicht begreifen. »Wenn du es ihr nicht sagst, muss ich mit ihr reden.«

Sie zieht sich wütend an und geht. Sie schlägt die Tür hinter sich zu.

Als er in Giulias Wohnung kommt, will Matteo alles bei ihr wiedergutmachen. Er gibt sich Mühe wie noch nie, ihr zuzuhören. Er geht auf sie ein und greift alles auf, was sie sagt.

Er tut dies auch ein paar Tage später, als Giulia abends mit einem Brief nach Hause kommt, den Teresa offenbar an Ada geschrieben hat. Er wurde in der Nachttischschublade der Verstorbenen gefunden.

»Sie hatten ihn schon seit Tagen. Kannst du dir vorstellen, dass mir keiner etwas davon gesagt hat?«, fragt Giulia empört, nachdem sie die ganze Geschichte erzählt hat. Matteo meint, das sei doch wohl nicht möglich.

»Ich habe versucht, Ada anzurufen, aber sie geht nicht ans Telefon. Ich verstehe das nicht. Morgen versuch ich es wieder. Ich würde ihr den Brief gern persönlich geben.« Sie sieht ihn ratlos an. »Oder will sie vielleicht, dass man sie im Moment in Ruhe lässt? Was meinst du?«

»Ich finde, du machst das genau richtig«, sagt er und ist froh, dass er etwas Nettes zu Giulia sagen kann.

Am nächsten Morgen rief Giulia Ada wieder an. Matteo war gerade mit Ada zusammen. Sie hatte ihre Androhung doch nicht wahr gemacht. Stattdessen hatten sie sich unter der Autobahnbrücke getroffen, um zu reden. Ohne zu reden, spürten sie gerade ihren gegenseitigen Atem, als Adas Telefon klingelte. Der Name von Giulia leuchtete zusammen mit dem Klingeln rhythmisch auf. Ada hielt Matteo ihr Telefon vor die Nase und fragte, was sie jetzt tun sollte. Er wusste keine Antwort.

Ada nahm den Anruf nicht an und alle folgenden auch nicht.

Zu Hause erzählte Giulia Matteo von den vergeblichen Telefonanrufen. Jedes Mal, wenn sie von Ada sprach, hatte er ein unangenehmes Gefühl in der Magengrube. Aber er ließ sich nichts anmerken. Und er merkte, wie ihm das jeden Tag besser gelang.

Schließlich legte Giulia den Brief von Teresa auf das Tischchen in der Diele zwischen die beiden Silberleuchter, die ihre Mutter ihr geschenkt hatte. Man war immer versucht, an dieser Stelle etwas abzulegen, wenn man nach Hause kam, aber sie taten es nie, weil Giulia meinte, dann sähe es in der Diele zu unordentlich aus. Teresas Brief machte offenbar keine Unordnung, jedenfalls nicht nach Giulias Meinung. Matteo hingegen sah in diesem Brief eine Bedrohung, wann immer er daran vorbeiging. Ein weiterer Preis, den er zu zahlen hatte.

Irgendwann hatte Ada begriffen, wie Matteo es fertigbrachte, so viel Zeit mit ihr zu verbringen. Er nutzte seine Dienstreisen aus, behauptete beispielsweise, er müsse früh am Morgen losfahren, und fuhr dann erst am Nachmittag und verbrachte den Vormittag mit ihr. Oder er sagte, er käme erst spät in der Nacht zurück, um bei ihr zu bleiben. Nachdem Ada alles durchschaut hatte, ist es einfacher für ihn geworden zu erklären, warum er jetzt wegmuss.

Jedenfalls ist es manchmal einfacher. In anderen Momenten ist sie so aufgebracht, dass sie ihm sagt, er solle nirgendwohin gehen, und dann traktiert sie ihn wieder mit denselben Fragen und Drohungen. Sie schreit, es sei allein seine Schuld, wenn am Ende alle unglücklich wären, dass er sich entscheiden müsse, und wenn er es nicht tue, dann täte sie es eben.

Er sagt dann immer, sie solle es so machen, wie sie meine. Manchmal genügt das, und sie beruhigt sich wieder. Manchmal wird sie aber nur noch wütender, und dann reagiert er wie ein Vater, der zu müde ist, den

Launen seines Kindes angemessen zu begegnen, und zur Erpressung greift.

»Wenn du zu ihr gehst, verlierst du mich«, sagt er, »und dann ist es so, als sei zwischen uns nie etwas gewesen.«

Er lügt. In welchem Ausmaß ist ihm selbst nicht klar, aber er lügt. Aber das kann Ada nicht wissen.

Nach solchen Sätzen verharrt Matteo reglos wie jemand, der blind auf einen unsichtbaren Gegner geschossen hat, der ihn zu überwältigen droht. Er wartet schweigend, um zu sehen, ob der Schlag erfolgreich gewesen ist oder nicht. Wenn Ada den Blick dann senkt und sich in den Sessel setzt, weiß er, dass er ins Schwarze getroffen hat. Aber gewonnen hat er auch nicht.

39

Seit ein paar Tagen hat sich Giulia verändert. Es ist kaum wahrnehmbar, aber sie ist anders. Sie hält sich nicht wie sonst. Es ist, als hielte sie sich gerader, und sie scheint angespannt zu sein. Matteo fragt sich, ob sie wirklich anders ist oder ob der Alarmzustand, in dem er sich befindet, ihn dazu bringt, genauer hinzuschauen und auf jedes Detail zu achten. Ganz sicher trägt sie ihr Haar öfter offen, und abends, wenn sie beide zu Hause sind, bleibt sie etwas länger wach, bevor sie sich auf die Seite rollt, ihm den Rücken zudreht und einschläft. Meistens schläft Matteo jetzt als Erster ein, und er hat das Gefühl, dass sie ihn länger ansieht als sonst.

Seit Ada in Matteos Leben getreten ist, geht es mit Giulia besser. Vorher ging es auch nicht schlecht, jedenfalls hat Matteo darüber nie nachgedacht. Seit Ada da ist, sind manche Dinge einfacher und weniger konfliktanfällig geworden.

Manche Abendessen bei den Schwiegereltern zum Beispiel. Mit Giulias Vater hatte Matteo nie Schwierigkeiten. Die Mutter hingegen lässt keine Gelegenheit aus, ihn daran zu erinnern, dass er in ihrem Haus immer eine Art Gast sein wird und gut daran täte, sich für ihre Freundlichkeit dankbar zu erweisen. Sie sagt ihm keine direkten Bosheiten, aber sie ist oft ironisch. Durch die Beziehung zu Ada fühlt Matteo sich freier, auf ihre ironischen Bemerkungen zu antworten. Das ist seinem künftigen Schwiegervater auch aufgefallen. Seit Matteo auf den Ton von Giulias Mutter selbstbewusster reagiert, zeigt er ihm seine Wertschätzung umso mehr. So manches im Zusammenleben mit Giulia und ihrer Familie hat sich positiv verändert, seit es Ada gibt.

Dass ausgerechnet sie seiner Beziehung zu Giulia neuen Schwung verleiht, erscheint sogar ihm grausam, und er bemüht sich, nicht daran zu denken.

Eines Morgens, an dem er wieder einmal so tut, als komme er gerade von einer Dienstreise zurück, in Wirklichkeit aber schon seit Stunden in der Stadt ist, fällt Matteos Blick wieder auf Teresas Brief. Der Umschlag liegt noch an Ort und Stelle zwischen den Silberleuchtern, ist aber geöffnet. Matteo sieht es, denkt aber nicht weiter darüber nach.

An diesem Tag hatte ihn Giulia angerufen und ihm vorgeschlagen, gemeinsam zu Mittag zu essen. Sie habe zwar Dienst, könne aber eine Pause machen. Sie waren seit Ewigkeiten nicht mehr zusammen mittagessen gewesen, Matteo kann sich gar nicht mehr erinnern, wann es das letzte Mal war. Er war gleich einverstanden. Er hatte Giulia am Krankenhaus abgeholt und sie gefragt, wohin sie am liebsten gehen wolle. Sie überlegte, nannte ein paar Restaurants und erst zum Schluss schlug sie vor, sie könnten doch zu Paolo gehen.

Das kam Matteo seltsam vor. Früher hatte Giulia nie zu Paolo gehen wollen. Sie sagte immer, der Anblick all der einsamen Männer dort, die wirkten, als litten sie unter Alkoholentzug, deprimiere sie. Am Ende aßen sie tatsächlich bei Paolo, auch weil Giulia anschließend noch unbedingt einen Spaziergang machen wollte.

Sie gingen also spazieren, redeten aber kein Wort. Das Geräusch der Schritte des anderen zu hören war angenehm und vertraut.

Ein paar Tage später geschah wieder etwas Seltsames, auch wenn Matteo sich fragte, ob er mittlerweile nicht schon Gespenster sah.

Giulia rief ihn wieder während der Arbeit an. »Ich habe gegen vier Dienstschluss«, sagte sie, »danach würde ich gern mit dir zum Trödler gehen. Passt dir das?«

»Ja sicher«, sagte er verblüfft und in dem Bestreben, es ihr recht zu machen. »Das können wir gern tun.«

Sie wollte mit ihm etwas kaufen, um die Wohnung gemütlicher zu machen. Sie hatte es tatsächlich so gesagt, »um die Wohnung gemütlicher zu machen«. Matteo dachte an die Zeit, in der sie die Wohnung eingerichtet hatten und in der alles, was sie sich aussuchten, zunächst von der Mutter und dann vom Innenarchitekten begutachtet wurde. Am Ende fand alles seinen Platz, und auch wenn man das Ergebnis alles andere als gemütlich nennen konnte, schien Giulia zufrieden und wollte nie mehr etwas daran ändern.

Es war ungewohnt für Matteo, Giulia an den Auslagen der Trödler entlangstreifen zu sehen. Es war, als wisse sie nicht so genau, was sie suche, und die Eleganz, mit der sie sich bewegte, passte nicht ganz zu all dem Plunder, der hier angeboten wurde.

Er schaute angelegentlich auf den Tischen herum, und als er einmal unerwartet aufblickte, sah er Giulias forschenden Blick auf sich ruhen.

Irgendwann ist Matteo aufgefallen, dass Giulia ihn beobachtet. Es ist in letzter Zeit schon mehrfach vorgekommen, dass sie ihn so merkwürdig angesehen hat.

So war es bei Paolo gewesen und auch an manchen Abenden, bevor sie beide einschliefen oder so taten, als schliefen sie bereits.

Dann sieht Giulia ihn an, als erwarte sie, dass er aus großer Höhe herabstürzt, einer Höhe, die sie nicht abschätzen kann, aber gefährlich findet.

Matteo ist auch nicht entgangen, dass sie ihm den geöffneten Briefumschlag von Teresa hingelegt hat: Er wartet auf den Moment, in dem er all diese Dinge in ihrer Bedeutung verstehen kann, wenn es denn sein muss.

Bisher hat er immer so getan, als bemerke er nichts, und diesmal verhält er sich ebenso.

Ada vermutet inzwischen, dass Matteo das Spiel mit früheren Abfahrtzeiten und späterer Rückkehr jetzt auch mit ihr spielt, um mehr Zeit für Giulia herauszuschinden. Er schreibt ihr jetzt häufiger eine Textnachricht und ruft auch öfter an. Dann bittet er sie um Entschuldigung, dass er nicht kommen kann, und ruft wieder und wieder an.

Ada hat mit ihrer Vermutung recht. Auch ihr gegenüber behauptet Matteo, er müsse wegfahren, wenn er in Wirklichkeit zu Hause bei Giulia ist.

Paradoxerweise unternimmt er seit einigen Tagen weniger Dienstreisen. Er sagt keiner von beiden, wo er eigentlich ist, fährt einfach so durch die Gegend und bleibt allein. Manchmal hält er auf Parkplätzen vor Autobahnraststätten. Manchmal steigt er in Hotels ab, mit denen die Firma zusammenarbeitet. Er sucht sich ein Zimmer mit großer Badewanne aus, lässt Wasser ein und taucht unter. Er schließt die Augen und stellt sich vor, er sei im Meer. Er hört das Geräusch des Wassers und wartet, dass seine Gedanken vorüberziehen.

Wenn er wieder zurückkommt, geht er entweder zu Giulia, oder er bricht aus und geht zu Ada. Wie ein Mantra wiederholt er immer wieder, dass alles am Ende gut ausgehen wird wie in den Filmkomödien.

Ada hat immer noch dieselbe hingebungsvolle Art, ihn zu lieben, als sei es ihr letzter Tag auf Erden, und er merkt nicht, wie weh ihr das manchmal tut. Sie hat ihm erzählt, es gäbe Momente, in denen ihr alles gleichgültig sei. In solchen Momenten denke sie daran, Giulia alles zu erzählen. Wenn Giulia alles wüsste, könnte auch sie eine Entscheidung treffen. Solange sie nichts wisse, könnte sie sich nicht entscheiden und müsse alles hinnehmen. Auch sie nähme alles hin. In solchen Augenblicken aber wäre ihr alles gleichgültig, sogar ihn zu verlieren. Sie wolle nur eins, dass sich die Lage ändere, ob zum Guten oder Schlechten, sei ihr egal.

Sie hat ihm erzählt, dass sie manchmal nachts an Giulias Haus vorbeigeht. Dann bleibt sie dort stehen und sieht ihre beiden Namen auf dem Klingelschild. Einmal hat sie den Knopf schon mit dem Finger berührt und fast geklingelt. Dann aber hat sie gedacht, wenn sie wirklich klingeln würde, würde Giulia genauso leiden wie sie. Und sie wisse ja nicht, wie er sich entscheide und ob sie ihn dann verlieren würde. Sie habe sich jedenfalls plötzlich gefühlt, als würde ihr jemand nacheinander alle Rippen brechen. Sie habe den Finger von der Klingel genommen, sei einen Schritt zurückgetreten und habe noch einmal ihre beiden Namen nebeneinander gesehen.

Seit dieser Geschichte hat Matteo angefangen, von Ada träumen. Im Traum ist sie unter Wasser, und das Wasser ist dunkel. Ada hält die Augen offen und schreit etwas, aber Matteo hört es nie, und das Wasser steigt und steigt.

Nach einer Reihe gleichförmiger Tage wird Matteo auf eine Dienstreise geschickt. Er sagt beiden Frauen die

Wahrheit, nennt die Zeit und den Tag seiner Abreise. Weder Ada noch Giulia fragen nach.

Er wird niemandem wehtun, sagt er sich, als er losfährt.

40

Matteo hat sich eigentlich nie an Konferenzen gewöhnt. Wenn er an der Rezeption der großen Tagungshotels steht, kommt ihm alles so vor, als hätte er das alles noch nie gesehen. All diese Männer und Frauen in Anzug und Blazer, die ihre kleinen Rollkoffer mit den Laptops und Flyern hinter sich herziehen. Offenbar wissen sie alle, wo sie hinsollen, und gehen eiligen Schrittes durch die Lobby. Und dann die Poster, die überall an Aufstellern hängen: Männer mit stolzem Blick, die in die Ferne schauen und über Dinge reden möchten, die ihnen am Herzen liegen. Man weiß eigentlich nie so genau, was ihnen am Herzen liegt, aber dass es so ist, führen sie hier in aller Deutlichkeit vor.

An diesem Morgen findet in dem Hotel offenbar auch eine Veranstaltung über Zen statt. Eines der Poster zeigt Leute, die im Morgenlicht auf einem Feld stehen. Oder im Abendlicht. Die Leute halten sich an den Händen und haben einen Kreis gebildet. Das Photoist von weitem aufgenommen, und die Gesichter der Leute sind nicht genau zu erkennen. Aber eines ist sicher: Entweder sie lächeln oder sie blicken stolz in die Ferne. Seit mindestens zwölf Jahren geht Matteo auf solche

Konferenzen, und außer auf den Postern hat er nirgendwo stolze Blicke oder Lächeln gesehen, nicht mal aus Versehen.

Heute Morgen hat er einen Mann gesehen, der unter seinem Sakko ein Hemd mit riesigen Karos trägt, vermutlich ein Zen-Anhänger. Matteo würde ihm zu gerne nachgehen. Er ist aber wegen eines Vortrags über den Gebrauch eines Biotoms bei Endomyokard-Biopsien hier. Er weiß, wie man ultraschallgesteuerte Punktionen zwischen den beiden Herzkammern durchführt. Er weiß auch, wie wichtig es ist, die rechte Halsvene zu erreichen und dass man einen Katheter mit Temperatursensor verwenden muss, um die Herzleistung richtig zu messen. Dies alles hat er bei früheren Vorträgen gelernt und so versteht er nun etwas von diesen Dingen. Auch heute Morgen könnte er grundlegend Neues erfahren. Doch die Lust, dem Mann in dem karierten Hemd zu folgen, ist stärker als alles andere.

Wenn es bei dem Vortrag nicht um Zen, sondern um erneuerbare Energien ginge, wäre es ihm auch recht. Matteo weiß, dass er eine ganze Zeit zuhören und sich dann an der Debatte über die Anwendung verschiedener Arten von Photovoltaik beteiligen könnte. Er könnte über poly- und monokristalline Solarzellen reden, über Dickschicht und Dünnschicht, über Gallium-Arsenid-Zellen, über Zellen aus Kadmium-Tellurit und Kadmium-Sulfurit.

Er gäbe viel darum, nicht zu den Leuten zu gehören, die auf solchen Konferenzen gern gesehen sind.

Doch er ist genau dieser Typ, und deshalb schickt sein künftiger Schwiegervater ihn auch dorthin. Er kann sehr überzeugend sein. Er weiß, wie man sich als Experte für Photovoltaik, Endomyokard-Biopsien und sogar für Sternbilder ausgibt, wenn es von Nutzen ist.

Einmal hat sein Schwiegervater zu ihm gesagt: »Du kennst dich wirklich überall aus. Du würdest sogar noch in der Wüste Heizkörper verkaufen.« Damals waren Matteo und Giulia erst ein paar Monate zusammen, und sie hatte ihn zum Abendessen zu ihren Eltern eingeladen, in die große Villa mit Blick aufs Meer. Sie aßen auf der Terrasse, der Myrten-Geruch kündigte den Beginn des Sommers an. Es war so sonnig, dass man schon in der Sonne liegen konnte, aber noch kühl genug, dass man abends einen Schal brauchte. Giulia hatte einen Hauch von Farbe und trug einen Schal, der ihr dauernd von den Schulter zu rutschen schien. In der Hand hielt sie ein halbvolles Weißweinglas. Sie trug ihr Haar offen und war atemberaubend schön.

»Du würdest Heizungen in der Wüste verkaufen und sogar deine eigene Großmutter«, sagte der Schwiegervater. Giulia sah Matteo die ganze Zeit über bewundernd an, während ihr Haar im leichten Wind flatterte. Eigentlich war das nicht gerade ein Kompliment, doch Giulias Vater hatte es in freundlichem Ton gesagt und offenbar anerkennend gemeint.

Ihm war sicher nicht klar gewesen, was er da eigentlich sagte.

Nachdenklich geht Matteo durch die Lobby. Das heutige Treffen findet um neun Uhr fünfzehn statt. Jetzt ist es acht Uhr sechsundfünfzig, und Matteo hat schon herausgefunden, wo der Vortrag über Endomyokard-Biopsien stattfindet. Er hat gelesen, dass es um zehn Uhr eine Kaffeepause gibt. Man könnte es auch einfach Pause nennen, denkt Matteo, aber nach fünfundvierzig Minuten ist es eben eine Kaffeepause.

Die Tische mit den Erfrischungen für die Kaffeepause sind schon eingedeckt. Auch das Gebäck liegt bereit. Matteo kann inzwischen die Mädchen, die diesen Beruf schon lange ausüben, von denen unterscheiden, die nur aushilfsmäßig hier sind und wahrscheinlich nie mehr wiederkommen.

Die einen nehmen alles total ernst. Selbst wenn sie einem Gebäck mit Ingwersahne-Füllung servieren, tun sie, als gehörten sie einem Verwaltungsrat an. Und es gibt diejenigen, die sehr gern woanders wären. Er fragt sich, wie sich Ada wohl verhalten würde, wenn sie in Hostess-Uniform Ingwersahne-Gebäck anbieten würde. Vielleicht würde sie es selbst essen und dann in den Zen-Vortrag gehen und mit den Leuten herumträumen, die Ringelreihen tanzen und sich über die Menschen amüsieren, die eilig und gestresst ihre Koffer durch die Flure ziehen.

In diesem Moment vibriert Matteos Telefon, das eigentlich kein Geräusch machen sollte. Giulia ruft an. Sie meldet sich jetzt manchmal sogar schon früh am Morgen. Jahrelang hat sie das nicht mehr gemacht, denkt

Matteo, aber es ist ihm trotzdem recht. Er ärgert sich über Telefonanrufe so gut wie nie.

»Guten Morgen, alles in Ordnung?«

In einem anderen Flur müssen Leute sein, die schon fünfundvierzig Minuten Vortrag absolviert haben, denn es dringt Stimmengewirr zu ihm, das sich nach Kaffeepause anhört.

»Alles bestens. Wir fangen gleich an, und alles ist wunderbar. Wirklich großartig.«

»Hast du Capograndi getroffen?«

»Capograndi? Natürlich, er ist in toller Form, wie immer.«

Bei Capograndi hatte Matteo Dutzende von Endomyokard-Biopsien gesehen. Hätte er selbst eine gebraucht, er hätte sie ganz sicher von ihm machen lassen. Jedenfalls dachte er das. Eines Tages, nach dem x-ten derartigen Eingriff ging Matteo mit Capograndi etwas trinken. Capograndi konnte über nichts anderes reden als über seine Arbeit und zog die ganze Zeit über gelangweilt die Nase hoch. Da wünschte sich Matteo plötzlich, möglichst schnell verschwinden zu können, und fragte sich seither, ob die Arbeit dieses großen Spezialisten nicht eine recht stupide Beschäftigung sei.

Giulia dachte immer noch, Capograndi sei für Matteo ein Mythos, und fragte jedes Mal nach ihm. Es war jedenfalls nett, dass sie sich an ihn erinnerte.

»Ich hab ihn von dir gegrüßt. Er lässt auch schön grüßen.«

»Das ist ja sehr nett«, sagt Giulia, »sehr nett.«

Das Stimmengewirr im anderen Flur wird immer größer, aber Matteo braucht Giulia nicht bitten, lauter zu sprechen. Sie findet stets den richtigen Ton.

»Hast du eine Minute?«, fragt sie jetzt.

Giulia fragt ihn immer, ob er eine Minute habe. Dann redet sie weiter, ohne die Antwort abzuwarten.

»Ich hab mir überlegt, das wir am Wochenende einen Ausflug machen könnten. Ich hab den Samstag frei, wegen der Sache mit der Hochzeit sind alle auf der Station sehr nett zu mir und bieten ihre Hilfe an. Du kennst sie ja und weißt, wie sie sind …«

»Ja, allerdings.«

»Da habe ich mir gedacht, dass wir doch nach Linosa fahren könnten. Nur wenn es dir passt, natürlich.«

Einen Moment schweigt sie, und auch Matteo sagt nichts.

»Was meinst du? Wäre das eine gute Idee?«

Linosa. Giulia und Matteo sind jetzt seit zwölf Jahren zusammen, und in den ersten sieben Jahren hat Matteo sie immer wieder darum gebeten, nach Linosa zu fahren. Er war erst einmal dort gewesen und hätte nicht sagen können, warum er mit Giulia ausgerechnet dorthin fahren wollte. Er stellte sich gern vor, wie sie die Koffer für eine Reise ans Meer packte. Sie hatte ihre besondere Art, Strandkleidung auszuwählen, und manchmal verlor er sich bei dem Gedanken, wie gern er sie in bestimmten Kleidern am Strand sehen würde. Er wusste nicht warum, aber Ferien am Meer brachte er immer mit Linosa in Verbindung. Er träumte von sommerlichen Kleidern, den Wellen, dem Wind. Und von Giulias Körper. Was sie trug, schien immer wegzurutschen – und ganz sicher am Meer in Linosa. In den ersten sieben Jahren wären sie nicht einmal ans Wasser gegangen, sondern wohl im Zimmer geblieben, wo sie die von Giulia mit viel Geschmack ausgesuchten Kleider gar nicht gebraucht hätten. Aber sie hätten gewusst, dass ganz in der Nähe die kleinen Schildkröten von Cala Pozzolana zum ersten Mal ans Meer liefen, wobei sie niemand stören durfte, weil sie sonst die Richtung verloren.

»Ja, das ist eine sehr schöne Idee«, sagte Matteo, und zugleich schien ihm, dass seine Stimme versagte.

»Das Schnellboot geht um elf von Porto Empedocle ab«, fuhr Giulia fort.

»Und es kommt um sechs Uhr morgens an.«

»Um sechs Uhr morgens. Genau.«

Eine Zeitlang kannte Matteo alle Fahrpläne der Schnellboote von Porto Empedocle auswendig. Er kannte auch die von Lampedusa. Giulia hatte mit ihm nie nach Linosa fahren wollen. Sie sagte immer, da könne man doch gar nichts unternehmen. Es gäbe nicht mal eine Bar, von der aus man den Sonnenuntergang beobachten könne, kein schönes Restaurant, um zu essen. Im Sommer fuhr niemand von Giulias Freunden dorthin. Er überlegte immer, wie er ihr erklären sollte, dass es doch gleichgültig sei, ob sonst noch jemand da war. Sie wären doch dort, sie beide, und das genügte. Und außerdem sei sie da mit ihren hübschen Strandkleidern im Koffer. Und dann noch die Schildkröten, winzig wie sie waren, erst an Land und dann auf dem Weg zum Meer. Ihr genügte das nicht. Es hatte ihr nie genügt. Und Matteo hatte darunter immer gelitten.

»Schön. Dann versuch ich, alles zu organisieren. Ich sehe mal, ob es einen Flug nach Trapani gibt und schaue nach einem Leihwagen, ja?«

»Ja.« Matteo weiß, dass sie organisieren kann. Bestimmte Dinge beherrscht Giulia ausgezeichnet.

Es ist Februar. In Linosa wird um diese Jahreszeit niemand sein, nicht mal die Schildkröten. Doch er findet es in Ordnung. Gleich nach ihrer Ankunft werden sie zu Giovanni gehen, unten bei der Bar Errera, und der wird alles vorbereiten. Und vielleicht gehen sie doch einmal nach Cala Pozzolana, mit oder ohne Schildkröten.

»Wunderbar«, sagt Giulia, »dann kümmere ich mich um alles.« Wieder sagt eine Weile keiner von beiden etwas. »Und grüß Capograndi noch mal, wenn du ihn siehst. Viele liebe Grüße und einen schönen Tag. Küsschen.«

»Küsschen.«

Nachdem er das Gespräch beendet hat, geht Matteo kurz auf sein Zimmer, um sich frisch zu machen. Er wäscht sich im Bad die Hände und findet, er habe Glück, dass er durch seinen Beruf in Hotels wohnen kann, in denen die flüssige Seife nicht mit Wasser verdünnt wird. Er wäscht sich lange die Hände und sieht dabei in den Spiegel. Er denkt an den Mann in dem Hemd mit den zu großen Karos. Wenn er ihm jetzt begegnete, würde er ihn zu einem Kaffee einladen. Er würde ihm einen Kaffee anbieten und ihm sogar Komplimente für sein Karo-Hemd machen.

41

Die Konferenz ist schnell vorübergegangen. Matteo zeigte sich von den Neuigkeiten über die Endomyokard-Biopsien mehr beeindruckt als jeder andere. Er hat viel gelächelt und viele Hände geschüttelt.

Jetzt steigt er ins Auto, raucht eine seiner roten Marlboro, und noch bevor er sie zu Ende geraucht hat, hat er das dringende Bedürfnis, mit Ada zu sprechen. »Etwas muss sich ändern«, sagt sie immer.

Die Reise nach Linosa ist Matteos Art und Weise, etwas zu ändern.

Giulia hat heute Abend Dienst, so muss er ihr gegenüber nichts erfinden. Sie hat nicht nachgefragt, aber er ist froh über jede Gelegenheit, bei der er nicht lügen muss.

Er ruft Ada an. »Kannst du kommen?«

Trotz aller Schwierigkeiten der letzten Wochen kommt er wie früher immer noch gleich zur Sache.

»Okay«, sagt sie.

Matteo weiß, dass er ihr eine Antwort schuldig ist. Aber um sie ihr zu geben, muss er sie erst finden. Er weiß nicht, wo er anfangen soll. Er weiß nach all den Jahren mit Giulia auch nicht, was die richtigen Fragen sind. Er hat sich mit Giulia zusammengetan, als er noch glaubte, erwachsen zu werden bedeute, ein Ziel zu erreichen, und wenn man dort angelangt sei, habe man alle Antworten gefunden und könne keine Fehler mehr machen. Es war, als sei er damals auf einen Zug aufgesprungen und habe Giulia ein für alle Mal als Reisegefährtin angenommen. Er würde sein Studium beenden, eine Arbeit suchen, ein Haus finden, heiraten und Kinder haben.

Er glaubte, den Weg zu kennen. Er glaubte, er brauche nicht ans Fenster zu treten und die Stationen zu überprüfen. Er glaubte, wenn sie einmal am Ziel des Erwachsenseins wären, würde er alles wissen. Es war lächerlich, aber er erwartete etwas wie eine Ankündigung, eine Stimme, ein Signal, jemanden, der ihm sagen würde: »Jetzt bist du angekommen und bist erwachsen.«

Jetzt aber weiß er, dass es eine solche Stimme nicht gibt. Er ist erwachsen. Aber er kennt die Stationen nicht mehr, weiß nicht, wo er ist, weiß nicht, wie lange der Zug noch fährt. Er weiß auch nicht, wo Giulia ist, ist sie überhaupt noch bei ihm? Ist sie vorübergehend in einen anderen Waggon gegangen oder vielleicht sogar ausgestiegen?

Er weiß, dass alle ihn von draußen anschauen und erwarten, dass er genau weiß, wo die Reise hingeht, dass er stark und unverwundbar ist und gefeit gegen alle Risse und Stürze. Vor allem Ada erwartet es. Sie ist da, verlangt Antworten und fordert ihn auf, sich zu entscheiden, »entweder ich oder sie«, denn sonst »dürfen wir uns nie mehr sehen«.

Ich bin genauso verloren wie du, würde er ihr gerne entgegnen, und wie du bin ich aus einem Stoff, der irgendwann zerreißt.

Matteo schließt die Tür zum Loft energischer, als er eigentlich möchte.

Ada schaut gerade durch das Ofenfenster auf die Kekse, die sie dort backt. Sie folgt dem Artikel über Frauen, die Süßes backen, um ihre Angst zu vertreiben. Auf dem Tisch steht ein halbes Dutzend Blechdosen. Alle verschieden. Alle geöffnet.

»Es riecht aber lecker hier«, bemerkt Matteo.

Ada wischt sich die Hände mit einem Geschirrtuch ab. Sie sieht nicht mehr auf die Kekse, schaut aber auch nicht Matteo an.

»Was ist los?«, fragt sie.

»Ich muss mit dir über etwas sprechen.«

Sehr viel erzählt er ihr nicht, nur dass er am nächsten Wochenende mit Giulia verreist. Was Linosa für ihn bedeutet, sagt er ihr nicht. Er sagt nur, es sei eine Reise und sonst nichts.

Ada denkt, dass er ihr in all den Monaten nie gesagt hat, wo er war, wenn sie nicht zusammen waren. Wie oft hat sie sich ihn im Bett mit der anderen vorgestellt, hat sich ausgemalt, wie sie nebeneinander einschlafen. Und jedes Mal zwang sie sich zu denken, er sei vielleicht bei niemandem.

Seit sie weiß, dass er Giulia heiraten wird, fragt sie ihn immer, wo er übernachtet. Auch wenn er ihr sagt, er werde nicht bei Giulia sein, beginnt sie zu weinen und wird manchmal wütend. Sie hat kein Vertrauen mehr in Matteos Worte.

Wenigstens jetzt hat sie die Gewissheit, dass er bei ihr schlafen wird. Auf irgendeine Weise schützt diese Gewissheit sie vor den Zweifeln, die wie Monster in ihr wüten.

»Es tut mir leid, aber ich muss wissen, wie die Dinge stehen. Vielleicht finde ich es dort heraus.« Er würde gern bessere Worte finden, aber er sagt wenigstens die Wahrheit. Keine Spur mehr von der Aufgeregtheit, die ihn in der letzten Zeit gepeinigt hatte. »Weißt du, es ist, als wäre ich auf einem Zug«, beginnt er. Dann kommt er sich dumm vor und sagt nichts mehr.

Er sieht Ada hilflos an. Seit seiner Erstkommunion hat er nicht mehr gebeichtet und weiß gar nicht mehr, wie man sich fühlt, wenn einen die Augen des Beichtvaters anblicken.

»Es ist, wie wenn man einen Computer zum Laufen bringen will, der abgestürzt ist, und man nicht weiß, ob er kaputt ist. Man weiß es nicht, und bevor man ihn wegwirft, muss man alles ausprobieren«, versucht er es noch einmal.

Ada sieht nicht aus wie jemand, der ihm eine Buße auferlegen und ihm dann Absolution erteilen will. Aber sie hört ihm zu, und das genügt ihm.

»Bevor Computer abstürzen, funktionieren sie schlecht. Dann heißt es immer, man soll versuchen, sie auszuschalten und einen Neustart zu machen.«

Ada hört schweigend zu und denkt, dass er nicht von ihr spricht und sie nicht im Mittelpunkt seiner Gedanken steht. Sie befindet sich am Rand der Geschichte von Giulia und Matteo. Aber das ist auch eine Position, oder nicht?

»Ich würde dir gern mehr sagen können. Ich würde dir gern sagen können, wie die Sache ausgeht und dass alles gut wird. Aber ich weiß es nicht. Ich weiß nur, bevor ich alles wegwerfe, muss ich einen letzten Versuch machen. Kannst du das verstehen?«

Ada sitzt auf der Fensterbank an einem der riesigen Fenster. Sie wirkt plötzlich sehr klein. Nachdem er sie um Verständnis gebeten hat, kommt sich Matteo grausam vor.

Ada denkt an ihr Gespräch mit Giulia auf der Feuertreppe, als sie über Plattentektonik in Miniatur redeten. Ihr ist, als würden sie alle versinken, ohne dass sich irgendwo ein Berg erhebt.

»Was erwartest du von mir?«, fragt sie Matteo.

Er hat nicht den Mut, ihr zu antworten. Gern würde er ihr sagen: Kannst du dich noch an den Tag erinnern, an dem du mir gesagt hast, du brauchtest jemand, der dir den Weg bahnt? Ich weiß nicht, ob ich dir deinen Weg geebnet habe, aber ich bin sicher, meinen verloren zu haben.

»Warte auf mich«, bittet er sie schließlich. »Warte diese drei Tage ab. Lass uns beide warten. Ich komme von dort mit einer Antwort zurück. Mit allen Antworten.«

Einmal hat er auf der Autobahn einen verlassenen Hund gesehen, der gegen die Fahrtrichtung lief. Einen Moment glaubt er, in Adas Augen dieselbe Angst zu entdecken.

Sie hat Angst vor dem Warten, sie sieht keinen Sinn darin.

Matteo sieht plötzlich müde aus. »Ich träume immer wieder denselben Traum«, sagt er. »Ich bin in der Schule. Alle wissen, dass es gleich klingeln wird, und räumen ihre Sachen ein, ich aber nicht.«

Ada hört ihm zu, dabei sitzt sie immer noch auf dem Fensterbrett.

»Dann klingelt es, und alle gehen, und ich weiß nicht, wie ich es anfangen soll, meine Sachen einzupacken. Ich wünsche mir, dass jemand auf mich wartet. Aber keiner bleibt da, um zu warten.«

»Ich glaube, du hast das Gefühl, mit etwas zu spät dran zu sein«, bemerkt Ada, »oder vielleicht am falschen Ort. Ich weiß es nicht.« Mit diesen Worten rutscht sie vom Fensterbrett. Sie legt die Handfläche an die Scheibe. »Hier zieht es ganz gewaltig, das müsstest du mal in Ordnung bringen.«

Zum ersten Mal hört Matteo sie etwas Praktisches sagen. Er freut sich, so etwas von ihr zu hören. Und die Sache macht ihm mit einem Mal weniger Angst, als sie es sollte.

42

Giulia und Matteo fahren kurz vor dem Mittagessen los. Sie haben den Moment der Abreise nicht genau geplant, aber sie schaffen es immer, rechtzeitig am Zielort anzukommen. Während sie das Auto beladen, wissen sie genau, wann sie sich das Gepäck reichen müssen. Es passiert nie, dass einer den Kopf in den Kofferraum steckt, während der andere die Arme ausstreckt und die Koffer in die Höhe hält. Im Flughafen essen sie an der Bar, ohne sich absprechen zu müssen, wer sich in die Schlange für die Getränke stellt und wer die Panini holt. Sie wissen, was der andere möchte, und müssen sich nicht mit Gesten verständigen. Sie können in derselben Zeitung lesen, ohne dass der eine den anderen bitten muss, bei einer Seite noch ein wenig zu warten.

Während des Flugs fühlt sich Matteo wie zu Schulzeiten, wenn eines seiner Hefte fast vollgeschrieben war und seine Mutter ihm sagte, er solle ein neues in seine Schultasche tun. Während des Unterrichts ging das alte Heft zu Ende, und er holte das neue hervor. Er öffnete es, als sei es ein magischer Gegenstand, der alle schlechten Zensuren und alle Seiten voller durchgestrichener

Stellen verschwinden lassen könnte, und nahm sich vor, in Zukunft alles besser zu machen.

In der Nacht auf dem Schiff erzählt er Giulia, warum er sich vor Jahren vorgenommen hat, nie wieder einen Fuß auf eine Fähre zu setzen. Dennoch sind sie gemeinsam auf die Brücke gegangen, um den Sonnenaufgang zu erleben.

Als sie auf der Insel ankommen, ist das Licht so, wie es schöner im Februar nicht sein kann, und Linosa ist kleiner und rauer, als Matteo es in Erinnerung hatte.

Giulia hat an alles gedacht. Sie hat einen kleinen Mietwagen reserviert, einen mit offenem Dach, mit dem man eigentlich nur auf einem Golfplatz oder Inseln wie dieser herumfahren kann; sie hat die einzige zu dieser Jahreszeit zur Verfügung stehende Unterkunft gefunden. Matteo lächelt, als er das typische Haus erkennt, mit gelbroten Hauswänden und grünen Einfassungen. Giulia sagt, sie habe auch eine Tauchtour reserviert. Ein Mann aus dem Dorf werde das Schlauchboot bringen, und er brauche sich um nichts zu kümmern.

Sie ist sonst nie mit Matteo auf dem Boot zu einer Tauchstelle gefahren. Aber diesmal steigt auch sie ein und zeigt an allem Interesse. Während der Fahrt sitzt sie die ganze Zeit über dicht neben Matteo. Sie erzählt ihm, was sie über den vulkanischen Ursprung der Insel gelesen hat, und er hört ihr zu.

Als sie an der Tauchstelle ankommen, reicht Giulia ihm seine Ausrüstung.

Einen Moment bevor Matteo sich ins Wasser fallen lässt, sagt sie ihm, er solle einen Augenblick warten. Sie geht zu ihm hin und umarmt ihn. Sie bewegt sich unsicher auf dem schwankenden Schlauchboot, wie in einer zu selten geprobten Choreographie.

»Ich liebe dich«, sagt sie.

Matteo geht nicht gleich in die Tiefe. Er sieht durch die Wasseroberfläche den Himmel. Giulia sitzt am Rand des Bootes, für einen kurzen Moment kann er sie durch die Wellen und Wasserspiegelungen sehen. Dann geht er nach unten. In der Tiefe kommt ihm alles weniger schön vor, als er es in Erinnerung hat. Er schließt die Augen.

Er hat nie wirklich an die Hochzeitsfeier gedacht. Weder an die Trauung noch an den Empfang. Er dachte nur immer an den Moment des Ringtauschs, warum, weiß er nicht. Diesen Moment findet er spannend. Ebenso das Versprechen – diesen Moment im Leben zweier Menschen, die überzeugt sind, den Rest ihres Lebens gemeinsam verbringen zu können. Das waren für ihn immer die großen Worte. Weniger »ich nehme dich zur Frau« und »in guten wie in schlechten Tagen« als dieses »dich lieben und ehren, alle Tage meines Lebens«. Das zu versprechen erscheint ihm die wirkliche Herausforderung. Jemanden jeden Tag ehren. Was heißt das? Ihn anerkennen? Ihm helfen und ihn schützen?

Alles andere kann er akzeptieren, er meint auch, er wäre in der Lage, es auszusprechen, aber das »sich ehren« verschließt sich ihm völlig.

Er weiß nicht genau, in welcher Tiefe er sich schon befindet, aber er geht noch tiefer. Der einzige Unterschied zwischen dem Meer und seiner Wanne zu Hause scheint ihm zu sein, dass er hier so tief nach unten gleiten kann, wie er will.

Die Trauung mit Giulia wollte er nie im Beisein anderer feiern. Deshalb hat er, als das Gespräch auf die Hochzeit kam, gleich vorgeschlagen, sich auf Aruba trauen zu lassen. Hochzeiten in Kirchen mit Hunderten von perfekt gestylten Leuten und laufenden Kameras findet er grauenvoll. Alles läuft so ab, als diene es nur dem Film, in dem das Brautpaar und die Gäste später sehen können, ob sie in ihrem Festtagsgewand gut aussahen oder nicht.

Giulia hat das inzwischen verstanden und ist bereit, zu zweit in der Karibik zu heiraten, auch wenn ihre Mutter ihr das ein Leben lang zum Vorwurf machen wird. Sie hat zwischen beiden Parteien vermittelt. Sie versteht es ausgezeichnet, neutral zu bleiben und Leute zusammenzubringen. Dabei verliert sie nie die Geduld und bezieht nie Stellung.

In seinem Kopf hat Matteo die Sache mit der Hochzeit in eine Reihe vieler kleiner aufeinanderfolgender Episoden geordnet. Dies hilft ihm zu glauben, dass es nicht allzu endgültig ist. Unter Wasser hält er die Augen länger geschlossen, als vernünftig wäre. Die Tiefe des Meeres, ob sie nun schön ist oder nicht, ist ihm unwichtig. Er braucht um sich herum viel Wasser, so dass er sich weit weg von allem fühlt.

Während der Reise auf die Insel war er die ganze Zeit auf der Hut. Er hat auf seine Stimme gehört und nach Spuren gesucht, nach etwas, das ihm hilft, eine Antwort auf die Frage zu finden, wegen der sie hier sind, und zu begreifen, an welchem Punkt ihrer gemeinsamen Reise er und Giulia jetzt angekommen sind. Nicht der Reise nach Linosa, sondern der längeren, der Reise in dem Zug, in den Matteo seiner Vorstellung nach vor vielen Jahren mit ihr eingestiegen ist.

Er hat seine ganze Aufmerksamkeit auf die Bedeutung von Schweigen und Gesten gerichtet, doch dies hat zu keinem Ergebnis geführt. Für kurze Momente glaubte er Giulia neben sich: als sie ihn anlächelte, bevor das Flugzeug landete, an der Art, wie sie sich die Tür aufhalten ließ, als sie das Haus betraten, in dem sie in den nächsten Tagen wohnen würden. In diesen Momenten dachte er, sie sei genau dort, wo sie am Anfang war: auf dem Platz neben ihm, bereit, einvernehmliche Blicke über die Schönheit des Panoramas zu tauschen.

Einen Moment später jedoch, zum Beispiel als er sie auf dem Rand des Schlauchboots sitzen sah, war sie woanders, und er fragte sich erneut, ob sie noch in demselben Zug sind.

Um diese Zeit fällt kein Licht mehr in die Tiefe, aber es ist auch nicht dunkel genug, um sich weit weg von allem zu fühlen. Matteo beschließt, wieder aufzutauchen. Er sagt sich, dass ihm kaum noch Zeit bleibt. Er denkt, dass er allein keine Lösung finden wird. In einem hat

Ada wohl recht: Der einzige Weg, aus diesem Dilemma herauszukommen, ist, Giulia alles zu sagen, damit auch sie eine Entscheidung treffen kann. Er könnte jetzt gleich mit ihr sprechen. Er könnte auftauchen, ins Boot steigen und mit ihr reden. Er möchte nicht mehr tauchen, hat auch keine Lust mehr, über die Insel zu spazieren. Er möchte nur eins: aufhören mit diesem Weg, der nirgendwohin führt, und endlich damit anfangen, ein Ziel zu verfolgen.

Ich möchte mit dir reden, will er zu ihr sagen, als er ins Boot steigt. Sie kommt ihm entgegen und hält ihm das Handtuch hin, das sie für seine Rückkehr bereitgelegt hat. Sie umarmt ihn und hat keine Angst, dabei nass zu werden. Sie hat den Mann mit dem Boot bereits gebeten, sie zur nächsten Tauchstelle zu bringen.

Sie fahren jetzt so schnell, dass sie nicht miteinander reden können. Matteo nimmt dies als eine Art Zeichen. Er sitzt schweigend da und hört auf Giulias Schweigen. Unter Wasser hat er gelernt, dass er in der Stille sich selbst besser treu sein kann. Diese Treue zu sich selbst braucht er jetzt.

Am Anfang des zweiten Tauchgangs versucht er noch, Giulia durch die Wasseroberfläche zu sehen, aber diesmal kann er sie nicht erkennen, keinen Augenblick. Sie muss es leid sein, auf dem Bootsrand zu sitzen. Matteo nimmt an, dass sie ein Sonnenbad nimmt. Giulia gehört zu den Frauen, die sich bei jeder Gelegenheit in die Sonne legen und dort lange liegen bleiben können, ohne auch nur einen Muskel zu bewegen.

Hier unten im Meer ist es schöner als an der ersten Stelle. Diesmal hält Matteo die Augen offen und verhält sich wie ein richtiger Taucher. Deshalb hat ihn Giulia wohl hierher gebracht. Tauchen könnte ihm helfen, sein Ziel zu erreichen und sich Giulias Plänen anzunähern. Als er diesmal nach oben kommt, hält sie ihm kein Handtuch hin. Sie liegt tatsächlich in der Sonne, die Sonnenbrille ins Haar geschoben. Sie braucht einen Augenblick, bis sie bemerkt, dass er wieder da ist. Eine Zeitlang sagt keiner von beiden etwas. Der Mann mit dem Boot unterbricht die Stille: »Wenn ihr noch zu der dritten Stelle wollt, müssen wir jetzt losfahren.«

»Dann lass uns fahren«, sagt Giulia, während sie ihre Sonnenbrille zurechtrückt und sich neben Matteo setzt.

Auf der anderen Seite der Insel muss es eine seltsame Strömung geben. Mehrfach versucht der Bootsmann zu ankern, findet aber nicht die richtige Position.

»Es tut mir leid«, sagte er schließlich, »ich habe mich verrechnet. Um diese Zeit gibt es immer Strömungen. Wir können noch versuchen, dort …«

»Keine Sorge«, sagte Matteo, »wir können ruhig zurückfahren.«

Auf der kurzen Fahrt vom Hafen zu ihrem Haus kommt Wind auf. Er kommt von vorn und wirbelt ihre Haare durcheinander. Als Matteo an dem kleinen Weg parkt, steigt Giulia aus, als hätte sie seit Jahren keinen Fuß auf die Erde gesetzt.

Sie duscht und er auch. Sie brauchen nicht viele Worte, um abzusprechen, wer zuerst an der Reihe ist. Unter dem warmen Wasserstrahl spürt Matteo, wie müde er von der Reise, dem Tauchen und allem anderen ist. Er wickelt sich in sein Handtuch und legt sich aufs Bett.

Als er wieder aufwacht, steht Giulia an den Türpfosten gelehnt. Sie ist barfuß und trägt einen langen Rock in einem schönen Blau. In der Hand hält sie ein Glas Weißwein. Sie sieht Matteo an. Er hat keine Ahnung, seit wann sie ihn so anschaut, aber ihr Blick ist anders als früher. Sie sieht ihn wieder so an, als würde er gleich stürzen.

»Ich habe eine Frau aus dem Ort gebeten, uns Abendessen zu machen. Sie hat es gerade gebracht«, sagt sie.

»Ist es schon Zeit fürs Abendessen?«

»Ich habe auf der Terrasse gedeckt.« Sie trinkt einen Schluck Wein. »Möchtest du auf der Terrasse essen?«

Auf dem Tisch der Terrasse liegt ein weißes Tischtuch, das der Wind leise flattern lässt. Tischtuch und Servietten sind aus Leinen. Die Art Leinen, die nur Giulia in einem Ort wie diesem finden kann. Gabeln und Servietten liegen links neben dem Teller. Das Messer liegt rechts, und die Klinge ist nach innen gedreht. Das Glas für den Weißwein steht auf der Höhe der Messerspitze. Rotweingläser gibt es nicht. Weiter links steht das Wasserglas.

Matteo setzt sich und schaut aufs Meer. Am Horizont ist die Sonne untergegangen, und eine Wolkenfront scheint sich der Insel zu nähern, vielleicht vom Nachmittagswind vorangetrieben. Vielleicht waren diese Wolken auch schon vorher da, und er hat nicht darauf geachtet.

Matteo gießt sich etwas Wein ein und nimmt einen Schluck.

Giulia kommt mit einer Auflaufform, wahrscheinlich mit einer überbackenen Pasta. Matteo gießt Giulia Wein nach. Sie will ihm Pasta auf die Mitte seines flachen Tellers legen.

Er steht auf.

»Ich mach das schon«, sagt er und nimmt sich selbst.

Als er sich wieder setzt, hebt Giulia ihr Glas. »Salute«, sagt sie, und sie prosten sich zu, ohne anzustoßen. Das Schöne an manchen Inseln ist, dass man nie weiß, welche Jahreszeit es ist, denkt Matteo.

»Ich muss mit dir reden«, sagt er zu Giulia, als er sein Glas abstellt.

Sie deutet ein Lächeln an und richtet den Blick auf das Tischtuch.

»Lass uns vorher die Pasta mit Languste probieren.«

Matteo nimmt mit der Gabel etwas Pasta und lässt dann alles auf dem Tellerrand liegen.

»Seit das mit der Hochzeit angefangen hat, habe ich den Faden verloren«, beginnt er nach einer Weile. »Wir haben mit all diesen Sachen begonnen: Blumen aussuchen, den Ort für die Feier auswählen. Aber ich habe den Faden verloren, den von uns.«

Jetzt sucht er Giulias Blick. »Weißt du es? Ich meine, weißt du, wie es um uns steht?«

Giulia sieht nicht von ihrem Teller auf. Sie hat die Langustenstücke von der Pasta getrennt und beginnt, das weiße Fleisch aus der Schale zu holen.

»Natürlich weiß ich, wie es um uns steht. Wir sind kurz vor der Hochzeit. Was sollte man sonst noch wissen?«

»Das weiß ich auch. Aber mir kommt es vor, als hätte die Hochzeit alles andere beiseitegedrängt. Ich weiß nicht, ob ich mich klar ausdrücke. Es ist schwer zu erklären. Die Frage ist, wie steht es um uns, von der Hochzeit mal abgesehen.«

Giulia sticht heftiger in ihr Essen, als es sich bei Tisch gehört. Die Gabel kratzt mit einem hässlichen Geräusch über den Teller.

»Weißt du, was der Unterschied ist?«, fragt sie. »Weißt du, was der Unterschied ist zwischen mir und allen anderen, von denen du glaubst, sie stünden dir nahe?« Jetzt sieht Giulia Matteo direkt in die Augen. »Im Unterschied zu allen anderen weiß ich, dass du nicht vollkommen bist. Ich stehe nicht an der Ziellinie und warte darauf, dass du in deinem Lauf ans Ziel kommst. Ich laufe neben dir. Ich weiß, wann du hinfallen wirst.«

Matteo hat an so etwas nie gedacht, er hat ihre Beziehung nie als Wettkampf betrachtet. Als Weg schon, aber nicht als Wettkampf. Er wüsste ja nicht einmal, gegen wen er kämpfen sollte. Eine Sache weiß er aber: Wenn es ist, wie Giulia sagt, dann ist er höchstwahrscheinlich schon gestürzt.

»Ich weiß nicht, ob es so ist, ich zweifle daran, dass es ein Wettlauf ist«, sagt er, »wenn es aber so ist, dann glaube ich, dass ich bereits gestürzt bin.«

»Du bist nicht gestürzt. Niemand ist gestürzt. Du bist nur für einen Moment vom Weg abgekommen.«

Matteo sieht Giulias Hand, die sich nervös zwischen den Bestecken und den Servietten bewegt. Das ist sehr untypisch für sie. Sie ist mit Gesten sonst immer sparsam. Einen Moment denkt er, auch sie habe ihm etwas zu sagen und finde nicht den Mut dazu. Da fasst er sich selbst ein Herz.

»Na gut, ich bin vielleicht nicht gestürzt. Aber verirrt habe ich mich auf jeden Fall.«

Solche Gespräche gehen ihm eigentlich auf die Nerven. Er kommt sich vor wie bei einer Buchvorstellung, auf der jemand aus dem Publikum unbedingt etwas will, obwohl er weder das Buch noch den Autor kennt und deshalb in Bildern redet, die keiner versteht und den Autor zwingen, ihm zuzuhören und zu hoffen, dass das übrige Publikum nicht vor Langeweile stirbt.

»Ich habe Fehler gemacht, Giulia. In der ganzen letzten Zeit habe ich Fehler gemacht. Ich habe nicht richtig verstanden, was mit uns passiert ist, und ich weiß nicht, was jetzt geschieht. Ich habe Schaden angerichtet. Ich glaube, eine ganze Menge Schaden.«

»Ich kann es dir nachempfinden«, entgegnet Giulia. »Es ist normal, dass du jetzt Angst hast, verwirrt bist und dir viele Gedanken machst.«

»Nein, ich glaube, du verstehst es nicht.«

»Du sollst nicht das Gefühl haben, etwas falsch gemacht zu haben«, unterbricht sie ihn. »Du solltest das Gefühl haben, dass du es richtig machst. Es ist richtig, sich Fragen zu stellen, sich zu prüfen. Die Leute erzählen einem, man dürfe keine Zweifel haben. Sie haben seltsame Vorstellungen. Als ob einer nach zehn Jahren noch Schmetterlinge im Bauch haben müsste und das alles … Wir sind keine Teenager mehr, will ich damit sagen. Es geht nicht mehr um die heftigen Gefühle vom Anfang und um Herzklopfen. Wir sind an einem anderen Punkt unseres Weges. Man muss die Dinge nur aus dem richtigen Blickwinkel sehen.«

Giulia streicht sich mit einer Hand über die Stirn, als müsse sie ihr Haar ordnen.

»Ich will dir etwas ganz anderes sagen.«

»Ich weiß, was du mir zu sagen versuchst. Du brauchst es mir nicht zu erzählen, klar? Ich will mich nicht auf dieses Niveau begeben, also lass es bitte.« Jetzt weint sie gleich.

Matteo ist sich nicht mehr sicher, was er sagen will, aber jetzt scheint auch Giulia nicht mehr sicher zu sein. Sicher ist nur, dass sie mehr weiß, als sie sagt.

»Wovon redest du, Giulia? Was weißt du?«

»Alles«, antwortet sie und seufzt.

Was alles, würde er gerne fragen. Dass wir schon so lange in dieser Lage sind, dass ich nicht mehr weiß, wer du bist? Ist es das? Stattdessen schweigt er noch eine Weile und diesen Freiraum nutzt Giulia, um zu sprechen:

»Das mit Ada«, sagt sie. »Ich weiß von ihr und auch von dem, was du mit ihr gemacht hast. Und von dem, was sie glaubt, für dich zu empfinden. Alles.«

Sie wischt sich den Mund mit der Serviette ab und legt sie sehr behutsam neben den Teller. Dann steht sie auf, umfasst mit den Händen das Terrassengeländer und blickt aufs Meer.

»Woher weißt du es?«, fragt Matteo. Leugnen kommt für ihn nicht in Frage.

Ich will niemandem wehtun, hat er sich immer gesagt, aber in Wirklichkeit liegen schon mehr Verletzte am Boden, als er dachte. »Seit wann weißt du das mit Ada?«, fragt er, aber Giulia schüttelt den Kopf.

»Reden wir nicht von ihr. Reden wir nicht von ihr, als wäre sie die Krankheit. Sie ist nur ein Symptom, verstehst du? Sie ist nur das Symptom einer Krankheit, die du zu haben glaubst.«

Sie sagt ihm nicht, wie sie es herausgefunden hat. Sie sagt nichts von dem Morgen, an dem die Sekretärin ihrer Steuerberaterin sie anrief und sagte, sie müsse die Liste ihrer Immobilien überprüfen. Erst die ihrer Eltern, dann die von ihr und Matteo.

Unter den Adressen war eine, von der Giulia nichts wusste. Sie bestätigte der Sekretärin einen Posten nach dem anderen. Nach dem Telefonat wiederholte sie die letzte Adresse. Dann glaubte sie sich zu erinnern, dass dies der Ort war, an dem Matteo diese alte Fabrikhalle gefunden hatte, die ihm so gefiel und die er gern gekauft hätte, um eine Wohnung daraus zu machen, ihre

Wohnung. Er hatte sie also ohne ihr Wissen tatsächlich gekauft.

»Wir haben alle Fehler gemacht«, fährt Giulia fort. »Mein Fehler war, nicht mehr auf dich zu warten. Und immer müde nach Hause zu kommen. Du hast den Fehler gemacht, zu glauben, du könntest wieder das haben, was man am Anfang einer Beziehung hat. Ich kann das verstehen. Ja, ich verstehe es. Es ist schwer. Auch für mich ist es schwer, jeden Morgen neben dir aufzuwachen und nach den Spuren des Wunders zu suchen, das ich am Anfang mit dir erlebt habe. Es ist unsere Aufgabe, dieses Wunder wiederzuentdecken …« Sie holt Luft. »Wir haben diese Aufgabe vernachlässigt. Das passiert. Das kommt überall vor. Machen wir es nicht schlimmer, als es ist.«

Sie hatte die Sekretärin noch einmal angerufen. »Eine Sache habe ich nicht verstanden, eine Kleinigkeit.« Sie wiederholte die Adresse und fragte sie, um was für eine Immobilie es sich dabei handele. Die Sekretärin zögerte einen Moment und sagte dann: »Es geht um Wohnraum.«

Da beschloss Giulia nachzuforschen, was aus der alten Fabrikhalle geworden war. Sie brauchte eine Weile, um herauszufinden, welches Gebäude es war. Dann sah sie die Fenster, erinnerte sich an die Eisenkonstruktionen dort und so fand sie es. Sie sah hinein, und da traf sie fast der Schlag. Sie sah alles. Das blaue Bild, von dem Ada gesprochen hatte. Den Überseekoffer. Den lächerlichen Taucherhelm in der einen Ecke. Und sogar einen von

Adas grellbunten Pullovern, der unordentlich auf dem Bett lag.

Es dauerte ein wenig, bis sie sich alles zusammengereimt hatte. Zuerst wollte sie draußen bleiben und warten, bis einer von ihnen käme. Sie setzte sich in den Eingang und zwang sich, die Dinge aus der Distanz zu betrachten. Sie erinnerte sich, wie sie vor Jahren das Ergebnis des Medizintests gelesen hatte. Das war schwer gewesen. Sie dachte, diesen Fehler könne sie nie wiedergutmachen, und das schmerzte sie. Sie und alle in ihrer Umgebung. Eins wurde ihr damals klar. Wenn man leidet, schafft man es nicht, die Dinge in Ruhe zu betrachten.

Mit der Zeit aber begriff sie, dass sie alles wiedergutmachen könnte, selbst wenn sie sich einen Fehler erlaubt hatte. Sie wartete geduldig, bis der Schmerz vorüberging und sie die Dinge auf die richtige Weise einordnen konnte. Sie hatte die Kraft, sich gegen ihre Eltern zu entscheiden, bahnte sich einen neuen Weg und ging ihn. Und sie ließ nicht zu, dass andere darüber befanden, was der richtige Weg für sie sei. Sie hatte ihren Weg gefunden und war auf diesem gut vorangekommen. Nichts und niemand hätte sie überzeugen können, ihre Richtung zu ändern, nicht einmal jetzt.

Das alles sagte sie sich draußen vor dem Loft, und sie wusste, wenn sie dem Schmerz zu viel Raum ließe, würde sie die Dinge nie richtig einordnen können, und alles würde ihr viel schlimmer vorkommen, als es vielleicht tatsächlich war.

Sie beschloss, ihren Schmerz beiseitezuschieben. Sie hatte dies schon vorher getan, es war wie eine Übung. Um auf ihrem Weg vorwärtszukommen, musste sie das tun. Und als sie sich unter Kontrolle hatte, sah sie die Dinge als das, was sie waren: Ada war nur ein Symptom, ein unbedeutendes Symptom einer ebenso unbedeutenden Krankheit, die zu heilen sie durchaus in der Lage war.

Ada hatte ihr oft genug von Penna erzählt, der in Wirklichkeit Matteo war, und so beschloss Giulia, alle Stationen der Liebesbeziehung von Ada und Matteo durchzugehen, so dass Matteo die Möglichkeit hatte, alles aus dem richtigen Blickwinkel zu sehen. Sie waren zusammen bei Paolo gewesen und auf der Lichtung, dann bei den Trödlern. Dann hatte sie ihn hierher gebracht, auf diese gottverdammte Insel, die er zu lieben glaubte, damit auch er die Dinge aus der Distanz betrachten konnte.

»Gewohnheit ist eine dumme Krankheit«, sagt sie jetzt zu Matteo, während er sich neben sie ans Geländer stellt, »aber eine Krankheit, von der wir geheilt werden können.«

Er sieht sie an und weiß nicht, was er denken soll. Er weiß, dass er ihr sehr wehgetan hat, doch er kann keine Spur von diesem Schmerz an ihr entdecken. Giulias Körper ist perfekt wie immer. Er dachte, er hätte alles zerstört, dabei erscheint alles unversehrt. Alles an ihr sieht so aus, als ob es gleich photographiert werden könnte. Und nichts muss verändert werden, genau wie in ihrer Dachwohnung.

»Ich habe nachgedacht, Matteo, ich habe sehr viel nachgedacht. Und ich bin mir sicher, dass Ada nicht die ist, die du dir wünschst. Wenn du sie wirklich wolltest, hättest du sie dir genommen. Ich kann nicht glauben, dass ich dir das extra sagen muss. Was du willst, das nimmst du dir. Wenn du sie wirklich liebtest und sie wolltest, dann wären wir jetzt nicht hier. Du hättest mich längst verlassen. Du hättest mir von ihr erzählt, und zwar vom ersten Tag an, als sie diesen lächerlichen Rum ausgekippt hat. So unehrlich bist du nicht, Matteo, wirklich nicht. Du hast nur mal eine kleine Abwechslung gebraucht. Das kann ich gut verstehen. Ada ist so anders als andere. Das gefällt mir auch. Es *gefiel* mir auch. So etwas kommt vor, es passiert vielen Leuten. Manchen passiert es vor der Hochzeit, anderen danach. Manche tun, als sei nichts geschehen, andere wie du versuchen, darüber zu sprechen. Das ist ja schon mal etwas.«

Jetzt dreht sie dem Meer den Rücken zu, sieht nirgendwohin und beugt ihren Hals so, wie ihre Mutter es tut, wenn sie etwas missbilligt.

»Und da ist noch etwas«, fährt sie fort. »Du bist nicht die Art Mann, der der einzige Ankerplatz für jemanden sein will. Niemand will der einzige Ankerplatz für irgendwen sein. Für Ada bist du das aber: der einzige Ankerplatz.«

So hat Matteo es noch nie gesehen. Er hatte sich nie gefragt, wer der einzige Ankerplatz für wen ist. Er glaubt aber, dass Giulia recht haben könnte. Er denkt daran, wie er sich fühlt, wenn Ada ihm all diese Fragen stellt und ihm keinen Raum lässt. Er ist jetzt ihr letzter Schutzwall, kann es aber im Grunde nicht sein. Er will es nicht sein.

»Und weißt du was noch? Weißt du, warum du noch hier bist und nicht bei ihr, um Rum zu trinken und Margeriten zu pflücken? Das wird dir jetzt nicht gefallen, Matteo, aber ich sage es trotzdem. Ich kenne dich. Weißt du, warum du noch hier bist? Weißt du, was dich hier zurückhält? Dasselbe, was mich davon abhält, andere Geschichten anzufangen. Die absolute Gewissheit, dass am Ende alle doch wieder am selben Punkt ankommen. Auf dem Sofa, vor dem Fernseher, ohne sich zu erinnern, was der andere sich zum Abendessen wünscht. Lohnt sich das? Frag es dich ehrlich. Lohnt es sich, alles, was wir bisher aufgebaut haben, zum Teufel zu schicken und zu einer Frau zu rennen, die glaubt, alles von dir zu wissen, weil sie dich in dem Sweatshirt mit *Captain America* gesehen hat und dich ins Wasser tauchen lässt? Vielleicht wäre es am Anfang ja sehr schön, das will ich nicht abstreiten. Aber in zehn Jahren? In zehn Jahren würdest du genau dort landen, wo du jetzt bist. An demselben Punkt, an dem wir jetzt sind. In Wirklichkeit ist dir klar, dass man sich Mühe geben muss, und du willst dir Mühe um uns geben. Sonst wärest du nicht hier. Das weiß ich, und du weißt es auch.«

Matteo hat ihr mit großer Aufmerksamkeit zugehört; das hat er bisher nie gekonnt. Er fragt sich, wie Giulia den Ort der Ängste gefunden hat, denen zu begegnen er nicht in der Lage war. Er fragt sich, wie sie all diese

Antworten finden konnte, ohne dass er die kleinste Disharmonie in ihrem Zusammensein bemerkt hat.

»Du hast recht«, sagt er nur, »vielleicht ist Ada nur ein Symptom.«

Dann denkt er über die eigentliche Krankheit nach. Giulia ist es gelungen, Ada aus ihrem Horizont zu entfernen, jedenfalls vorerst. Aber für Matteo ist die Krankheit damit nicht verschwunden. Die einzige Art, wie er sich die Dinge erklären kann, ist das Bild mit dem Zug. Er sagt Giulia, er habe Angst, im falschen Zug zu sein, nicht mehr zu wissen, an welchem Bahnhof er sich befindet und wie viel Wegstrecke noch vor ihm liegt.

»Matteo«, entgegnet Giulia, »wir haben nichts davon, wenn wir jetzt Märtyrer spielen. Wir müssen uns nicht bestrafen und uns dann Absolution erteilen. So etwas passiert allen, wirklich so gut wie jedem. Die Leute haben Angst und irren sich. Manche verharren in ihrem Irrtum. Sie glauben, wenn eine Sache einen kleinen Schaden erlitten habe, sei es besser, damit aufzuhören und alles wegzuwerfen. Aber wir sind intelligente Menschen, wir sind reife Persönlichkeiten. Wir haben den Schaden erkannt und reparieren ihn. Wir stellen alles wieder her und machen keine Fehler mehr. Und wir reden darüber. Es wird unser Geheimnis bleiben. Unser kleiner Scherbenhaufen. Wir können ihn hier lassen, an diesem gottverlassenen Ort. In Ordnung?«

Matteo nickt. Es ist, als betrachte er die Szene seit einiger Zeit von außen. Giulia nimmt seinen Kopf in beide Hände. »Ich bin bei dir«, sagt sie leise und hält ihren

Mund dicht an seinen. »Wir sind im richtigen Zug, auf dem richtigen Gleis, im richtigen Moment. Wir haben allen Treibstoff der Welt. Und haben noch eine lange Strecke vor uns.«

Giulia nimmt Matteo an der Hand, und sie gehen ins Schlafzimmer. Sie zieht ihn langsam aus, als entferne sie schmutzige und leicht zerreißbare Kleider von seinem Körper. Sie küsst ihn. Er gibt ihr einen langen Kuss zurück. Sie lieben sich. Matteo lässt sich führen, und einen Augenblick lang erlebt er dies alles mit dem Blick von außen. Er bewegt sich langsam und sucht nach einer neuen Grammatik, die ihm das Staunen über einen Körper zurückgeben soll, den er schon so oft entziffert hat.

Als es vorbei ist, sind alle Sorgen verschwunden.

Er ist nach Hause zurückgekehrt, ohne Eile und ohne Aufsehen.

Am Sonntagmorgen wachen sie auf, die Wolken, die abends am Horizont zu sehen waren, scheinen weiter entfernt, aber die Luft ist kühl, und das Licht ist nun auch hier so unbedeutend wie überall sonst im Februar.

Sie beschließen, gleich zu fahren und nicht erst am Abend, wie Giulia es ursprünglich geplant hatte. Sie wollen ein Schnellboot nehmen und nicht die langsame Fähre, mit der sie hergekommen sind.

Während der Fahrt betrachten sie den Schaum hinter dem Schiffsmotor, und die Insel, die immer kleiner wird, genauso wie die Fehler, derer sie sich schuldig gemacht haben und die zu büßen ihnen die Insel geholfen haben könnte. Zu sehen, wie sie sich entfernt, ist ihr Dank dafür, ihre Art, einander zu versprechen, das, was sie sich angetan haben, zu verzeihen und zu vergessen.

Während der Fahrt denkt Giulia daran, was Ada ihr einmal über den Sonntag gesagt hat: »Um zu verstehen, wie es um ein Paar bestellt ist, muss man nur sehen, wie es seine Sonntage verbringt.«

An diesem Sonntag kommen sie wieder zusammen nach Hause, ohne Geheimnisse voreinander.

Matteo denkt an den Moment, in dem er versuchte, Giulia durch das Wasser zu sehen, während er tauchte, an den Augenblick, als sie an der Tür lehnte, das Weinglas in der Hand und in dem blauen Rock. Er sucht in den mit ihr verbrachten Jahren nach anderen Erinnerungen und Anhaltspunkten, um ihrem weiteren gemeinsamen Leben eine solide Basis zu geben. Es sind kleine Dinge, wie Brotkrumen, die man auf einen Weg streut, um ihn wiederzufinden, falls die Gefahr besteht, sich zu verlaufen.

Während der Rückreise schweigen sie beide, und dieses Schweigen ist frei von Verlegenheit. Nach dem Flug holt Matteo das Auto vom Flughafen-Parkplatz und stellt das Gepäck hinein. Bevor Giulia einsteigt, sieht sie ihn lange an.

»Eins bist du mir schuldig«, sagt sie. »Den Ort, an dem du mit ihr zusammen warst, die frühere Fabrikhalle, die du gekauft hast. Die möchte ich gern sehen.«

43

Matteo öffnet die Tür zum Loft wie ein Musiker, den man zwingt, eine Melodie zu spielen, deren Ende er nicht kennt. Aus Angst, nicht zu wissen, wie es weitergeht, spielt er auch den ihm bekannten Teil nur schlecht. Er bleibt gleich hinter der Eingangstür stehen. Er ist sich sicher, dass Ada nicht da ist. Sie geht nie in das Loft, wenn sie weiß, dass er nicht kommen wird. Er schaut zu, wie Giulia sich in den Räumen bewegt, die sie für seine Höhle gehalten hat. Jetzt, wo er sie dort sieht, hat er das Gefühl, dass die Räume neue Proportionen erhalten.

Giulia erinnert sich nicht, dass die Decken so hoch und die Kreuzgewölbe in so gutem Zustand waren. Sie sieht die Blechdosen in der Küche. Dann sieht sie Matteos Sweatshirts mit den Superhelden und stellt sie sich für einen Moment in ihrer gemeinsamen Wohnung vor.

Sie wirkt wie eine Touristin im Museum, und Matteo fällt es schwer, sich selbst an diesem Ort wiederzuerkennen. Giulia bleibt stehen und sieht sich das in den Boden eingelassene Becken an. Er hatte lange darauf gedrängt, so etwas bei ihnen zu Hause zu haben. Ein befreundeter Ingenieur hatte angeboten, ein Gutachten zu erstellen, ob dies möglich war. Giulia hatte es jedoch nicht zugelassen. Sie fand so ein Becken unproportioniert, und auch ihre Mutter war dieser Meinung. Am Ende suchte Giulia eine normale Wanne aus, etwas größer als die übliche Form. Wenn sie Matteo in die Wanne eintauchen sah, in die er kaum hineinpasste, kam ihr das immer etwas lächerlich vor. Manchmal fuhr sie mit den Armen hinein und suchte sein Gesicht. Erst dann öffnete er die Augen und tauchte auf. Dann sagte sie, er solle das mit dem Tauchen lassen, ihn so zu sehen irritiere sie.

Jetzt stellt sich Giulia ihn in diesem großen Becken vor. Sie fragt sich, ob die Sache mit dem Tauchen ihr weniger lächerlich vorkäme, wenn sie so ein Becken zu Hause hätten. Dann geht sie zu Matteo und streichelt ihn. Ihr scheint, dass er erstarrt, als habe er kein Vertrauen mehr in diese Art der Zuwendung. Da streichelt sie ihn noch mal und dann wieder, bis sie spürt, dass alle Anspannung von seinem Hals und seinem Gesicht verschwunden ist. Sie umarmt ihn behutsam.

»Tu, was du tun musst«, sagt sie. »Sag ihr die Wahrheit. Sag ihr, dass wir heiraten. Und dann reden wir nicht mehr über die Sache.«

Giulia nimmt Teresas Brief aus ihrer Tasche.

»Gib ihr den Brief.«

»Hast du ihn gelesen?«, fragt er.

Giulia antwortet nicht und geht zur Tür.

Matteo steht reglos da und sieht ihr nach. Er hatte vergessen, wie stark Giulia ist, wie sie auch in schwierigen Momenten einen klaren Kopf behält. Oft ist ihm ihr Verhalten kalt vorgekommen. Er dachte immer, zu dieser sicher nicht mühelos erworbenen Stärke trage auch ihr Milieu bei, in dem so etwas wie Hinfallen nicht vorkommen darf. Er will es nicht gering schätzen, glaubt aber, Giulia wisse nicht, was es bedeutet, im Leben Unrecht zu erfahren. So schlecht es auch zugehen mag, für sie gibt es immer jemanden oder etwas, das Stürze verhindern kann.

Immerhin genießt auch Matteo die Vorteile dieser Kraft. Er hat immer geglaubt, Ada habe wegen der Sicherheit ihres Gefühls so eine große Anziehungskraft auf ihn. Jetzt aber weiß er, dass die Sicherheit, die er braucht, die von Giulia ist, die entschlossenen Schrittes über saubere und gepflasterte Wege geht, und nicht barfuß über Schutt und Asche läuft wie Ada.

Er hat nie darüber nachgedacht, dass ein Mensch der einzige Ankerplatz für jemanden sein könnte. Ganz sicher hat er nicht gedacht, er wäre es für Ada, überzeugt, sie wäre selbst ihr einziger und letzter Ankerplatz.

Giulias Sichtweise gibt eine Antwort auf alle Fragen, die er sich nie zu stellen gewagt hätte. Sie hat recht, sie hat recht in allem. Sie sind jetzt erwachsen. So erwachsen, dass sie jetzt wissen, was sie von einer Beziehung erwarten können und was nicht.

Mit Ada wäre es schiefgegangen. Ganz sicher. Auch mit ihr hätte es betretenes Schweigen gegeben. Abende, an denen sie über nichts gesprochen hätten. Ferien an Orten, die beiden nicht gefielen. Dazu Müdigkeit und Angespanntheit.

So wäre er früher oder später ähnlich wie mit dem Verrat an Giulia auch mit Ada in einem Sumpf gelandet, hätte die Arme einer anderen gebraucht, um dort herauszukommen. Und danach vielleicht die noch einer anderen. Und immer würde er vermissen, was er am Anfang mit Giulia hatte, eine stabile und sichere Beziehung. So stabil, dass Giulia ihn aus dem Sumpf gezogen hatte.

Er beschließt, noch ein letztes Mal in sein riesiges Becken zu tauchen. Er lässt Wasser einlaufen, zieht sich aus, nimmt den Taucherhelm. Mit einem Finger fährt er über den Sprung im Glas, den Ada in ihrer Verzweiflung verursacht hat. Er steigt in das Becken, als es noch nicht voll ist. Er spürt, wie das Wasser steigt, und schließt die Augen.

Ihm kommt der Nachmittag in Erinnerung, an dem er Ada gefragt hatte, was sie später machen wolle. Sie hatte ihm etwas von Pinnwänden, Kinderzeichnungen und Schaukeln erzählt.

Da hatte er gewusst, dass er sie liebte.

Matteo öffnet die Augen und nimmt den Helm. Er beschließt, ihn aufzusetzen, auch wenn das Wasser noch nicht tief genug ist, um richtig einzutauchen. Die Dinge durch den Sprung zu sehen lässt sie aussehen, als sei er schon unter Wasser, mit dem Kopf im Helm hört er dasselbe Geräusch wie beim Eintauchen, das ihn weit weg von der Welt führt. Erneut schließt er die Augen.

Er denkt an etwas, das man ihm einmal über Chinesen oder Japaner gesagt hat. Wenn ein Gefäß zerbricht, kleben sie die Scherben mit Gold zusammen, um die Risse zu ehren. Er denkt, genau das werde Ada für ihn sein: das Gold, mit dem man die Stücke zusammenhält. Die leuchtende Verbindung aller seiner Verletzungen. Von jetzt an wird sie der ferne Ort sein, an dem er seine Wünsche und alle Ängste verbergen kann.

An diesem fernen Ort wird Ada immer ihren roten Mund haben, auch ohne Lippenstift, und ihre Augen werden blau sein, von einem Blau, das es sonst nirgendwo gibt. Ihre Haut wird nicht altern, und die Erinnerung an ihren Körper wird immer der Ort sein, an den Matteo zurückkehren möchte. Ihre Nächte werden immer die bleiben, in denen sich ihre Hände suchten. Vielleicht wird er ab und zu von ihr träumen. Es werden Träume oder Worte sein, in denen sie sich gegenseitig festhalten und sonst nichts. Wenn er aufwacht und merkt, dass nichts davon wahr ist, wird er noch die Leichtigkeit ihrer Umarmung spüren, und es wird ihm leidtun, dass es nicht wahr ist, und er wird weiter lächeln in Erinnerung an diesen Traum, den ganzen Tag.

Er wird die Tage zählen, an denen er sie nicht sehen wird. Irgendwann wird er aufhören, sie zu zählen, und nicht mehr an sie denken. Vielleicht wird er ihr begegnen, während er mit Giulia spazieren geht. Wenn er sie sieht, wird sein Herz einen Moment stehen bleiben, und was ihm bisher wie eine Burg erschien, mit Giulia, wird ihm wieder nur wie eine kalte ungemütliche Wohnung vorkommen. Sogleich wird er all diesen gezählten Tagen einen Sinn geben: Die Tage ohne sie werden vergeudete Tage sein.

Das Wasser steigt bis in den Helm, und das Geräusch, das er zu lieben glaubt, wird stärker.

Er fragt sich, ob er sich für immer an Adas Stimme wird erinnern können, ihren Geruch und das Gefühl ihrer Haut auf der seinen. Was für ein vertrautes Gefühl. Er fragt sich, ob diese Erinnerungen mit der Zeit verblassen werden, ob in zehn Jahren die Stimme in seinem Kopf wirklich die ihre ist oder nur die, welche er sich von seiner großen Liebe wünscht. Der für immer verlorenen Liebe, der er sein Leben lang nachtrauern wird.

Das Wasser hat jetzt den Helm gefüllt. Matteo hält den Atem an und die Augen geschlossen. Er bleibt gerne so, diesen Schwindel liebt er. Diese Art Orgasmus, den er zu verspüren glaubt, wenn er keine Luft mehr hat und das Wasser zu elektrischer Energie wird.

Als er aus dem Becken steigt, ist es schon spät. Er wird zu ihr gehen und ihr den Brief geben. Er nimmt den Helm ab. Er zieht sich an. Einen Moment überlegt er, ob er das Sweatshirt mit *Captain America* tragen soll. Dann zieht er einen von Giulias Pullovern an, einen von den grauen.

44

Matteo war nie in Teresas Wohnung, der Wohnung, wo Ada lebte, bevor sie ihre Nächte zwischen Krankenhaus und Loft verbrachte. Er hat sie öfter bis zur Haustür begleitet, ist aber nie mit hineingegangen. Als er klingelt und die Tür aufgeht, kommt es ihm vor, als betrete er eine winzige Welt, und er fürchtet, alles zu zerstören. Ada trägt seinen blauen Segelpullover und eine Jeans. Sie ist barfuß. Einen Augenblick glaubt er, etwas Lippenstift auf ihrem Mund zu sehen.

»Komm rein«, sagte sie und fordert ihn auf, in die Küche zu gehen.

Auf dem Tisch liegen die Kinderphotos von Ada, die ihre Großmutter gemacht hat und die sie bei den Kärtchen mit den besonderen Sätzen aufbewahrte. Matteo bemüht sich, nicht hinzuschauen. Ada findet sich auf den Bildern nach wie vor ungraziös, hat sie aber vergrößert und mit einem Photoprogramm überarbeitet. Sie sind quadratisch wie alte Polaroid-Photos und ziemlich unscharf. Sie will sie einrahmen und irgendwo aufhängen.

Ada setzt sich dorthin, wo sie immer saß, als ihre Großmutter noch lebte, vor dem Kühlschrank unter der

Uhr. Matteo bleibt stehen und sucht nach genügend Platz in diesem engen Raum.

»Sie weiß alles.« Er versucht Ada anzusehen wie durch das gesprungene Glas des Taucherhelms. »Sie hat mir nicht gesagt, seit wann, und auch nicht, wie sie es herausgefunden hat. Jedenfalls weiß sie es. Und sie ist bereit, mir zu verzeihen. Sie hat mir schon verziehen.«

Ada hat wieder den Blick des Hundes, der gegen die Fahrtrichtung auf der Autobahn läuft. Sie weint nicht und sagt kein Wort, weiß aber genau, was Matteo sagen will.

»Wir haben angefangen, alles in Ordnung zu bringen. Wir machen es Schritt für Schritt bis zur Hochzeit. Und darüber hinaus. Wir können nicht einfach alles wegwerfen. Das können wir uns nicht erlauben. Das wäre für niemanden richtig.«

Dieses Reden im Plural tut Ada weh. Es erinnert sie daran, dass sie vor ein paar Tagen zwar am Rand stand, aber noch Teil der Geschichte war, irgendwo neben Matteo. Jetzt ist sie draußen, und nur die beiden sind übrig.

Matteo sagt ihr nichts von dem, was er zu hören bekommen hat. Er sagt auch nicht, er tue es zu ihrem Besten, oder es sei nicht seine Schuld, sondern die des Augenblicks oder dass alles anders gekommen wäre, wenn er sie in einer anderen Phase seines Lebens kennengelernt hätte. Er sagt auch nicht, dass er sie jetzt verlässt, aus Angst sie später irgendwann dann doch zu verletzen.

Er versucht nicht, sie zu bitten, die Dinge realistisch zu betrachten.

»Giulia hat mich gebeten, dir das zu geben.« Er zieht den Brief von Teresa hervor und legt ihn vor Ada auf den Tisch. Sie nimmt ihn.

»Für mein Fischlein«, steht darauf. Ada erkennt die unsicheren Schriftzüge ihrer Oma und streicht zärtlich mit dem Finger über die Worte.

»Sie wollte ihn dir gleich geben, als sie ihn gefunden hat. Deswegen hat sie immer versucht, dich anzurufen.«

»Er ist geöffnet.«

»Ich habe ihn nicht gelesen. Ich glaube, sie hat ihn schließlich aufgemacht. Sie mochte deine Großmutter sehr gern, Ada, sie hat nie einen ihrer Patienten so geliebt.«

Ada legt den Brief wieder an die Stelle zurück, an die Matteo ihn gelegt hatte, und steht auf.

»Wie lange noch?«, fragt sie.

Er weiß, dass sie von der Hochzeit redet. »Nicht mehr lange, es ist bald so weit.«

Einen Moment überlegt er, ob er ihr sagen soll, dass sie es eines Tages verstehen wird. Dann wird ihm klar, wie unpassend das wäre.

»Mach's gut«, sagt er nur. Dann geht er, bevor sie irgendetwas sagen kann.

Die Worte klingen für Matteo wie aus einem Englisch-Lehrbuch, als er noch zur Schule ging. Eine Phrase, mit der man angeblich kommunizieren kann, aber das kam ihm immer schon seltsam vor.

Jetzt, wo er Ada zum letzten Mal sieht, einen Moment, bevor er die Tür von Teresas kleiner Wohnung schließt, hat er den Eindruck, dass ihm alle Sprachen der Welt fremd sind.

45

Giulia hat mit dem Abendessen auf Matteo gewartet. Sie hat bei Daniele ein rosa gebratenes Filet mit Salzkruste bestellt und eine Flasche Rotwein geholt. Zuerst wollte sie auf Matteo warten, damit er sie öffnet. Dann fiel ihr ein, dass dieser Wein nach dem Öffnen noch ein wenig atmen muss. Sie hat ihn aufgemacht und zum Dekantieren in eine Karaffe gegossen, auch wenn sie Wein in Flaschen schöner findet.

Als Matteo hereinkommt, hat sie das Gefühl, er bleibe etwas länger als sonst vor der Kommode im Eingangsflur stehen. Sie fragt sich, ob er auch gemerkt hat, dass dort ohne Teresas Brief alles viel ordentlicher aussieht. Matteo hat die Schlüssel in der Hand, und einen Moment scheint er sie ablegen zu wollen. Doch dann steckt er sie in die Tasche seines Sakkos und sieht Giulia an.

»Ich habe den Wein schon aufgemacht«, sagt sie.

»Schön«, antwortet er.

Giulia hilft ihm mit dem Jackett. Sie hängt es in den Schrank, in dem immer alles aufgeräumt ist.

Matteo hat die Gläser gefüllt. Er wartet auf Giulia, um mit ihr anzustoßen. »Schmeckt gut, der Wein«, sagt er.

Giulia denkt, dass sie ihn das schon lange nicht mehr hat sagen hören.

In dem großen Badezimmer bereiten Giulia und Matteo sich nacheinander für die Nacht vor, ohne sich gegenseitig zu behindern und ohne dass der eine zu viel vom anderen sieht.

Bevor er sich im Bett ausstreckt, legt Matteo eine Hand auf Giulias Schulter.

»Wie ist es mit den Pfingstrosen ausgegangen?«, fragt er.

Giulia braucht eine Weile, bis ihr die Sache mit den Blumen wieder einfällt. Ihre Mutter hatte herausgefunden, dass der Blumenhändler sie aus einem holländischen Treibhaus bezogen hatte. »Das war nicht die Abmachung«, sagte sie zum Floristen, zu Giulia und jedem, der ihr über den Weg lief. »Wir hatten nämlich abgemacht, dass die Pfingstrosen aus einem italienischen oder französischen Garten kommen.« Sie wollte dem Floristen schon den Auftrag entziehen, hatte dann aber gemerkt, dass es jetzt zu spät wäre, einen anderen zu finden, und ließ sich versprechen, dass er ihr die gewünschte Herkunft der Pfingstrosen garantiere.

»Sie hat mit den Leuten in der französischen Gärtnerei gesprochen. Alles in Ordnung«, antwortet Giulia, und einen Moment später wird ihr klar, dass sie nicht mehr genau weiß, ob die Gärtnerei tatsächlich in Frankreich ist.

»Schön, dann gute Nacht.«

»Nacht.«

Giulia löscht das Licht und starrt dann eine Weile mit offenen Augen ins Dunkel. Zunächst sieht sie nichts und wartet, bis sich die Augen an die Dunkelheit gewöhnt haben. Sie weiß, dass sie Mühe haben wird, einzuschlafen. Das passiert ihr nicht oft, sie merkt es aber immer gleich. Sie schiebt ihr Kissen an das Kopfteil des Bettes. Sie schaut auf Matteo, der ihr den Rücken zudreht, und hört seinen schwerer werdenden Atem, einen Moment, bevor er einschläft. Sie fragt sich, wann alles angefangen hat. Seit wann eine andere seine Gedanken und Gefühle beschäftigt. Sie fragt sich, ob es eine Lösung wäre, das Gleiche zu tun. Vielleicht würde es genügen, einen ihrer Kollegen länger als sonst anzuschauen. Sie glaubt zu wissen, wie manche Dinge geschehen. Ein Augenblick genügt, man tauscht ein Lächeln zu viel aus. Sie denkt, wenn sie auch täte, was Matteo getan hat, wäre es vielleicht weniger gravierend. Sie nimmt noch ein Kissen vom Sessel neben dem Bett und schiebt es sich in den Nacken. So scheint sie bequemer zu liegen.

Bisher hat sie noch nie ein Lächeln zu viel ausgetauscht. Sie kann es einfach nicht und wird es nie können. Was hätte sie auch davon? Warum soll das, was Matteo getan hat, dann weniger gravierend sein? Sie hat nicht das Gefühl, mit ihm abrechnen zu müssen. Sie denkt, der Mann, der sie verraten hat, sei nicht derselbe, der neben ihr liegt. Es ist der Mann aus dem Loft, der unmögliche Sweatshirts trägt und in einem lächerlichen Becken untertaucht. Über diesen Mann weiß sie nichts, und sie fragt sich, ob sie mit ihm, wenn sie ihn in der Cafeteria des Krankenhauses treffen würde, ein Lächeln zu viel austauschen würde. Vielleicht schon. Sie weiß nicht, ob der Mann aus dem Loft in seinem Innern der Mann ist, von dem Ada ihr Monate hindurch erzählt hat. Ada sprach mit solcher Bewunderung von ihm. Könnte sie diese Bewunderung jemals empfinden?

Einen Moment lang sieht sie gar nichts mehr. Es ist, als könne sie im Dunklen nicht mehr sehen und müsse die Schärfe neu einstellen. Als sie die Kontrolle wiedererlangt hat, weiß sie nicht, wo sie hinschauen soll.

Im Grunde weiß sie nichts über den Mann aus dem Loft, und es ist ihr auch nicht wichtig. Das ist nicht ihre Sache. Das wäre es auch nicht, wenn sie sich in der Cafeteria begegneten und sie beschlösse, ihm zuzulächeln. Bei dem Mann, der jetzt neben ihr liegt, müsste es ihr aber wichtig sein. Sie horcht auf seinen Atem. Sie denkt, sie müsste ihn kennen, müsste seine Art zu atmen wiedererkennen, wenn er schläft. Sie müsste wissen, ob er wirklich schläft. Aber so gut sie auch im Dunkeln sehen kann, sie weiß es nicht. Vielleicht tut er nur so, als schlafe er, genau wie sie, vielleicht schläft er wirklich.

Von Adas Matteo weiß sie nichts. Und sie weiß auch nichts mehr von dem ihren.

Ihre Mutter hat wegen der Pfingstrosen mit einem italienischen Gartenbetrieb gesprochen, das weiß sie jetzt wieder. Eben hatte sie das verwechselt. Sie legt die Kissen wieder beiseite und streckt sich aus. Sie weiß, dass der Schlaf die Gedanken ordnet und die unwichtigen vertreibt.

46

Das Zimmer, in dem Giulia die Nacht vor dem Hochzeitsempfang verbracht hat, ist nicht das größte dieser Villa, aber sie weiß, dass ihre Mutter es für sie ausgesucht hat. Es hat das schönste Licht und einen prächtigen Marmorkamin, viel schöner als die in den anderen Zimmern. Der Kamin hat an dem Tag, den Giulia hier mit Besuchen von Freundinnen, der Kosmetikerin und der Masseurin verbracht hat, gar nicht gebrannt, aber es ist schön zu wissen, dass es ihn gibt.

Das amarantrote Seidenkleid hängt am Fenstergriff. Jetzt wo sie mit der Friseurin allein ist, meint ihre Mutter, es sei Zeit, das Kleid noch einmal anzuprobieren.

»Ich habe die Schneiderin gerufen«, sagte sie, »wenn dir etwas nicht gefällt, sag es, mein Schatz, sie kann es sofort in Ordnung bringen.«

»Mama, ich habe es schon Dutzende Male probiert, es ist perfekt und könnte nicht besser sein.«

»Du hast ja recht. Aber du sollst wissen, dass wir alles immer noch optimieren können.«

Seit Giulia zum ersten Mal das Kleid im Entwurf als Zeichnung gesehen hat, dachte sie, besser könne es nicht sein. Als sie es aussuchte, bat ihre Mutter sie, sich von Dingen inspirieren zu lassen, die ihr gefielen. »Das müssen nicht unbedingt Kleider sein«, sagte sie, »ich muss nur die Geschmacksrichtung wissen.« Ihre Mutter hatte genau verstanden, was Giulia sich wünschte, und so entsprach das fertige Kleid auch genau ihrer Vorstellung.

Auch bei der Frisur hatte sie wenig Zweifel. Das Mädchen, das sie gerade kämmt, hat die Frisur schon fünfmal probegesteckt, und heute sitzt sie perfekt. Giulia sieht, wie ihre Mutter im Zimmer auf und ab geht. Sie sieht zufrieden aus, so wie jemand, dessen Arbeit die richtige Form annimmt. Beim Feststecken des kleinen Diadems aus Gold unterbricht sie die Friseurin. »Kann ich das machen?«, fragt sie, ohne auf eine Antwort zu warten.

Sie tritt ein paar Schritte zurück, um das Ganze aus dem richtigen Abstand zu würdigen. Sie hebt ein wenig das Kinn. Giulia weiß, dass sie zufrieden ist. »Können Sie uns bitte allein lassen?«, sagt sie der Friseurin. Jetzt ist der Moment gekommen, um das Kleid anzulegen, und weder die Mutter noch Giulia wollen, dass jemand dabei zusieht.

Sie sieht ihre Mutter an, während diese die Träger ordnet und ihr sachte über die Schultern streicht.

»Du bist so schön«, sagt sie. »Das warst du immer.«

Giulia senkt gerührt den Blick. Ihre Mutter tut nichts, um ihre Tränen zu verbergen. »Du solltest jetzt nach unten gehen und sehen, ob im Saal alles in Ordnung ist, und etwas Champagner trinken.«

»Es ist noch nicht mal sechs Uhr, Mama«, sagt Giulia lächelnd.

Ihre Mutter hat immer sehr gern getrunken, aber stets gesagt, man solle es nicht vor der Zeit tun. Vor sechs Uhr abends war nie die richtige Zeit.

»Man kann immer eine Ausnahme machen«, murmelt sie jetzt, gibt Giulia einen Kuss, bleibt an der Schwelle stehen, um sie noch einmal anzusehen, und geht dann.

Giulia passt auf, dass das Kleid nicht knittert. Sie musste niemals besonders auf ihre Kleidung achten, aber sie meint, mit diesem Kleid müsse sie schonender umgehen als mit allem, was sie jemals vorher getragen hat. Sie geht langsam durchs Zimmer und denkt an gar nichts. Als sie spürt, dass ihre Mutter wieder hereinkommt, deutet sie ein Lächeln an.

»Du siehst bezaubernd aus. Eine schönere Tochter hätte ich mir nicht wünschen können.«

Giulia sieht ihre Mutter an. Sie sieht noch stolzer und glücklicher aus als vor ein paar Minuten. »Hier, für dich«, sagt sie und reicht ihr ein Champagnerglas. »Unten ist alles in bester Ordnung.«

Sie setzt sich aufs Bett und zieht die Beine an wie ein kleines Mädchen mit ihren Freundinnen, die sich so viel zu erzählen haben, dass sie glauben, der Nachmittag würde nie ausreichen. »Der Tischschmuck ist ungefähr so hoch.« Sie fährt mit der Hand zum Hals und sieht ihre Tochter lächelnd an. »Es klingt komisch, aber ich hatte Angst, er wäre zu hoch. Der Mann, der die Deko gemacht hat, hatte aber recht, der Tischschmuck ist gar nicht zu hoch, sondern genau richtig.«

Giulia trinkt einen Schluck Champagner. Auch den hat ihre Mutter richtig ausgewählt. Vor dem Spiegel berührt sie mit der Hand ihren Nacken. Ein paar Haare scheinen ihr aus der Frisur gerutscht zu sein.

»Wenn es dir nicht gefällt, können wir es anders machen. Zeit haben wir noch«, beruhigt ihre Mutter sie. Sie hat den Kopf auf die Kissen gestützt und leert lächelnd ihr Glas. »Du könntest sie sogar offen tragen.«

»Nein, das möchte ich nicht. Aber hier stimmt irgendwas nicht.«

»Komm her«, sagt die Mutter und streicht über eine Stelle auf dem Bett, auf die ihre Tochter sich setzen soll. Sie stellt ihr Champagnerglas ab und fährt mit der Hand über Giulias Haar. »Es ist einfacher, mein Schatz, es ist einfacher, als du glaubst.«

»Die Haare in Ordnung zu bringen?«

»Nein, mein Schatz, die Dinge, alles. Auch das, was am schwierigsten zu sein scheint, was man monatelang vorbereitet, worüber man dauernd nachdenkt. Dinge geschehen und gehen vorüber. Sie sind einfacher, als du denkst.«

Ein Kellner muss an die Tür geklopft haben. Ihre Mutter sagt leise »Herein«, ohne dass Giulia es merkt. Der Kellner kommt mit einem Wagen, auf dem gekühlter Champagner steht.

Die Mutter steht auf und füllt ihr Glas erneut. Ihre Augen leuchten vor Freude auf die Party. »Man kann ruhig jetzt schon trinken, mein Schatz.«

Giulia hält ihr das Glas hin. Kein Haar ist mehr fehl am Platz. Ihre Mutter versteht es, die Dinge zu ordnen.

Sie prosten einander zu und lächeln, sehen sich in die Augen, das Fest hat begonnen.

47

Die Villa für den Abendempfang vor der standesamtlichen Hochzeit und der Abreise auf die Insel ist so voll mit Pfingstrosen und Hortensien, dass Matteo schon in der Einfahrt glaubt, ihren Duft wahrzunehmen.

Giulia ist nicht bei ihm. Die Schwiegermutter hat alles so organisiert, als ob es eine richtige Hochzeitsfeier wäre, bei der die Brautleute sich erst in einem bestimmten Moment begegnen dürfen.

Als Matteo den großen Festsaal betritt, sind schon mehr Gäste da, als er überhaupt begrüßen kann. Sie stehen da, trinken und essen, manche tanzen zum Rhythmus einer Jazzmusik, die von irgendwoher zu ihnen dringt.

Ihm kommen die ersten Feste in den Sinn, zu denen er als Jugendlicher ging. Niemand hatte damals eine Ahnung, wie man sich auf Feiern benimmt. Eine Weile standen alle an die Wand gelehnt und machten sich Gedanken wegen irgendwelcher Falten in ihrem Anzug oder verfluchten sich wegen ihrer unpassenden Schuhe. Irgendwann hielt Matteo es nicht mehr aus. Er ging an den Tisch und verteilte in scheinbarer Ruhe gefüllte Teller und Gläser. Erst dann begannen die Leute sich zu bewegen und machten sich keine Gedanken mehr.

Matteo denkt, vielleicht sei dies das Zeichen, dass man erwachsen ist: Wenn die Leute nicht mehr fürchten, sie seien die Ersten, die auf einem Fest zu trinken anfangen.

Giulias Mutter gibt jedem der Gäste, die weiter hereinströmen, ein Kästchen. »Die Gastgeschenke überreicht man eigentlich am Schluss«, hatte sie vor einem Monat gesagt, »wir haben aber ein anderes Konzept. Wir verteilen sie als Willkommensgruß.«

In den Kästchen sind Perlen. Perlen aus Tahiti. Sie hat sie ausgesucht und Giulia und Matteo alles genau erklärt, so dass sie auf die Fragen der Gäste so antworten können, als hätten sie sie selbst ausgewählt.

Matteo soll den Gästen sagen, wie kostbar Perlen aus Tahiti sind. Obwohl sie dunkel seien, würden sie als die schönsten der Welt angesehen. Für ihre Gäste hätten sie die wertvollsten ausgesucht, die runden. Die Färbung reiche von Fasanenbraun, Rosa, Gelb und Grün bis zu Aubergine. Das seien die seltensten Farben.

Bisher konnte er dies noch niemandem sagen. Aber alle haben ihm die Hand geschüttelt und ihm freundlich auf die Schulter geklopft, und er hat auf ihr Lächeln, ihren Händedruck und das Schulterklopfen geantwortet. Er hat auch kurze Gespräche geführt, Antworten gegeben und seinerseits Fragen gestellt. Wie in den Filmen, die er nie zu Ende gesehen hat, verschmelzen die Dialogfetzen in Matteos Kopf. Ohne dass es ihm gelingt, sie in einen Zusammenhang zu bringen und ihnen einen Sinn zu geben.

Irgendwann verstummt der Jazz, woher er auch gekommen sein mag – nach einem Saxophonsolo, das endlos zu sein schien.

Hinten im Saal lässt sich ein Streichquartett nieder, bei der Treppe, über die, wie Matteo annimmt, Giulia gleich herunterkommen wird. Dann tritt ein Bandoneonspieler auf.

Für ihren ersten Tanz als Brautpaar oder was immer sie sind, haben sich Giulia und Matteo ein Stück von Piazzola ausgesucht. Keinen Tango, sondern ein Stück, von dem Matteo schwört, er habe es so gern, dass er es sich auch für seine Beerdigung wünscht. Als das Bandoneon zu spielen beginnt, denkt Matteo, auch hierbei habe Giulia recht gehabt. Sie wollte unbedingt, dass das Bandoneon das Hauptinstrument sei und nicht die Violine, wie er es sich gewünscht hatte. Wenn es so gespielt würde, klänge es weniger wie eine Melodie über das Ende der Welt, hatte sie gesagt. Matteo mochte die Melodie über das Ende der Welt, aber jetzt gibt er zu, dass das Original viel besser passt.

Die Gäste verlassen allmählich die Mitte des Saales. Sie haben wohl verstanden, dass diese Musik Giulias Erscheinen ankündigt. Matteo denkt an gar nichts mehr. Als er sieht, wie sie in dem langen amarantfarbenen Seidenkleid oben auf der Treppe erscheint, bemüht er sich, sie anzusehen, als sei es zum ersten Mal.

Sie ist die schönste Frau, die er je gesehen hat, die anmutigste von allen. Als sie näher kommt, hofft er inständig, dass auch seine Haut und sein Herz spüren werden, was seine Augen ihm sagen. Als er die Hand auf Giulias nackten Rücken legt, ist es, als berühre er sich selbst. Ihm ist, als sei er mit ihr allein, obwohl all diese Leute da sind.

Im Saal herrscht Schweigen, ein Schweigen der Bewunderung für Giulias Schönheit, ihr Kleid und ihren ersten Tanz.

Sie bewegen sich so langsam, als blieben sie während der Musik stehen. Sie halten einander umarmt, sind aber wie erstarrt.

»Bist du glücklich?«, fragt Matteo Giulia leise.

»Wir sind an dem Ort, an dem zu sein wir bestimmt sind«, antwortet sie.

48

Ada hat eine Arbeit gefunden. Sie weiß nicht, für wie lange, aber das ist kein Problem für sie. Sie holt die Besucher eines Altenzentrums zu Hause ab und bringt sie wieder zurück. Manche bleiben nur vormittags dort, andere essen zu Mittag und fahren dann nach Hause. Ada fährt sie in einem kleinen Bus mit sechs Sitzen hin und her. Er ist kaum größer als ein Auto, und sie ist eine gute Fahrerin.

Manche der Alten wohnen auch im Zentrum. Sie müssen manchmal zum Arzt oder ins Krankenhaus gebracht werden, dann begleitet Ada sie. Es macht ihr nichts aus, wieder in das Krankenhaus zu gehen. Hier in diesem großen Gebäude gibt es nicht nur alte Leute, und das gefällt ihr. Am besten gefällt ihr, dass sie nicht zu lange an einem Ort verweilen muss. Nach dem vielen Warten der letzten Monate kann sie ihrer mobilen Arbeit viel abgewinnen. Kreuz und quer durch die Stadt zu fahren findet sie schön.

Sie muss auch nichts lesen oder schreiben oder abschreiben. Am Anfang gab man ihr eine Liste mit Namen und Adressen der Leute, die sie abholen sollte. Aber bald brauchte sie gar nicht mehr nachzuschauen. Sie hat den Fahrplan im Kopf.

Oft geht sie auf den Markt. Inzwischen hat sie das richtige Gespür, um die besten Eier auszusuchen. Sie kocht jeden Tag, auch wenn sie manchmal keinen Hunger hat, auch wenn sie weiß, dass sie nichts essen wird. Sie tut es, damit der Geruch nicht verloren geht, durch den die Wohnung noch immer die Wohnung ihrer Großmutter zu sein scheint wie früher.

Sie hat auch ein paar neue Glühbirnen angeschafft, die weniger Strom verbrauchen. Es wäre schwer gewesen, Teresa davon zu überzeugen, weil sie viel kosten. Ada ist sich auch nicht sicher, ob ihre Großmutter das andere Licht gemocht hätte. Die neuen Birnen machen die Lampen zu hell, jedenfalls an manchen Stellen. Doch sie hat genug von dem Halbdunkel, das Teresa unbedingt in ihrer Wohnung haben wollte. Sie hat es früher nur gemocht, weil ihre Oma da war, das ist Ada jetzt klar.

Den Olivenbaum vor dem Fenster zu sehen, tut ihr gut. Sie stellt sich vor, dass Teresa ihn auch sieht. Manchmal aber betrachtet sie die Schatten der vom Wind bewegten Blätter auf der Erde, und dann denkt sie, dass Teresa nicht mehr da ist und dass sie sie weder hören noch sehen kann.

In diesem Momenten wird es ihr ganz eng im Hals, und wenn die Traurigkeit sie überkommt, sieht sie auf die Dinge, die ihre Großmutter ihr gezeigt hat, und wartet, bis der Schmerz vorübergeht.

Ada hat Teresas Brief so lange wie möglich unberührt auf dem Küchentisch liegen lassen. Der Gedanke, es gäbe noch etwas von ihr zu entdecken, hat ihr geholfen weiterzuleben.

Dann glaubte sie eines Nachts, jetzt halte sie es nicht mehr aus. Sie meinte, wieder diese Angst zu verspüren, die sie als Kind erlebte, wenn Teresa schon schlief und sie aus Furcht vor Alpträumen nicht einschlafen wollte. Genau wie damals fürchtete sie, dass die Angst unter ihrem Bett hervorkäme und sie überwältigte.

Sie nahm also den Brief ihrer Großmutter mit in ihr Bett und die Taschenlampe, die sie, als sie klein war, immer benutzte, um sich gegen die Dunkelheit zu wehren, als es nicht mehr genügte, auf die Matratze zu steigen und sich auf die Zehenspitzen zu stellen. Dann zog Ada die Decke über den Kopf, knipste die Taschenlampe an und begann zu lesen.

Meine Kleine,
wenn ich in meinem Leben gute Arbeit geleistet habe, weinst du jetzt nicht.

An dem Tag, als du zu mir kamst, habe ich mir eines geschworen: dir eine Burg des Glücks zu bauen, die nur aus schönen Erinnerungen und aus Liebe besteht. Ich hoffe, diese Burg steht bis heute. Alle haben mir immer gesagt, ich solle dich nicht zu sehr verwöhnen. Ich habe es ihnen nicht gesagt, aber eines habe ich immer gedacht: An zu viel Liebe ist noch niemand gestorben.

Ich hatte mir aber auch noch etwas anderes vorgenommen, als du zu mir kamst: dein wahres Wesen zu entdecken und es zu bewahren.

Du hast ein gutes Wesen, Ada, auch wenn es voll Melancholie ist. Du siehst immer nur die Dinge, die zu Ende gehen, und nicht die, die beginnen. Ein Mittel dagegen hat dir deine alte Großmutter schon gesagt. Achte auf die Geräusche. Du wirst immer Dinge finden, die beginnen. Aber vor allem denk daran, dass nichts so bleibt wie vorher. Die Dinge ändern sich, meine Kleine, sie ändern sich immer. Und wenn sie dies tun, darfst du keine Angst haben.

Ganz gleich, was du tust, du wirst immer traurig sein wegen der Dinge, die du nicht getan hast. Das ist nicht richtig, mein Schatz. Wenn sich etwas in deinem Leben verändert, sieh es als Neubeginn an. Denk nicht an die Dinge von früher. Glaub nicht, dass das Vergangene immer das Letzte war. Die Dinge ändern sich, auch wenn du es nicht merkst, genau wie unser Olivenbaum. Für dich sah er immer gleich aus, doch jetzt ist er groß.

Du musst auf die Dinge achten, auch wenn du vielleicht nicht möchtest, dass sie sich verändern. Sonst kommt der Tag, an dem du sie nicht wiedererkennst, und dann gehören sie dir nicht mehr.

Es wird Momente geben, in denen du meinst, nichts habe einen Sinn. Du wirst wütend sein oder traurig, und wenn ich über meine Krankheit klage, dann nur deshalb, weil ich nicht mehr bei dir sein kann, wenn du wütend oder traurig bist.

Ich bitte dich, Vertrauen zu haben. Die schlimmen Dinge gehen vorüber, meine Kleine. Irgendwann haben sie einen Sinn. Sie finden ihren Platz. Du bestehst aus lauter schönen Dingen, Ada, nicht aus schlechten.

Glaube nicht denen, die dir sagen, für wahre Liebe müsse man leiden. Glaub das nie! Wahre Liebe befreit dich. Sie be-

freit dich von allem: vom Schmerz und von deinen schlechten Seiten. Durch sie findest du Frieden. Vergiss aber nicht, dass wahre Liebe auch Verpflichtung bedeutet, schenk ihr immer genügend Aufmerksamkeit. Ich weiß, dass das nicht einfach ist. Mach es wie mit dem Olivenbaum: Behalte sie immer im Auge.

Ich weiß nicht, warum das so ist, aber manchmal reicht Aufmerksamkeit für die Liebe nicht aus, und manchmal ist die Liebe auch nicht groß genug, uns die Kraft zu geben, damit wir uns weiter engagieren. Solange die Liebe noch da ist, kannst du versuchen, sie am Leben zu erhalten. Wenn es aber vorbei ist, kannst du nichts mehr daran ändern.

Misstrau all denen, die glauben, sie könnten alles erklären. Manche Dinge kann man nicht erklären.

Du musst lachen, meine Kleine. Lach, so oft du kannst. Und mach Fehler. Komm spät nach Hause, lass dir Zeit auf deinen Wegen. Mach dich ruhig schmutzig. Kauf das schöne Kleid, auch wenn du meinst, es sei zu teuer. Häng es in den Schrank und zieh es irgendwann an: Es wird dich glücklich machen. Hab keine Angst, wenn dich banale Dinge glücklich machen. Banale Dinge haben einen Wert, meistens sind sie wahr.

Sei gut. Finde jemanden, der bereit ist, dein wahres Wesen zu erkennen und es zu bewahren. Kümmere dich aber auch selbst darum. Erst musst du dein wahres Wesen entdecken. Und dann musst du es beschützen.

Vergiss nie, dass du schön bist wie ein Morgen im Mai. Und vergiss nie, dass, auch wenn es regnet, alles bald aufblüht. Denn selbst der Regen ist das Versprechen darauf, dass bald wieder die Sonne scheint.

Ich küsse dich, Ada. Ich küsse alle deine Tränen weg. Ich bin bei dir.

Meine Liebe bleibt immer bei dir.

Ciao, Fischlein, ciao, meine Kleine.

Deine Oma

49

Die Rückgabe der Hochzeitsgeschenke beschäftigte Giulias Mutter und beruhigte ihre Nerven. Sie ließ in feinster Schrift Karten drucken, auf denen sie erklärte, dass die Hochzeit aus Gründen, denen nichts Skandalöses anhafte, nicht stattgefunden habe. Weder im Standesamt noch auf der Insel Aruba, noch irgendwo sonst.

Sie erklärte allen, wegen dieser Unannehmlichkeit habe die Familie beschlossen, einer Wohltätigkeitseinrichtung eine beachtliche Summe zu spenden. Giulias Mutter war der Meinung, dass Wohltaten die Aufmerksamkeit von unangenehmen Dingen ablenkten.

Als die Rückgabe der Geschenke erledigt war, begann sie, ihre Drinks schon vor der Zeit zu trinken, die ihr immer als angemessen erschienen war.

Sie redete sich ein, dass sie jetzt zumindest immer einen Grund haben würde, aus ihrer Abneigung gegen Matteo keinen Hehl zu machen. Dies schien ihr eine Art Wiedergutmachung.

Nach dem Empfang war Giulia hinauf in ihr Schlafzimmer gegangen, das ihre Mutter für die Nacht gemietet hatte, denn sie sollte ja in der Nacht vor der Hochzeit nicht bei dem Bräutigam schlafen. Sie zog ihr Kleid aus und legte es aufs Bett. Sie sah es lange an und dachte an die Komplimente, die sie für den Eröffnungstanz mit Matteo erhalten hatte.

Dann fiel ihr Teresas Brief wieder ein. Er war in Eile geschrieben, in der etwas krakeligen Schrift einer Frau, die nicht mal die Grundschule beendet hatte. Giulia dachte unaufhörlich an diesen Brief.

Sie dachte auch daran, dass der Tanz mit Matteo ihr bei aller Bemühung nicht wie der erste, sondern wie der letzte vorgekommen war.

Am meisten aber dachte sie an das Loft, in dem Matteo mit Ada gelebt hatte. Sie dachte an die Sweatshirts mit den Superhelden und an die Blechdosen. Und sie musste daran denken, dass sie diesen Matteo nicht kannte. Sie hatte ihn kaum noch angesehen. Und jetzt erkannte sie ihn nicht mehr, er war nicht mehr ihr Matteo.

Sie konnte sich nicht vorstellen, dass der andere Matteo – der mit dem Becken und den Margeriten – nicht einen Menschen würde finden können, der ihm wirklich nahe war. Und der in der Lage war, ihn anzusehen und ihn zu erkennen.

Sie rief Matteo an und bat ihn, zu ihr zu kommen.

»Es bringt Unglück, sich vor der Hochzeit zu sehen«, sagte er.

Sie antwortete, das spiele keine Rolle.

Er kam schneller, als sie erwartet hatte. Giulia bat ihn, sich zu setzen. Dann sagte sie ihm, an dem Abend auf Linosa, als sie ihm gesagt habe, sie seien im richtigen

Zug, und sie hätten allen Treibstoff der Welt, sei das Ausdruck ihrer Hoffnung und keine Feststellung gewesen. Sie habe das aber nicht gleich begriffen, sondern erst eines Nachts, nachdem sie von der Insel zurückgekehrt waren und sie keinen Schlaf gefunden hatte.

Sie sagte, er habe recht gehabt, als er sagte, er wisse nicht mehr, wie viele Stationen sie schon gefahren wären. Die Reise sei zu Ende, und sie könnten nichts mehr tun, als an der letzten Haltestelle auszusteigen und sich zu verabschieden. Dies sei zwar nicht der Weg, den sie geplant hätten. Aber sie könnten sich immerhin mit dem Gedanken trösten, dass es alles in allem eine schöne Reise gewesen sei.

Doch nun könnten sie nicht mehr gemeinsam reisen. Ihre Aufmerksamkeit habe für ihre Liebe nicht genügt. Und um sich weiter anzustrengen, reiche ihre Liebe nicht aus.

Sie verbrachten diese letzte gemeinsame Nacht, indem sie sich in den Armen hielten und weinten. Am nächsten Morgen verabschiedeten sie sich für immer. Sie wünschten sich kein Glück, weil es ihnen unpassend schien. Stattdessen sagten sie einander danke.

Danach gab sich auch Giulia alle Mühe, um ihr wahres Wesen zu bewahren. Sie bereitete sich gründlich auf den Medizintest vor, bestand ihn und sagte niemandem etwas davon. Sie sagte auch keinem etwas, als sie ihr Examen ablegte und auf einer Station für leukämiekranke Kinder eine Stelle für ihre Facharztausbildung erhielt.

Sie ging auf den Friedhof und brachte die Hauben mit den Tieren ihrem rechtmäßigen Besitzer.

Matteo verbrachte die folgenden Tage weitgehend unter Wasser, weit weg von allem. Er redete mit niemandem, traf auch keinen. Er bewegte sich kaum. Er war es leid, zu rennen, ohne zu wissen, wohin.

Er versuchte, auf sich selbst zu hören, auch auf den geringsten Teil seiner selbst, den schlechten.

Er versuchte, Gründe zu finden, sich von Ada fernzuhalten. Aber er fand keinen einzigen.

Und so ging zu ihr, auf die Art, die ihm am liebsten war, langsam, so wie er ging, wenn er wusste, wohin er gehen wollte.

Sie saß unter dem Olivenbaum und sah auf das Licht, das durch die Blätter fiel wie Regen. Matteo nahm sich vor, dass er um nichts auf der Welt zulassen würde, dass der Zauber, den sie auf ihn ausübte, jemals zerstört würde.

Er nahm sich vor, dass die Zeit dieses wunderbare Gefühl niemals antasten dürfe.

Das, was mit Giulia passiert war, sollte nie wieder vorkommen.

Diese Geschichte darf sich auf keinen Fall wiederholen, sagte er sich.

Sie pflanzten den Olivenbaum neben die Eingangstür, im richtigen Abstand, so dass Ada um ihn herumgehen konnte. Sie ließen ein weiteres großes Fenster einbauen, damit sie ihn, wenn sie zu Hause waren, immer vor Augen hatten.

Sie betrachteten ihn jeden Morgen, auch bei Regen, selbst wenn der Olivenbaum immer gleich auszusehen schien. Und sie hängten eine Schaukel an das Kreuzgewölbe.

Matteo legt manchmal die falsche Musik auf, aber er schafft es immer, Ada zum Tanzen zu bringen. Auch ohne Musik, ohne irgendwas.

An dem Tag, an dem Paolo sein Restaurant für immer schloss, weinten sie ein bisschen. Sie ließen sich eine alte Speisekarte geben und rahmten sie ein. Sie hängt gleich neben dem Fernseher.

Nachmittags gehen sie manchmal zusammen einkaufen. Sie lassen sich dafür unendlich viel Zeit. Sie nennen solche Nachmittage ihren Luxus.

Wenn sie in derselben Stadt sind, gehen sie nie zu verschiedenen Zeiten ins Bett. Nachts suchen sich ihre Hände.

Sie haben nicht immer das Bedürfnis zu reden. Sie wissen auch nicht immer alle Antworten. Aber manche Dinge fragen sie sich nach wie vor. In ihrer Vergangenheit gibt es noch Neues zu entdecken.

Vor einer Landschaft fallen ihnen oft dieselben Dinge auf. Auch wenn sie ein Lied hören. Sie wissen, dass sie dieselben Dinge bemerken, und finden es selbstverständlich. Was sie bemerken, sagen sie einander. Dann lächelt einer dem anderen zu, und sie schweigen.

Wenn Matteo unterwegs ist, machen sie manchmal noch das Radio-Spiel.

Auch das Spiel mit der Nase, bei dem Matteo stopp sagen muss, spielen sie noch. Für ihn ist es nicht leicht, die richtige Stelle zu finden, um stopp zu sagen. Aber sie liegt jedes Mal etwas höher als beim Mal davor.

Ab und zu denken sie an die Zeit, als sie sich in der Cafeteria des Krankenhauses ansahen. Sie denken dran, wie lange es gedauert hat, bis Ada Matteo fragte: »Was trinkst du da?«

Er sagte nichts. Er lächelte. Es war Rum. Trockener Rum.

Sie schaffte es, einen Schluck zu trinken.

Den Rest kippte sie aus.

Sie haben nicht aufgehört, sich anzusehen. Und sie lächeln immer noch.

DANK

Ohne die Schule Palomar von Mattia Signorini hätte ich nicht mit dem Schreiben dieses Buches begonnen. Und sicher hätte ich es nie zu Ende geschrieben.

Mattia verdanke ich, dass er sich diese Schule ausgedacht und sie gegründet hat. Ich möchte ihm danken für die einfache Art, in der zeigte, dass Dinge möglich sind. Und auch für seine Begeisterung für Anfänge.

Danke an meine Grundschullehrerin.

Danke an Massimo Canalini, weil er mir beigebracht hat, gute Bücher von schlechten zu unterscheiden.

Danke an Vicki Satlow, die mehr an mich geglaubt hat als ich und alle anderen.

Danke an Michele Rossi, der eines Tages sagte, er habe es verstanden, und für viele andere Dinge. Es sind sehr viele.

Danke an Arianna Curci für ihre Geduld, Freundlichkeit und Kraft.

Danke an alle, die mir auf die eine oder andere Weise gesagt haben: Lass es sein.

Danke an Bivaccanti. Danke an die Mädchen der Gruppe Incendio, denn wenn ich mit euch zusammen bin, kommt immer der Moment, in dem ich euch anschaue und sage: Ihr seid ein Segen.

Danke an Michaela, die in der Mitte meines Herzens und auf der Mitte meiner Straße ist.

Danke an meinen Vater. Danke an meine Schwester und ihre beschützende Art, durch die ich immer noch die kleinere sein kann.

Danke an meine Mutter. Danke für *alles*. Und Entschuldigung für all die Male, in denen ich nach der Rückkehr von der Schule meinen Ranzen auf den Boden geworfen habe. Danke, dass du dich immer so verhalten hast, als wüsstest du genau, dass dies hier früher oder später passieren würde.

Danke an Marco, der dieses Buch vielleicht nie lesen wird. Mag er noch so oft die falsche Musik auflegen, er wird immer einen Weg finden, mich zum Tanzen zu bringen. Danke für die Nachmittage, die wir mit Einkaufen und Wäsche-Zusammenlegen verbracht haben. Für die Margerite, den Olivenbaum, die Schaukel.

Danke für all die Male, in denen wir uns anschauen und lächeln.